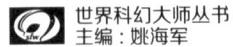世界科幻大师丛书
主编：姚海军

# The Terminal Experiment

# 终极实验

［加拿大］罗伯特·索耶 著

房俊民 译

四川科学技术出版社

The Terminal Experiment by Robert J. Sawyer

Copyright: © 1995 by Robert J. Sawyer

This edition arranged with The Lotts Agency Ltd.

through Andrew Nurnberg Associates International Limited

Simplified Chinese edition copyright © by 2016 SCIENCE FICITION WORLD

All rights reserved.

**图书在版编目（CIP）数据**

终极实验 / [加拿大]罗伯特·索耶 著；房俊民 译 .
-- 成都：四川科学技术出版社，2016.8

ISBN978-7-5364-8418-4

Ⅰ . ①终… Ⅱ . ①罗… ②房… Ⅲ . ①长篇小说—加拿大—现代Ⅳ . ① I711.45

中国版本图书馆 CIP 数据核字（2016）第 199681 号

世界科幻大师丛书

# 终极实验

| | |
|---|---|
| 出 品 人 | 钱丹凝 |
| 丛书主编 | 姚海军 |
| 著　者 | [加拿大]罗伯特·索耶 |
| 译　者 | 房俊民 |
| 责任编辑 | 宋 齐 姚海军 |
| 特邀编辑 | 李克勤 |
| 封面设计 | 李 鑫 |
| 版面设计 | 李 鑫 |
| 责任出版 | 欧晓春 |
| 出版发行 | 四川科学技术出版社 |
| | 四川省成都市槐树街 2 号 出版大厦　邮政编码：610031 |
| 成品尺寸 | 140mm×203mm |
| 印　张 | 10.5 |
| 字　数 | 250 千 |
| 插　页 | 2 |
| 印　刷 | 成都金龙印务有限责任公司 |
| 版　次 | 2017 年 3 月成都第一版 |
| 印　次 | 2017 年 3 月成都第一次印刷 |
| 定　价 | 29.00 元 |

ISBN 978-7-5364-8418-4

# 楔 子

2011年12月

"警探菲洛在哪间病房?"彼得·霍布森问道。他是一位四十二岁的高瘦男人,一头灰黑相间的头发。

一个又矮又胖的护士坐在桌子后面,拿着一本书正看得津津有味。她抬起头,"你说什么?"

"警探桑德拉·菲洛,她在哪间病房?"

"412。"护士回答,"医生吩咐过,只有她的直系亲属才能探视。"

彼得·霍布森沿着走廊朝里走去,护士从桌子后绕出来,追着他说:"你不能进去。"语气很强硬。

彼得·霍布森微微侧身看了她一眼,"我一定得见她。"

护士钻到他前面,"她现在的病情很危险。"

"我是彼得·霍布森,我是个医生。"

"我知道你是,彼得·霍布森先生,我还知道你并不是执业医生。"

"那好,我是北约克角总医院的在职董事。"

"上一边发号施令去吧,别在我的病房里捣乱。"

彼得·霍布森嚷了起来："我要见菲洛，是生死攸关的大事。"

"重症监护病房里每件事都生死攸关，彼得·霍布森先生，菲洛正在睡觉，你不能打扰她。"

彼得·霍布森径直朝前走去。

"我要叫警卫了。"护士说，尽量压低声音，以免惊动病人。

彼得·霍布森头也不回，"随你的便！"他咬了咬嘴唇，迈开长腿，顺着走廊朝前走。护士撇着八字脚向桌子走去，拿起了电话。

彼得·霍布森找到412病房，没有敲门就走了进去。桑德拉身上连着心电图装置，虽然不是霍布森公司的产品，上面显示的内容他还是看得懂。她床边的支架上挂着一个输液瓶。

桑德拉睁开眼，似乎费了很大劲才看清楚是谁。"是你！"她终于说，语音微弱，像心脏跳动发出的声音。

彼得·霍布森关上门，"我只有一点点时间，他们已经去叫保安来赶我走了。"

桑德拉每一个字都说得很艰难。"你想……杀……我。"她说。

"不，"彼得·霍布森说，"我向你发誓，不是我干的。"

桑德拉拼尽全力叫喊："护士！"门关着，她的声音太小，外面几乎听不见。

彼得·霍布森看着这个女人。几周前他才第一次遇到她，那时她身体健康，才三十六岁，一头火焰般的红发。如今，她的头发已经成团脱落，面色晦暗，几乎连动都不能动了。"我不想对你无礼，桑德拉。"彼得·霍布森说，"但是请你闭上嘴，安安静静听我说。"

"护士！"

"听着,该死！我跟凶杀根本不沾边,可我知道是谁干的。我可以让你有机会抓住他。"

正在这时,门撞开了,那个又矮又胖的护士走了进来,身边一左一右各有一名五大三粗的警卫。

"把他轰出去。"护士说。

两名警卫走上前来。

"该死,桑德拉。"彼得·霍布森说,"这是你唯一的机会。给我五分钟时间。"一名警卫抓住他的上臂,"就五分钟,看在上帝的分上,我只要求五分钟时间！"

"走！"警卫说。

彼得·霍布森的语气变成了乞求,"桑德拉,跟他们说让我留下！"下面的话他不想说,但他找不出更有效的办法,"如果你不让我留下,你就完了,永远也抓不到罪犯。"

"走吧,伙计！"另一名警卫粗鲁地喝道。

"不——等一等！桑德拉,求求你！"

"走……"

"桑德拉！"

终于,一个奄奄一息的声音说:"让……他……留下。"

"我们不能这样做,女士。"一名警卫说。

桑德拉又积蓄了一会儿气力,"这是警察公务……让他留下。"

彼得挣脱警卫的手。"谢谢你。"他对桑德拉说,"谢谢。"

护士仍然怒视着他。"我不会待太久。"彼得·霍布森对护士说,"我保证。"

桑德拉好不容易才把头微微侧向护士这一边,"没……没事了。"声音微弱无力。

护士有点动摇,她犹豫了几秒钟,终于点头同意了。"好吧。"她说。也许"这是警察公务"以及"永远也抓不到罪犯"的说法使她相信这件事由不得她了。

"谢谢你。"彼得松了一口气,对护士说,"非常感谢。"

护士板着脸,转身出去了,一名警卫随即跟着走了。另一位也退着往外走,不过仍然一脸怒容,一直用手指警告似的指着彼得。

终于只剩下他们两个,桑德拉说:"告诉……我。"

彼得找了张椅子,坐到她床边。

"首先,对发生的事,请允许我说,我感到非常非常抱歉。相信我,我从来没有想伤害你或者其他任何人,这——这件事完全失控了。"

桑德拉一声不吭。

"你有家人吗? 有孩子吗?"

"有一个女儿。"桑德拉对这个问题有点吃惊,"她现在跟着我的前夫。"

"我想让你知道,我会在经济上资助她。她需要的一切——衣服、汽车、上大学、欧洲旅行,等等——我全包了。我会设一个信托基金。"

桑德拉瞪大了眼睛。

"我从来没想到事情会变成这个样子,我向你发誓,我多次想阻止它,我已经尽力了。"

彼得顿了一下,回想整件事情是怎么开了那个该死的头——在另一个医院的病房里,他在安慰另一位濒临死亡的勇敢的女人。同样的事反复发生,真是周而复始啊。

"萨卡尔·穆罕默德说得对,之前我就应该来找你。我需要你的帮助,桑德拉。这事必须结束。"彼得激动地说。发生了那么多事,他一时不知该从何说起。"你知道吗,"他最后说,"存在这种可能,就是扫描一个人大脑中的全部神经网,然后在计算机里产生一个十分精确的意识复制品?"

桑德拉轻轻摇了摇头。

"哦,当然,这还是一种新技术。萨卡尔·穆罕默德是这一技术的创始人之一。如果我告诉你,我的大脑已经被扫描并且完全复制了,你会怎么说?"

桑德拉吃了一惊,"两个大脑……胜过一个……"

彼得苦笑一下,承认这种说法,"也许是吧。其实,总共存在三个我的模拟体。"

"其中一个……成了……杀人凶手?"

桑德拉反应真快,彼得·霍布森不由得大吃一惊,"是的。"

"跟人工智能……有关?"

"我们试图阻止它们,"他说,"但没有用,可至少我现在知道了哪个模拟人是罪犯。"他停了停,"我会把你所需要的全都给你,桑德拉。我大脑里的一切都给你。你会彻底了解我——比真实世界里的任何人都了解我。你会知道我的思维方式,这能帮助你消灭那个杀人凶手模拟者。"

桑德拉轻轻耸了耸肩,"我什么都干不了。"她说,声音既虚弱又悲伤,"我快死了。"

彼得闭上眼睛,"我知道。我非常非常抱歉。但有一个办法,桑德拉——你来结束这一切的办法。"

# 第一章

## 1995年1月

桑德拉·菲洛进入彼得·霍布森的记忆，开始探寻他的经历。她知道了，这场恐怖最初源于1995年。那时，彼得·霍布森还没有成为科学与迷信争论的焦点——这场争论令世界为之震惊。不，还没有，那时，他还只有二十六岁，是多伦多大学的毕业生，正在攻读生物医学工程硕士学位，将遇上震撼他一生的事件……

彼得·霍布森宿舍里的电话铃响了，"我们搞到一个'吃饭家伙'，"电话里传来凯弗尔斯的声音，"你来不来？"

一个吃饭家伙，也就是一具尸体。彼得·霍布森尽量适应凯弗尔斯的冷漠。他揉了揉惺忪的睡眼，"哎——当然。"他尽量让自己听起来更有信心一点，"当然。"他说，"一定来。"

"马米科尼安亲自主刀。"凯弗尔斯说，"你可以操作心电图。做完之后，实习课时就差不多了。"

马米科尼安，在斯坦福大学受过器官移植训练的外科医生，六十来岁，操作手术刀的手法相当稳健。器官收割！上帝呀，是的,他很想参加。"什么时候?"

"两小时左右。"凯弗尔斯说,"那孩子正靠全面生命维持设备撑着哩,保鲜嘛。马米科尼安还在米西索加①,过一阵子才能赶回来,做好准备。"

孩子。他是这么说的。一个孩子的生命结束了。

"他出了什么事?"彼得问。

"摩托车事故——被一辆别克撞飞了。"

十几岁的男孩。彼得摇了摇头,"算我一个。"

"3号手术室。"凯弗尔斯说,"一小时后开始准备。"他挂断电话。彼得赶紧起床穿好衣服。


彼得知道自己本来不必去,但他又有点情不自禁。去手术室的途中他在急诊室待了一会儿,翻了翻放在旋转架上的铝制病历夹。急诊室里,医生正在给一个撞上橱窗玻璃的病人缝合伤口,另外还有个上臂被砍伤的人。翻着急诊病历,彼得·霍布森感到胃部一阵痉挛,在这儿——

恩佐·班德罗,十七岁。

摩托车事故,正如凯弗尔斯所说。

一个护士经过彼得·霍布森身边,从他肩后望了一眼。名牌上标明她叫萨利·科汉。她皱着眉头说:"可怜的孩子。我弟弟和他年纪一样大。"她顿了顿,"他父母正在医院的教堂里。"

彼得·霍布森点点头。

恩佐·班德罗,他想。十七岁。

为了尽力抢救这个男孩,医疗组已经给他用了多巴胺,适当进行了脱水治疗,希望减轻脑水肿。通常情况下,遇到严重的头

—————————
①加拿大东南部城市。

部创伤都会这样处理。大剂量多巴胺对心肌有损害，但这时也顾不得了。根据急诊记录表描述，凌晨两点十四分，开始脱水治疗，然后又给他输了液。最后的记录表明他的血压仍然太高——这是多巴胺的作用——很快它就会降下来。彼得翻着病历，一份血清检验报告单表明：恩佐·班德罗无肝炎、无艾滋病，血液的化验结果很好。

最佳捐赠者，彼得心想。究竟是不幸还是幸运？他的器官可以挽救六七个人的生命。马米科尼安首先会摘除他的心脏，手术需要三十分钟；然后是肝，大约两个小时；紧接着，肾脏移植组会切除他的肾，又需要一个小时；那之后是眼角膜，再后来是骨头乃至其他组织。

可供下葬的已经不多了。

"心脏将运往萨德伯里。"萨利·科汉说，"他们说交叉配血完全吻合。"

彼得·霍布森将病历夹放回旋转架，朝一扇双开门走去，那里通往医院其他地方。去3号手术室有两条路，走哪条没什么区别。他选择了经过医院教堂的那条路。

他并不是个虔诚的教徒。他的老家在萨斯喀彻温省，是一个中产阶级的加拿大新教徒家庭。彼得上一次去教堂是参加婚礼，而这一次是去参加葬礼。

他从走廊上可以看见班德罗夫妇，他们正坐在教堂中间的长凳上。母亲轻轻抽泣着，那位父亲一只手搂着她的肩。他是个皮肤黝黑的男人，穿着一件格子呢花衬衫，上面溅满水泥的污点。也许是个泥水匠。在多伦多，他那一辈的意大利裔许多都在从事建筑行业。他们是二战后来到这里的，不会说英语，为了让孩子生活得好一点，他们干着最艰苦的体力工作。

但是现在,这个人的孩子死了。

教堂并没有明确的教派特征,但这位父亲望着上方,似乎能看到墙壁上的十字架,看到耶稣挂在那儿。他在胸前画着十字。

彼得·霍布森知道,萨德伯里某个地方正在欢庆,因为一颗心脏将会送到一个生命得以挽救,那里充满欢乐。

但这里没有。

他沿着走廊继续走下去。


彼得·霍布森来到手术清洗室。透过一个大窗子可以看到里面的手术室。各外科小组已经就位,恩佐·班德罗的尸体已经准备好:躯干被剃干净了,上面擦过两层锈色碘酒,透明塑料膜覆盖在手术部位。

彼得想看看这位器官捐赠者的脸,其他人经过训练后已经有意不去关心这些事了。他能看见的不多,恩佐·班德罗的头被一张薄被单罩住了,只有口腔中的呼吸管露在外面。移植小组的人员故意不看捐赠者的身份,这样做起来会轻松一点,这是他们说的。彼得·霍布森也许是唯一知道他名字的人。

手术室外面有两个清洗池,彼得开始做例行的八分钟清洗。水槽上方有个计时器,记录清洗时间。

五分钟后,马米科尼安医生赶到了。他在第二个清洗池里洗手。他有一头铁灰色的头发、瘦长的下巴,不像个外科医生,更像一位上了年纪的超级英雄。

"你是?"马米科尼安一边清洗,一边问道。

"彼得·霍布森,先生。生物医学工程专业的研究生。"

马米科尼安笑了笑,"很高兴遇见你,彼得·霍布森。"他接着清洗,"抱歉不能跟你握手。"他轻轻笑了一声,"你今天的工作是做什么?"

"呃,根据我们的课程安排,要求参加四十个小时的医疗技术实践,凯弗尔斯教授安排我今天操作心电图。他是我的论文导师。"他停了一下,"当然,需要您批准,先生。"

"当然可以,"马米科尼安说,"仔细看,认真学。"

"我会的,先生。"

彼得洗手的清洗池上方的计时器嘀嗒作响,他不太习惯。手有点刺痛。他把滴水的手举到胸前,一个清洗护士拿着一条毛巾过来了。彼得接过毛巾,擦干手,护士又举着一套消过毒的绿色长袍,他套上了它。"几号手套?"她问。

"七号。"

她撕开一个包装袋,拿出一副乳胶手套,利索地给他戴上。

彼得走进手术室。上方有十几个人正透过观察室的窗玻璃观看。

手术室中间的手术台上放着恩佐·班德罗的躯体,身体上连着好几根管子:三根输液管,一根监测血压的动脉导管,一根置入心脏的监测液体水平的中心静脉细导管。一位年轻的亚洲女人坐在凳子上,观察监视器的数值:一个是二氧化碳监测仪,另一个是容积输液泵。她还负责监视安放在恩佐·班德罗头部上方的心电图示波器的情况,直到彼得接替她的工作。彼得走过去,调整了一下方位,正好对着监视器的显示屏。脉率正常,没有心肌受损的迹象。

他觉得有点不寒而栗,这个男孩已经法定死亡,却还有脉搏。

"我是华。"那个亚洲女人说,"第一次?"

彼得点点头,"以前有过小手术的经历,今天这阵势没见过。"

华戴着口罩,但是彼得·霍布森看到她眼角堆起了笑纹。"你会习惯的。"她说。

屋子另一边,恩佐·班德罗的胸部 X 片被嵌在一个照明板上,上面显示双肺无皱缩,胸部清晰,X 片中央部位的心影正常。

马米科尼安走了进来,大家的目光都转向他,他是这个小组的指导人。"大家早上好。"他说,"咱们开始工作好吗?"他走到手术台前,站在恩佐·班德罗的尸体旁边。

"血压有少许下降。"华说。

"请输晶体液。"马米科尼安说着,看了一眼显示屏上的读数,"再加点多巴胺进去。"

马米科尼安站在恩佐·班德罗的右侧,接近他的胸部位置,对面是那位清洗护士。这位护士旁边是一位拿着腹壁牵引器的外科助手。五个一升大小的容器整齐地排放在桌上,里面装着冰冷的乳酸林格氏液,手术需要时可以迅速倒进胸腔内。还有一名护士拿着六个红色血袋做好准备。彼得尽量站到手术台的头部位置附近,以免妨碍操作。

彼得·霍布森旁边是灌注师赛克,他戴着头巾,外面罩着一顶大大的绿色手术帽,正在查看一系列读数:远端温度、动脉开口、心脏泵活塞等。在他旁边,另一名技术员仔细观察着呼吸机黑色伸缩管的升降,确保恩佐·班德罗的呼吸维持在适当水平。

"我们开始吧。"马米科尼安说。

一名护士走上前来,把某种药物注入恩佐·班德罗体内。她朝一个用细线从天花板上垂下来的麦克风说:"上午十点零二分时,给注'麦罗克'。"

马米科尼安医生要了一把外科手术刀,从恩佐·班德罗的喉结下开始切割,一直到胸口中部。手术刀轻而易举地划破皮肤,深入肌肉层和脂肪层，刀尖直抵胸骨。

心电图轻轻抖动了一下，彼得瞟了一眼华那边的监视屏：血压也在上升。

"先生，"彼得说，"心率在上升。"

马米科尼安斜眼瞄了一下彼得·霍布森的示波器，"正常。"因为被打断，他的语气有点不耐烦。

马米科尼安把手里的手术刀还给护士，刀已经被血染红了，滑腻腻的。护士递给他一把胸骨锯。马米科尼安打开胸骨锯的开关，锯子嗡嗡作响，掩盖了示波器发出的哔哔声。锯子飞旋的刀片切开胸骨，胸腔里冒出一股刺鼻的气味，两位技术员拿着胸腔扩张器，走上前来，把它安放在恩佐·班德罗的胸腔内，张开胸骨，直到可以看见心脏，它正以每秒一次的速度搏动。

马米科尼安抬头看了看：墙上有一个数字式缺血计数器，当他动手切除器官时计数器便开始跳动，计算有多长时间没有血液流回心脏。马米科尼安身旁有一只装满盐水的塑料碗，心脏切下后放到那里面清洗积血，然后转移到装满冰块的圆帽形容器里送往萨德伯里。

马米科尼安又要了一把手术刀，他弯下腰，开始切割心包。正当他的刀刃划进环包心脏的包膜时——

恩佐·班德罗，这位已经法定死亡的器官捐赠者的胸部出现了明显起伏。

他的呼吸机插管里发出一声重重的喘息。

片刻之后，又是一声喘息。

"上帝——"彼得小声惊叫道。

马米科尼安有点烦了。他用戴着手套的手指重重指着一名护士说，"增加'麦罗克'用量！"

护士走上前来加了第二次药。

马米科尼安用嘲弄的语气说:"我们来看看究竟能否完成这件该死的事情,难道捐赠人还会溜掉不成,是吗,各位?"

彼得有点眩晕。马米科尼安取出了跳动的心脏。这就意味着不再需要心电图操作员了。彼得走上观察层,继续观看后面的器官收割。所有工作都结束了,恩佐·班德罗空空的皮囊经过缝合被送往停尸房之后,彼得从观察室走下来,回到手术间,看到华正在脱手套。

"那情况是怎么回事?"彼得问。

华重重呼出一口粗气,有点精疲力竭。"你指的是捐赠者的抽气声?"她耸了耸肩,"偶尔会发生那种事。"

"但是恩佐·班德罗——但是捐赠者已经死了。"

"当然。可我们仍然给他提供了全部生命维持,有时会有反应。"

"还有——跟'麦罗克'有什么关系?'麦罗克'是什么?"

华解开她的手术外套,"肌肉松弛剂。必须注射,不然的话,切开心包时,有时捐赠者的膝盖会向胸部顶起。"

彼得吃了一惊,"真的?"

"哦——嗯。"华把手术外套扔进一个大篮子,"只是肌肉反应。现在一般都要对尸体作麻醉处理。"

"麻醉已经死亡的器官捐赠者?"彼得觉得有点不可思议。

"是的。"她说,"当然,黛安今天显然干得不太漂亮。"华停了一下,"每次捐赠人做那种动作时,我都有点心惊肉跳。不过,嗨,不过是一次移植手术罢了。"

彼得·霍布森口袋里装着一份他女朋友卡西·丘吉尔的日程表。他本人是一年级的硕士研究生，他女朋友还在攻读化学学士学位，已经是最后一年了。二十分钟后，她将上完今天最后一堂课——聚合物。他匆匆忙忙赶回校园，在教室外面的走廊里等她。

下课了，卡西·丘吉尔走了出来，一路和她的朋友吉斯米叽叽呱呱聊个不停。吉斯米先看到了彼得。"好了，"她拽了拽卡西·丘吉尔的袖子，笑嘻嘻地说，"看看那是谁，你的如意郎君。"

彼得朝吉斯米笑了笑，眼睛却盯着卡西。卡西·丘吉尔长着一张鹅蛋脸，一头长长的黑发垂在肩后，有一双大大的蓝眼睛。与往常一样，她一见彼得就喜笑颜开。虽然早上有点不愉快，但彼得也笑了。总是这样，他们俩每次见面都有一种触电的感觉。他们的朋友对此津津乐道。

"让你们这对鸳鸯单独待着吧。"吉斯米笑着说。彼得与卡西和她道别。然后，两人拥吻了一番。通过这种片刻的交流，彼得觉得自己又获得了新生。他们已经恋爱三年多了，但拥抱的感觉仍然美妙无比。

两人分开后，彼得问："今天剩下的时间你有什么安排？"

"我想顺便去艺术系一趟，看能不能轮到一点烧瓷的时间，不过这事儿可以先等等。"卡西说，声音里透着顽皮。学校为节省开支，走廊上方原来的日光灯每隔一盏就取掉了一根灯管，但在彼得看来，卡西的笑容把整个走廊都照亮了。"你有什么打算吗？"卡西问。

"我想让你陪我一块儿去图书馆。"

卡西又露出醉人的微笑。"咱俩都不是安静型。"卡西说，"哪怕躲到没人的角落——比如说加拿大文学区——去干那事，声

14

音恐怕还是会惊动别人。"

他禁不住笑了,靠过去又给了她一个吻。"也许晚点再干。"他说,"不过我先要请你帮我做点研究。"

两人手牵着手朝前走去。

"什么研究?"

"有关死亡。"彼得说。

卡西吃惊地瞪大眼睛,"什么?"

"今天我做了一项实习科目,在取出捐赠者的心脏准备移植的手术中操作心电图。"

她眨了眨眼,"听上去挺有意思的。"

"是,不过……"

"不过什么?"

"不过,我认为在取出捐赠者的器官之前,他并没有死。"

"噢,得了吧!"卡西说,甩开他的手,轻轻地在他胳膊上打了一下。

"我是说真的。实施手术时他的血压上升,心率也加快了。那是典型的生理紧张的信号,或是疼痛反应。他们还麻醉尸体。想想吧,麻醉一个已经算是死亡的人。"

"当真?"

"当然是真的。手术刀割进心包时,那个人还抽了一口气呢。"

"我的天哪。外科医生当时怎么做的?"

"给那具尸体注射更多的肌肉松弛剂,然后继续手术。似乎每个人都觉得这种做法合情合理。当然,等手术做完,那个捐赠者也就真的死了。"

他们离开了拉希·米勒大楼,朝北向布卢尔大街走去。"你想找什么?"卡西问。

"想找一些资料,弄清在取出捐赠者的器官之前,他们如何判定一个人已经死亡。"

卡西来到彼得的单间阅览室坐下。他们在图书馆里已经找了一个小时。"我找到点东西。"她说。

他满怀希望地抬起头。她拖过一张椅子,把一本大部头书在膝头上放稳。"这是一本有关移植程序的书。有关移植的问题,它这样写道:他们从来不会切断连接病人身体的生命维持设备。如果撤除这些设备,体内的器官就会受损。因此,即使捐赠者已经被宣布死亡,他的心跳仍然不会停止,甚至能继续产生心电图。假定已经死亡的捐赠者其实还活着,同你我一样。"

彼得激动地点点头。这正是他希望找到的结论,"那么,他们如何判断一名捐赠者是否死亡?"

"一种方法就是向捐赠者的耳朵里喷射冰冷的水。"

"你开什么玩笑。"他表示难以置信。

"不是开玩笑。这里说,这么做一定会使人彻底丧失方向感,哪怕深度昏迷者也一样。这种方法经常导致自发呕吐。"

"这是唯一的检验方法?"

"不是。他们还擦拭病人的眼球表面,看他会不会试图闭眼。还有,他们会拔出——你把它叫什么? 呼吸管?"

"气管内插管。"

"对。"她说,"他们会暂时把气管内插管拔出一会儿,看看身体对氧气的需要是否会使其再次自主呼吸。"

"脑电图又是怎么回事?"

"哦,这是一本英国人的书。写这本书的时候,法律还没有规定判定是否死亡必须用心电图。"

"真是难以置信。"彼得说。

"但北美洲这里肯定要用心电图,对不对?"

"我想是吧,大多数地区的法律都有这种规定。"

"也就是说,在动手取出他的器官之前,今天你看到的这名捐赠者的心电图应该是一根直线。"

"是这样。"彼得说,"但我上心电图课时,教授说过:即使心电图完全是一根直线,大脑仍然可能有某些活动。"

卡西的脸色有点发白。"不过,"她说,"即使捐赠者仍然有点微弱的感觉……"

他摇摇头打断她,"我不敢说仅仅只有一点微弱的感觉。心脏在跳动,大脑在接收含氧的血液,信号显示还能感到疼痛。"

"即使是这样,"卡西道,"即使真是这样,但还有一点:大脑在相当长一段时间内没有任何反应,肯定已经严重受创。这时他已经是植物人了。"

"也许如此。"彼得说,"但从死尸上取出器官和从活着的人体上割下器官可是两回事,不管这个活人的脑损伤有多么严重。"

卡西打了个寒战,回去继续查找资料。她很快便又找到一份报告,主题是底特律市亨利·福特医院对心脏停止跳动的病人进行的为期三年的研究。有四分之一的病人诊断出已经没有心跳,但实际上通过插入血管中的导管发现他们仍然有血液流动。报告暗示,病人也许过早地被宣布死亡了。

同时,彼得·霍布森从1986年的《伦敦时报》上也找到几篇相关文章。心脏病专家戴维·温赖特·埃文斯以及另外三名资深医生拒绝做移植手术,因为他们认为界定捐赠者确切死亡时间的方式不够准确。他们给英国医学院联合委员会寄去了一份长达五页的报告，表明他们对此事的关注。

彼得把这些文章拿给卡西看。"但是联合委员会认为他们的观点没有依据，不予理睬。"她说。

彼得摇摇头。"我不认为这观点没有依据。"他看着她的眼睛，"明天，恩佐·班德罗的讣告上会说，他在摩托车事故中因头部受伤而亡。其实不是这样。我亲眼看到恩佐·班德罗是怎么死的。事情发生的时候，我就在现场。他因心脏被掏出胸腔而死。"

# 第二章

## 2011年2月

　　警探桑德拉继续探寻彼得·霍布森的记忆。

　　1998年,他硕士毕业,在东约克总医院工作了七年,然后创办了他自己的生物医学设备公司。同样在1998年,他和卡西·丘吉尔,这对彼此相爱多年的年轻人结了婚。卡西放弃了她的化学专业,彼得至今仍然对此无法理解。此后,卡西去了杜韦普广告公司,在一个没什么创造性可言的位置上待了下来。

　　每周星期五下班后,卡西和她的同事们都会出去喝两杯。实际上,桑德拉不久便发现,尽管他们总有这样那样的理由,但最终总会再加一个理由,那就是喝酒。入夜后,总会有几个人练习动词的比较级:多喝一点,再多一点,结果往往是酩酊大醉,人事不省……

　　这是典型的多伦多二月的夜晚,又黑又冷。彼得·霍布森走过七个街区,从四层楼的霍布森监控器材公司来到本特·毕晓普酒吧。卡西的那些同事跟他不是一类人,但他知道自己得来做个样子,这对卡西很重要。尽管如此,彼得总是尽量比其他人晚来一会儿。他最不想做的就是同广告公司的客户经理或艺术指导闲聊，广告这玩意儿总有点儿让他大倒胃口。

彼得推开毕晓普酒吧沉重的木门，站到通道入口，眼睛慢慢适应了里面幽暗的光线。左边是块黑板，写着每日特价菜。右边是一张莫尔森牌啤酒海报，上面是一位穿着红色比基尼的曲线优美的女人，枫叶掩盖了她高耸的乳房。啤酒加性，彼得心想，过去如此、现在如此、将来还是如此。

他离开入口，扫视酒吧，想找到卡西。深灰色的长条桌以不同的角度摆放着，把酒吧塞得满满的，就像堵塞的航道上挤了一大群航空母舰。酒吧后台有两个人在掷飞镖。

噢，他们在那边：一群人围着一张靠墙的桌子。几个人坐在沙发上，背后的墙上装饰着另一幅莫尔森的海报，照例是妞儿。其余人坐的是高背椅，手里端着酒杯。几个人正在分享一盘烤干酪辣味玉米片。桌子很大，大家可以三个一群五个一伙各自谈话，互不影响。酒吧里播放着米特森的旧曲子，音量很大，谈话的人只有大声嚷嚷才能让对方听到。

卡西是个非常聪明的女人，彼得最先就是被她的机智迷住的。只是后来，他才重新修订了自己对女性的审美标准，从啤酒广告里的金发肉弹型转向了卡西那种乌黑头发、薄嘴唇的秀美型。她坐在长沙发上，她的两个同事——其中一个叫托比，不知道对不对？还有那个小丑汉斯·拉森——一左一右把她夹在中间，所以，如果他们两人不先移动一下，她就没法出来。

卡西看到彼得走过来，露出她那光彩照人的笑容，向他招招手。当她微笑的时候，彼得心里仍然会泛起一阵冲动。他想靠着她坐下，但眼下却不能。卡西又笑了笑，爱意在她的脸上荡漾。她耸耸肩表示歉意，示意他从邻桌找一张没人坐的椅子。

彼得照办了,卡西的同事们依次挪了挪位置,给他让出点空间。他发现自己左边是个浓妆艳抹、广告公司常见的那种秘书或制作助理,右边则是那个"假聪明"先生。和所有"假聪明"一样,这一位面前也放着一个书籍阅读器,透过阅读器外壳的窗口可以看到图书封面:普鲁斯特。真是个招摇过市的讨厌鬼。

"晚上好,医生。""假聪明"朝彼得打了个招呼。

彼得笑笑,"玩得好吗?"

"假聪明"大约五十岁,瘦得皮包骨头,指甲很长,头发又脏又乱,活脱脱一个霍华德·休斯。

其他人纷纷向刚来的彼得打招呼。卡西在桌子对面给了他一个特别的微笑。他的到来暂时打断了这些人的谈话。坐在卡西右手边的汉斯抓住了这个吸引大家注意力的机会,说:"今晚老婆不在家。"他向大家宣布,"看她侄女去了。"实际上也是汉斯的侄女,不过他根本没想到这一点,"这表示我自由了,女士们。"

桌子四周的女士们有的呻吟,有的哈哈大笑。以前他们全都听汉斯说过这种话。他长得根本算不上帅,一头金发脏兮兮的,看上去像皮尔斯伯利公司面团宝宝广告里的人物。不过,他那令人难以置信的大胆还是颇有吸引力,即使对汉斯的偷腥行为极为厌恶的彼得也发现,此人身上天生有点招人喜爱的东西。

一位化了妆的女士抬起头。她深红色的口红涂得十分夸张,比嘴唇的真实尺寸大得多,"对不起,汉斯。我今晚想洗洗头。"

大伙哄堂大笑。彼得瞄了一眼旁边的"假聪明",看看那个洗头的笑话——显然是个小圈子的内部笑话——是不是针对他,结果发现不是。"此外,"那位女士说,"姑娘家总得有她的尺度吧。我担心你不够格哟。"

卡西左边的托比吃吃地笑个不停。"不错，"他说，"她们不会无缘无故管他叫小汉斯。"

汉斯咧嘴大笑，"我爸爸常常说，你总有强项可以发挥嘛。"他盯着那个涂了口红的女士说，"此外，别招惹我，直到——直到我哪天招惹你！"汉斯捧腹大笑，为自己的伶牙俐齿洋洋得意，"问问财会部的安·玛丽，她会告诉你我有多棒。"

"安娜·玛丽。"卡西纠正他。

"无关紧要，无关紧要。"汉斯嚷嚷道，挥舞着两只棒球手套似的大手，"总之，如果她不肯替我说话，问问那个金发临时工，大胸脯那个。"

彼得有点厌烦这种话题了。"干脆跟她约会算了。"他说，指了指莫尔森广告上的性感女郎，"如果老婆出其不意回到家，你还可以把她叠成一架纸飞机，从窗户上放出去。"

汉斯又狂笑起来。倒是个好脾气，彼得不得不承认。"嗨，医生开起玩笑来了！"他一边说，一边挨个儿从每人脸上看过去，想和大家分享彼得讲了笑话这个奇迹。彼得有点尴尬，移开目光，正好遇到了年轻的酒吧服务生的目光。他朝服务生扬了扬眉，后者便走了过来。彼得要了一大杯橙子汁。他不沾酒。

可是，汉斯不是那种容易打发的人。"继续，医生。再给我们讲一个。在你们那一行你一定听过不少笑话。"他嚷嚷着。

"那好。"彼得说。为了卡西，他决定努力挽回一点面子。"我昨天同一个律师聊了一会儿，他给我讲了个笑话。"两个女士开始大嚼玉米片，明显对他的笑话不感兴趣，但其余人都等着他。"是这样，有个女人把装色拉汁的瓶子砸在她丈夫头上，杀了他。"这个笑话原来的情节其实是丈夫杀死了妻子，但是彼得忍不住调换了角色，想让汉斯产生这种想法——老婆或许会对他在外面拈花惹草心怀不满。

"后来,"彼得接着说,"这个案子开审了,检察官想介绍一下凶手的凶器。她把装色拉汁的调味瓶放到桌子上,瓶里几乎装有满满一瓶液体。她把它展示给法官看。'阁下,'她对法官说,'正是这个东西制造了这起凶案。我把它记录为刑事证据一号。'法官把瓶子举到灯光下面,'如你所见,它现在仍然装满油和醋——'正在这时,辩方律师站了起来,捶着身前的桌子说,'我反对,阁下!'他嚷道,'那个证据不能混溶!'"

大家全都盯着他。彼得笑了笑,示意笑话讲完了。卡西尽力挤出笑容,虽然前一晚她已经听过这个笑话了。"不能混溶。"彼得又底气不足地重复了一遍。但大家仍旧没有一点反应。他看看"假聪明"。"假聪明"屈尊发出一声笑,他听明白了,或者假装听明白了。但其他人仍然无动于衷。"不能混溶,"彼得说,"就是说它们不会混合在一起。"他挨个儿看过去,"油和醋。"

"哦。"一个涂脂抹粉的女士应了一声,其他人也跟着打了几个哈哈。

彼得的橙汁来了。汉斯做了一个炸弹落下来的手势,口中发出嗡嗡声,最后一声爆炸。他抬起头对大家说:"嗨,各位,你们听说过没有,有个妓女……"

随后这一个小时似乎更加漫长,彼得终于还是熬了过来。汉斯继续卖弄他的性诱惑,有时是对全体女士,有时是对个别女士。终于,彼得再也无法忍受汉斯之流,无法忍受酒吧里的噪音和味道恶心的橙子汁。他和卡西交换了个眼色,有意看了看手表。她给了他一个笑容,意思是感谢他对她这么耐心。尔后,他们起身离开。

"这么快就走,医生?"汉斯说,明显有点口齿不清。他的左臂已经搭在了一位女士的肩膀上。

彼得·霍布森点了点头。

"你真该让卡西待得晚一点。"

这句不公道的批评激怒了彼得。但他只是敷衍地点点头,卡西向大家道了再见,朝门口走去。

时间才晚上七点半,虽然街灯炫目的光线淹没了天光,但看得出天色已经暗了下来。卡西挽着彼得的手臂,两人慢慢走着。

"我真是烦透了他。"彼得说,呼出的热气在空中凝结成一团雾。

"谁?"

"汉斯。"

"呃,他其实没有恶意。"卡西说,紧紧地依偎着他。

"只会汪汪叫,不会咬人?"

"这个嘛,我没那么说。"她说,"他的确好像和办公室里的每一个女人都约会过。"

彼得摇摇头,"难道她们都看不出来? 他只追求一样东西。"

她停住了,踮起脚去吻他,"今晚,宝贝儿,我也是。"

他对她笑了,她也对他笑了,不知为什么,外面好像一点儿也不冷了。

这一晚,他们的性爱异常奇妙,两人赤裸的身体缠绵在一起,满足着对方。结婚十二年,在一起生活了十七年,距第一次约会已经十九年,他们熟悉彼此身体的节奏,而且,经过这么多年之后,他们仍然能找到令对方惊奇和愉悦的新方法。终于,午夜之后,他们在彼此的臂弯里沉沉睡去,静静地、放松地、精疲力竭地,带着爱意。

凌晨三点钟,彼得突然惊醒了,浑身大汗淋漓。他又做了那个梦,那个同样的梦,那个已经萦绕在他心头十六年之久的噩梦。

那人躺在手术台上,被宣布死亡,却没有真正地死去。解剖刀和胸骨锯切入他的身体,他的器官从身体里被取了出来。

赤裸的卡西被彼得突兀的举动惊醒了,她溜下床,给他倒了一杯水,坐在他身旁。同以往无数个夜晚一样,她紧紧搂着他,直到他心中的恐惧慢慢消退。

# 第三章


彼得·霍布森在杂志和网络上都看到了这则广告："长生不老！现代科技能够让你的身体永不磨损。"他以为那只不过是一个骗局，直到他在《今日生物技术》上看到一篇文章。一家加利福尼亚公司声称：只需要二百万美元就可以使人长生不老。彼得并没有真的相信它，但相关的技术听上去很有意思。而且，现在他已经四十二岁了，他清楚地知道他和卡西只能厮守有限的几十年，这是生活中唯一让他感到难过的事。

无论如何，加利福尼亚的这家公司——"生命永恒"——已经在北美巡回召开研讨会，推介他们的技术。一路行来，他们到了多伦多，在皇家约克角大饭店租了一间会议室。

现在在多伦多市区驾驶汽车已经难于登天，于是彼得和卡西乘地铁到达联合火车站，从这里可以直达约克角饭店。研讨会在豪华的安大略室举行。大约有三十个人出席会议，还有——

"哎哟。"卡西轻声对彼得说。

彼得抬眼看去。科林·戈多伊正朝这边走来。他是卡西的朋友内奥米的丈夫，多伦多自治银行的副总裁，一个阔佬，喜欢卖弄金钱。彼得很喜欢内奥米，却从来没把科林放在眼里。

"彼得!"科林先打了个招呼,声音响亮,屋里每个人都扭过头来看他们。他同彼得紧紧握了握手,"还有美丽的女神。"他说着,上前吻了卡西一下,卡西勉强仰了仰脸。"见到你们俩真是太高兴了!"

"你好,科林。"彼得说。他飞快地用拇指指了指房间前面推销员坐的位置,"想长生不老吗?"

"听上去很诱人,对不对?"科林说,"你们两个呢? 一对幸福的夫妇,无法接受'直至死亡将你们分开'?"

"我是搞生物医学工程的。"彼得说,不知为什么,科林的猜测让他有点生气。

"当然。"科林一副知根知底的语气,真让人不爽,"当然啰。卡西呢? 不想永远保持美丽的容貌?"

彼得觉得必须替妻子挡一挡,"她获得过化学学位,科林。我们只是被这种技术中的科技成分吸引来的。"

这时,推销员在前面大声说道:"女士们、先生们,我们准备开始了。请各位就座。"彼得发现两个空位,在另外一排,于是迅速和卡西朝那边挤了过去。每个人都安顿下来,倾听推销演说。

"纳米技术是生命不朽的关键。"来自生命永恒公司的家伙对听众说。他是个结实的非洲裔美国人,四十来岁,黑白混杂的头发,满面狡猾的笑容。他的套装看起来就要花上二千大元。"我们的纳米技术机器能够阻止身体各方面的老化。"他在墙上的投影屏上展示了一张放大的显微机器人照片。"这就是其中之一,"他说,"我们管它们叫'保姆',因为它们会照料你。"他轻声笑笑,引得下面的听众也跟着笑了起来。

"现在,我们可以把它们分派到你们身体的各个部位。此后,为了防止你们衰老,我们的'保姆'是如何工作的呢?"他自问自答，"通常，大部分衰老是由特定的基因定时器来控制的。你不能清除这些定时器，因为它们是调节身体所必需的，但是我们的'保姆'能够识别它们的信号，还可以根据需要重新设定这些信号。'保姆'会比较你身体产生的脱氧核糖核酸，看它们与最初的脱氧核糖核酸是不是吻合，一旦发现有错，就会在原子水平纠正脱氧核糖核酸的排序。事实上，这种情况同零误差计算机通信差不多。事先设定校检数，就能以极高的速度做准确比对。

"另一个促使身体老化的主要原因就是体内有毒废物日积月累。但是我们的'保姆'会为你照料这些事情，把那些废物清出体外。

"自体免疫问题，比如风湿性关节炎，是另外一种性质的老化。当然，我们在试图治愈艾滋病的过程中，对自体免疫系统已经了解得很多，实际上，我们现在几乎已经能够解决所有出现的问题。

"不过最糟糕的衰老是记忆力衰退和理解能力减弱。很多情况下，其产生原因仅仅是缺乏维生素 $B_6$ 或者维生素 $B_{12}$。另外，缺乏乙酰胆碱和神经递质也会导致这种情况发生。不过，我们的'保姆'仍然能够使你体内的这些成分保持平衡。

"那么阿尔茨海默症①的情况又如何？到了一定年龄，这种病很常见。过多的铝也会诱发这种疾病。我们的'保姆'会调整你的基因，打开或者关闭调节阀。我们发现了早老性痴呆的遗传编码指令，如果你的脱氧核糖核酸存在这种基因片段——当然，不是每个人都有这种基因——那么只要阻止它的自身表达就可以了。"

推销员笑了笑，"眼下，我知道你们正在想什么：要是我遇到

―――――――――
① 又称早老性痴呆或老年性痴呆。

一个拦路抢劫的家伙，被他一枪打中心脏，你前面讲的这些东西好像帮不了我什么忙。其实，凭借取得专利权的永生科技，即使发生了那种事，我们仍然会帮你挺过来。不错，一颗子弹会中止你的心跳，但是我们的'保姆'监控着你血液中氧的含量，如果需要，它们可以亲自把血液输送到你的大脑，扮演输送器的角色，传送红细胞。当然，你还需要作心脏移植，或者进行其他修复，但你的大脑会活着，直到它衰亡为止。

"好了，现在你们会想，嗨，如果那个抢劫的家伙一枪打中我的脑袋又怎么办？"推销员提起一张薄布似的东西，看上去像是一张银箔。"这是聚酯-D5，类似聚酯薄膜。"他拎着那张薄膜的一只角，任它在空中摆动。"它的厚度不到半毫米。"他说，"但是请看。"他把那张银箔样的薄膜挂在一块方形的金属框上，固定住薄膜的四条边。然后他掏出一支手枪，它的前端装了消声器。"不要担心，"他说，"我有特别许可。"他咯咯笑道，"我知道你们加拿大人对枪的想法。"他用手枪瞄准那块薄膜开了一枪。彼得只听到啪的一声响，看见一道火光在枪口处闪了一下，声音像打雷，演讲台后面的帘子上随即有点什么动静。

推销员走到那块金属框前，揭起了盖在上面的那张聚酯薄膜。"没有洞。"他说，真的没有。那张薄膜被空调机的微风吹得翻起了波纹。"聚酯-D5的开发是出于军事用途，现在已被广泛应用于全世界警察部队的防弹背心。你们已经看到，它的柔韧性相当好，除非用极快的速度撞击它，否则它不会受到损坏。而且，它还相当紧密，比钢还坚固。刚才我那一枪的子弹已经被弹落了。"他看看后面。他的助手举着一个金属钳走到台前，钳子里夹着什么东西。他把它丢进讲台上的一个玻璃碗，"在这儿。"

推销员面对听众，"我们给颅骨外面覆上一层薄薄的、网眼状的聚酯-D5。当然,我们无须事先剥下头皮,只需将纳米级超微型机器人注射进去,它们便能做到这件事情。颅骨在这层材料的保护下,可以承受住子弹的射击,或者可以让一辆小车从头盖骨上碾过,也可以从高楼上一头跳下,它仍然会完好无损。聚酯是如此坚固,几乎没有什么可以击穿你的大脑。"

他对着大家粲然一笑,"正如我开头所说,朋友们,我们可以把你装备起来,你再也不会死去,也不会衰老,不会发生任何你能想到的事故。一句话,我们可以像承诺的那样,完全做到千真万确的永生。现在,有人要做吗?"

这是本月的第一个星期日,按长期以来的惯例,他们要在彼得的岳父家一起共进晚餐。

卡西的父母住在北约克角的湾景大道。丘吉尔家的宅子是一幢二十世纪六十年代式样的边房,带一间一个车位的车库。这幢房子过去看来大小还合适,现在却被两旁那些高大的房子衬得像个侏儒,每天大部分时间都处在其他房屋的阴影之下。车库上方有一个锈迹斑斑的篮球架铁环,铁环上却没有球网。

卡西手指一按,打开房门的指纹锁。她先走进去,彼得跟在后面。卡西喊了一声:"我们来了。"她妈妈出现在楼梯最高处,向他们打招呼。邦妮·丘吉尔已经六十二岁了,暗灰色的头发短短的,剪得整整齐齐,她拒绝染发。彼得非常喜欢她。卡西和他来到上面的客厅。彼得多年来无数次来往这里,却仍然很不习惯屋子里的摆设。客厅里只有一个小书柜,放了些CD唱片和激光碟,以及一部从1998年以来就在那里自动运转的花花公子视频游戏日历器。

卡西的父亲以前是教体育的中学老师。体育老师一直是彼得青少年时代的克星，正是从这些人身上他才第一次隐隐约约明白了，成年人未必全都明智。罗德·丘吉尔比那些老师更糟，他把自己的家庭当成一支中学的橄榄球队来指挥，每件事都要准时进行。邦妮现在就开始匆匆忙忙把食物摆上桌子了，而时间甚至还不到六点。每个人都知道自己的位置在哪儿，此外，当然啰，每个人都必须听从罗德教练的指挥。

罗德坐在桌子当头，邦妮在另一端与他相对，卡西和彼得·霍布森分坐桌子两侧，面面相对。当罗德沉迷于讲述他那些让人厌烦的故事时，卡西和彼得就趁机挤眉弄眼调调情。

这是个火鸡月：第一个星期日的晚餐大家就围着火鸡、烤牛肉，还有鸡肉团团转。罗德拿起一把切肉刀。他总是先给彼得布菜——"客人先请。"他说，似乎在强调即使彼得娶他的女儿已经十三年了，他仍然是个外人，"我知道你想要什么，彼得，一个鸡大腿。"

"其实我更喜欢鸡胸肉。"彼得礼貌地说。

"我还以为你喜欢吃鸡腿呢。"

"我喜欢鸡腿。"彼得说，同样的话他每三个月就要重说一遍，"但火鸡我更喜欢鸡胸。"

"真的吗？"罗德问。

不，我他妈瞎编的。"是的。"

罗德耸耸肩，切下鸡胸脯的肉。罗德是个自负的人，离退休只有一年了，他把自己的头发——为数不多的几撮头发——染成了褐色。右边的头发留得很长，梳过来盖住秃头，活像个穿竞赛服的迪克·范巴腾[①]。

"卡西还是个小女孩的时候就喜欢吃鸡腿。"罗德说。

_____

[①]迪克·范巴腾（Dick Van Patten，1928~2015）：美国演员，头发稀疏。

31

"我现在仍然喜欢。"卡西说,不过罗德好像没有听到她的话。

"我常常爱给她一个大大的鸡腿,看着她费老大劲啃一块肉下来。"

"真不应该,她可能被噎着。"邦妮说。

罗德咕哝一声表示反对。"小孩子能够照顾好自己。"他说,"我还记得有一次她从楼梯上摔下去了。"他笑着说,似乎生活应该是一场有趣的喜剧。他看了一眼邦妮,"其实卡西还没你生气。她就等在那儿,一直等到大人去看她,才大声哭起来。"他摇摇头,"小孩子的骨头都是橡皮做的,柔韧性很好。"罗德递给彼得一个盘子,里面装着两块切得很毛糙的火鸡胸脯肉块。彼得接过来,手伸向盛烤土豆的碗。现在看来,星期五在本特·毕晓普酒吧的那个夜晚还算不上特别糟糕。

"我肿了好几个星期。"卡西说,对罗德的说法不大同意。

罗德嘿嘿笑了两声,"趁机偷懒呗。"

彼得的腿上现在还留着一道很长的疤痕,那是高中时一次体操课上的事故留给他的纪念。那些可恨的体育老师,一帮可笑的家伙。他等到大家都布好菜了,自己去拿了肉汁,递给罗德。

"不,谢谢。"罗德说,"这段时间我不怎么喜欢肉汁。"

彼得想问为什么,不过又忍住了。他把肉汁递给卡西,回头笑着问他的岳母,"邦妮,近来你有什么新鲜事吗?"

"噢,有。"她说,"星期三晚上我要去上课,法语对话。我觉得也该学点东西了。"

彼得大为佩服,"对你会有好处的。"他说。又转向罗德,"就是说星期三晚上你只好自食其力了?"

　　罗德哼哼一声。"我会从'好食物'叫外卖。"他说。

　　彼得笑了。

　　卡西对母亲说："火鸡味道很好。"

　　"谢谢你,亲爱的。"邦妮说。她笑了,"我还记得那次感恩节,你在学校演出时扮演火鸡的样子呢。"

　　彼得有点吃惊,"这我还真不知道,卡西。"他看了看罗德,"她演得怎么样,罗德?"

　　"不知道,我没去。看着孩子们打扮得跟牲畜一样,晚上我可不会拿这个消遣。"

　　"可她是你的女儿呀。"彼得说,随即只盼自己没说这句话。

　　罗德替自己盛了点儿煮熟的胡萝卜。彼得猜想,如果罗德有个儿子参加少年棒球联赛,他准会去看的。

　　"爸爸对小孩子从来都没有多大兴趣。"卡西说,语气不偏不倚。

　　罗德点点头,似乎对一位父亲来说,这是一个很好的理由。彼得用脚温和地抚了抚卡西的腿。

# 第四章

## 2011年8月

六个月时间,两个季节更替。这么长时间,许多事情改变了,没什么好奇怪的。

彼得·霍布森在网上下载了本周的《时代》杂志,浏览了一下。世界新闻、人物、重大事件。

重大事件。

出生,结婚,离婚,死亡。

人生并不是只有这些重大事件,还有分崩离析的美满婚姻、种种不快、空虚的心灵……这些,在哪里记录?怎么记录?由谁记录?

彼得还记得以前的星期六下午是如何度过的:悠闲慵懒,爱意融融。一起读读报纸,看会儿电视,最后踱进卧室。

重大事件。

卡西从楼梯上下来,彼得只抬头看了看。他的视线里有一种希望,希望看到的是以前那个卡西,那个让他坠入爱河的人。他的眼光又落回到文章阅读器上。他叹了口气,不是做作,也不是为了让她听到,而是为他自己,重重地吐一口气,把心里的郁闷吐出来。

彼得只瞟了她一眼,但已经注意到了她的打扮:一件破破烂烂的多伦多大学的T恤衫,下身是一条宽大的牛仔裤。没有化妆,蓬乱的头发也没有梳理,乱糟糟散垂在肩上。她戴了副玻璃眼镜,而不是隐形眼镜。

他又轻轻地叹了口气。鼻梁上没有那副厚厚的镜片的话,她会漂亮得多。但他已经不记得上一次她戴隐形眼镜是什么时候了。

他们已经六个星期没有做过爱。

全国的平均水平是每周2.1次。手里这本《时代》杂志就是这么说的。

当然,《时代》是美国杂志,也许这个平均值在加拿大有所不同。

也许吧。

今年是他们结婚十三周年。

他妈的,他们从未有过六星期不做爱的记录,他妈的六个星期啊!

他又向楼梯上看了一眼,她站在那儿,上面的第三级楼梯,穿得像那些该死的假小子。

今年她已经四十一岁了,下个月就是她的生日。她的身材仍然很美——当然,近来彼得欣赏这副身材的机会不多。T恤衫、过于肥大的运动衫还有长长的裙子,她穿的这些东西纯粹是些大口袋,把曼妙的身材都掩藏起来了。

彼得戳了一下阅读器上的翻页键,低下头继续阅读。从前的星期六他们经常投入地做爱。不过,上帝呀,如果她穿成这副模样……

他已经读完了面前这篇文章的前三段,不过意识到自己一点也不明白文章里写的是什么,一个字都没读进去。

他忍不住又看了看楼梯,卡西仍然站在第三级楼梯那儿,俯视着他。她的眼光和彼得的碰了一下,她马上垂下眼睑,扶着木制的楼梯扶手,走进客厅。

彼得怔怔地盯着杂志,没有转眼,嘴里却说:"晚饭你想吃什么?"

"我不知道。"她说。

"我不知道。"这句话成了卡西的口头禅。老天,他讨厌听到这句话。"今晚你想做什么?""晚饭你想吃啥?""想不想去度假?"

"我不知道。"

"我不知道。"

"我不知道。"

他妈的!

"我想吃鱼,我自己想。"彼得说,又戳了一下翻页键。

"随便你,只要你高兴。"她说。

如果你跟我说话,我就会高兴,彼得想。如果你别老穿得那么邋邋遢遢,我更高兴。

"要不然我们订一顿晚饭算了。"彼得说,"比萨饼,或者中国菜。"

"随便。"

他又翻了一页,屏幕上出现新的内容。

十三年的婚姻。

"也许我该给萨卡尔·穆罕默德打个电话。"他说,试探试探她,"出去和他待上一会儿。"

"喜欢的话就去吧。"

彼得关掉阅读器,"该死的,不单单是我喜不喜欢,你到底喜欢什么?"

"我不知道。"

这种状况已经有好几个星期了,他知道。他心里很痛苦,压力越来越大,濒临爆发的边缘。光叹气不行,不能使他充分释放出内心的压抑,没有减轻即将到来的情绪爆发。"也许我该出去和萨卡尔待在一起,不回来了。"

她一动不动站在他对面,楼梯就在她身后。她的下唇微微发抖。她声音很低,"只要你高兴,干什么都行。"

完了,彼得想,完蛋了。

彼得重新打开阅读器,马上又关上。"都结束了,是不是?"他说。

十三年……

现在,他应该从沙发上起身,站起来,离开。

十三年啊……

他闭紧了双眼。

"彼得……"

他仍然闭着眼睛。

"彼得。"卡西说,"我和汉斯·拉森睡了觉。"

他看着她,吃惊地张开了嘴,心脏剧烈跳动。她没有迎视他惊讶的目光。

卡西迟疑地走到客厅中间。他们有好几分钟没有说话。彼得的胃一阵剧痛。终于,他开口了,声音粗砺、嘶哑,仿佛喘不过气来,"我想知道是怎么回事。"

卡西的声音几乎听不见。她没有看他,"有关系吗?"

"是的,有关系,当然有关系。你们的……"他停顿了一下,

"……关系维持多久了?"关系。老天,他从来没想到在这种情况下用这个词。

她的下唇又颤抖起来,朝他走近了一步,似乎想坐在沙发上他旁边的位置,但看到彼得脸上的表情,她有点犹豫,转而慢慢挪了一张椅子坐下。她满脸疲惫,仿佛走进客厅这段微不足道的距离是她一生中最长的路。她仔细地把手在大腿上放好,目不转睛盯着它们。"不是什么关系。"她轻声说。

"那你把他妈的这种事儿叫什么?"彼得说。他用词很愤怒,但语气却非如此,而是枯竭的、毫无生气的。

"那是……那不是关系,"她说,"不是真的。只不过就那么发生了。"

"怎么发生的?"

"一个星期五的晚上,下班以后。那一次你没有来。汉斯请我一块儿坐地铁,然后一起回公司的停车场取我的车。那个停车场很偏僻,相当黑。"

彼得摇了摇头。"在你车上?"他问。他停了许久,又轻声说:"你——"下一个词他说得很慢,他耸了耸肩,词语不由自主地从唇边滑落出来,似乎没有其他的词能够更好表达他的意思——"这个荡妇!"

她的脸有点发肿,眼圈红红的,但没哭出来。她微微扭过头,似乎不接受这个词,以前从来没人这样说过她,但最后她耸了耸肩,或许是接受了这个指责。

"发生了什么?"彼得·霍布森继续问,"确切地说你干了什么?"

"我们发生了性关系,就这样。"

"哪种性关系?"

"一般的。他——他没有碰我其他地方。"

"难道你傻了吗?"

她吞吞吐吐,"我……我喝得太多了。"

彼得点点头,"你以前从来不喝酒,不久前你开始跟他们学上了。"

"我知道。我会戒的。"

"还发生了什么?"

"没什么了。"

"他吻你了吗?"

"开始吻了,后来没有。"

他嘲笑地问:"他说爱你了吗?"

"汉斯对每个人都那么说。"

"他对你说了吗?"

"说了,但……不过是逢场作戏。"

"你对他说了吗?"

"当然没有。"

此时,一滴眼泪从她脸颊上滚下来。

"发生在什么时候?"

"你记不记得那个星期五,我回家很晚,冲了个澡?"

"不,等等——对了。你从来不在晚上洗澡。但那是几个月以前的事——"

"二月份。"卡西说。

彼得点了点头。不知为什么,这件事发生了很久,好像使人更容易忍受一点。"六个月以前。"他说。

"是的。"她承认。下面的话就像子弹一样射进他的胸腔,"那是第一次。"

所有愚蠢的问题一下子涌上他的脑海。你的意思是说还有另外几次？是的，彼得·霍布森，她肯定是那个意思。"有多少次？"

"两次以上。"

"总共三次？"

"是的。"

他又挖苦道："那么，难道'关系'这个词用错了？"

卡西不出声。

"耶稣基督啊。"彼得喃喃地说。

"不是关系。"

彼得恨恨地点了点头。他知道汉斯是什么样的人。当然，这件事的确算不上什么风流韵事。不用说，没有爱情。"只有性。"彼得说出了声。

卡西很识趣，没有吱声。

"老天。"彼得又说了一遍，手里仍然拿着那只阅读器。他看了看它，想着自己应该把它扔到房间对面去，狠狠砸在墙上。但过了一会儿，他只是顺手把它扔在沙发上。阅读器在沙发上弹了几下。"最后一次是什么时候？"他问。

"三个月以前。"她回答，声音有如蚊鸣，"我曾经想鼓足勇气告诉你。我——我想我不能。这之前，我试了两次，但就是说不出口。"

彼得没有说话。无论什么反应都不恰当，没有办法解决，没有。这是一个深渊。

"我——我想过自杀。"沉默了许久，卡西接着说，语气像黎明前的风一般微弱。"不是服毒，也不会让人看出是自杀。"她迅速瞥了他一眼，"用一场交通事故。我想过撞向路边的墙上。用那种方法,你仍旧会爱我,永远不会知道我做了什么,而且……而且你还会情意绵绵地回忆起我。我试过,我已经准备那样做,但是,事到临头,我总是突然掉回车头。"她泪如雨下,"我是个胆小鬼。"她最后说。

沉默。彼得想彻底把事情弄明白,问她想不想跟汉斯走已经没意义了。汉斯并不想建立任何关系、真正的关系,不管是和卡西还是其他女人。汉斯,该死的汉斯!

"你怎么会同汉斯搅在一起?汉斯那种人?"彼得说,"你明明知道他是哪种人。"

她失神地望着天花板,"我知道。"她喃喃道,"我知道。"

"我总是尽量做一个好丈夫,"彼得说,"这你自己知道。我用尽了每一种可能的方法。我们无所不谈,不存在交流上的问题,你不能说我没有听你倾诉。"

她的声音里第一次出现了一丝愤怒,"好几个月来,睡觉时我偷偷哭个不停,这你知道吗?"

他们有一个床头扇,当作白噪音发生器,用来压过房子外面的交通噪声和两人偶尔出现的鼾声。"我没法知道那种事。"他说。

"我得好好想想。"他说得很慢,"以后怎么做我还不知道。"

她点点头。

彼得猛地一仰头,又粗又长地吐了一口气,"老天,我不得不修正过去六个月的所有记忆。我们在新奥尔良度假,那时你已经和汉斯有了关系;我们借了萨卡尔的小木屋度周末,仍然是在你和他发生关系之后。现在全不一样了,全不一样了。从那时起,记忆中的每一幅画面、每一个快乐时刻,全都是假的,全都被玷污了。"

"对不起。"卡西的声音小得几乎听不见。

"对不起?"彼得语气冰冷,"如果你们只发生过一次,也许你还可以道歉。但三次呢? 他妈的三次!"

她的嘴唇哆嗦着,"对不起。"

彼得又叹了口气,"我去给萨卡尔打个电话,看他有没有空出去吃饭。"

卡西没有说话。

"我不想丢下你一个人,只是想单独跟他谈谈,理出个头绪来。"

她点了点头。

# 第五章

  从少年时代起,萨卡尔·穆罕默德就和彼得·霍布森相识了,他们住在同一条街上。后来萨卡尔去了私立学校。当时看来他俩的友谊没什么发展前途,萨卡尔·穆罕默德喜爱运动,彼得·霍布森却是编辑学校年鉴和校报的顶梁柱;萨卡尔是穆斯林,彼得是无神论者。但自从他们两家成为邻居之后,两人相处得更好了。两人的幽默感差不多,都喜欢读阿加莎·克里斯蒂的书,都对电视连续剧《星际迷航》了如指掌。还有就是彼得不喝酒,萨卡尔对这一点觉得很高兴。萨卡尔出去吃饭选的都是获得教规许可的穆斯林餐馆;只要有可能,他都会尽量避免同饮酒的人在同一张桌子上进餐。

  萨卡尔·穆罕默德去了沃特卢大学学习计算机专业。彼得·霍布森在多伦多大学学生物医学工程。在大学期间,他们一直保持着联系,互通电子邮件。萨卡尔在温哥华学习一段时间之后回到了多伦多,开始运作自己的高科技公司,设计专家系统。虽然萨卡尔已经结婚了,而且有了三个孩子,彼得还是经常单独和他一起外出就餐。

  有点别扭的是,就餐地点总是选在巴瑟斯特路和劳伦斯大街交叉处附近一家名叫索尼·戈特利布的熟食店。这家餐馆位于多伦多的犹太人社区中心。尽管萨卡尔做出了最大努力以扩大彼得的饮食范围，但彼得仍然无法消受巴基斯坦烹饪风味。萨卡尔只好将就他，选择犹太餐馆，在里面点些符合伊斯兰教规的饮食——犹太餐馆里提供很多这样的食物。现在两人坐在他们的老位子上，周围是咿咿呀呀的犹太语和俄语的谈话声。

他们点了几道菜，萨卡尔问彼得有什么新情况。"没什么。"彼得说，他的嘴巴很紧，"你怎么样？"

萨卡尔说起他的公司最近接到的一笔业务：为安大略省的新民主党设计一个专家系统。他们只执政过一次，还是二十世纪九十年代的事了，但他们一直希望卷土重来，特别是要趁当时执政的人还活着，还能利用他们的知识见解。

彼得听进去了一半。平常他觉得萨卡尔的工作很有意思，但今晚他心不在焉。服务生给他们拿来一大罐斋食，还有篮子装着的品种齐全的百吉饼。

彼得想把卡西的事告诉萨卡尔。他好几次想说点什么，但总是话还没出口就失去了勇气。如果萨卡尔知道了这件事，他会怎么想？他会怎么看卡西？彼得首先想到他不能告诉萨卡尔，因为萨卡尔是伊斯兰教徒，他的家族在多伦多穆斯林社区中声名显赫。彼得知道他们仍然维持着包办婚姻的传统，那种关系违背他们的教义。他简直不能对任何人说出发生了什么事！任何人！

彼得并不真饿，但还是从篮子里拿了一块百吉饼，撕了一小块艰难地嚼着。

"卡西最近如何？"萨卡尔问，拿起一块黑麦百吉饼。

彼得借嘴里塞满食物的机会拖延了几秒钟，最后道："很好，她很好。"

萨卡尔满意地点点头，信以为真。

过了一会儿，萨卡尔问："九月的第二个周末我们北上旅行一趟如何？"

六年来彼得每年都要和萨卡尔一起去科瓦塔野营，度过一个周末。"我——我过几天答复你行吗？"彼得说。

萨卡尔又拣了块饼，"行啊。"

彼得喜欢那些周末野营的日子。他并不是个热衷户外运动的人，但他喜欢在野外的夜里看星星。他从来没打算把那搞成每年一次的仪式，但与萨卡尔·穆罕默德有关的任何事情只要干上两次，马上就会变成雷打不动的惯例。

离家远远的，挺好。彼得想，非常好。

只是——

他不能去。

至少今年不能去，也许永远都去不了。

他不能留下卡西一个人。

他不能，因为他不相信她还会老老实实一个人待在家里。

他妈的，真该死！

"过几天再答复你。"彼得又说了一次。

萨卡尔笑了，"你说过了。"

彼得意识到整个晚上都将成为一场灾难，除非他把心思放到其他什么事情上去。"我的公司为你设计的新式大脑扫描仪工作得如何？"彼得问。

"相当好。它真的简化了我们的神经网络研究工作，相当不错的机器。"

"你这么说我真高兴。"彼得道，"我正在改进它，想达到更高的分辨率。”

“现在的分辨率对我做的工作来说已经绰绰有余了，为什么还想改进？”

“记得我在多伦多大学上的实习课吗？我告诉过你器官捐赠者在手术中还活着的事？”

“噢，当然。”萨卡尔不禁颤抖了一下，“你知道我们伊斯兰教对器官移植持怀疑态度。我们认为人的遗体应当整个儿回归大地。有了你提到的那件事，我对这种观点更加深信不疑了。”

“还有，那件事还在让我做噩梦。但是现在，我相信我终于可以埋葬噩梦了。”

“哦？”

“我们针对你的工作开发的那个扫描仪，只算是起步的玩意儿。我真正想做的是开发一个——一个超级脑电图扫描仪。只要你愿意，它可以监测你大脑里所有的电磁活动。”

“啊。”萨卡尔惊奇地说，眉毛扬了起来，“那样一来，你就可以断定某个人究竟什么时间真正死掉？”

“完全正确。”

侍者把他们的主菜送了过来。彼得要的是一块蒙特利尔烟熏肉和黑麦面包，上面涂一点芥末，配菜点了土豆烙饼——萨卡尔称之为彼得的心脏杀手。萨卡尔要的是鱼丸。

“是啊。”彼得说，“我已经捣鼓了有一年了，总算取得了所需要的技术突破。信噪比问题曾经是我的拦路虎，但我在网上检索时发现了一种用于射电天文学的技术，帮助我最终解决了这个难题。现在我已经制造出了一台超级脑电图样机。”

萨卡尔放下叉子，“也就是说，你能够看到最后一个脑神经死亡，是不是？”

"的确如此。你知道,标准脑电图是这么工作的:每个大脑有数十亿个神经细胞,神经突触不断接收刺激信号和抑制信号,或者两种混杂的混合信号,对吧?如此一来,每一个神经细胞都具有连续的脉动膜电压。脑电图所测量的就是这些电压。"

萨卡尔点点头,表示听明白了。

"但是在标准的脑电图里,传感线圈直径太大,超过每个神经细胞的大小,所以,它们测量到的不是任何一个神经细胞的膜电压,而是线圈覆盖的那部分大脑的所有神经细胞的组合电压。"

"是的。"

"于是,问题的关键就是线圈过粗。如果只有一个神经细胞,或者几十个神经细胞,甚至几百个神经细胞对神经突触接收的输入信号产生反应,电压的值就会远远小于脑电图能够识别的数量级。所以,即使脑电图显示为一条直线,大脑的活动甚至生命的活动也许仍然在继续。"

"棘手的问题。"萨卡尔说。"棘手"是他最喜欢用的一个词,他用来表达某件事明显很困难,但自己又被其中复杂的难题所吸引。"你是说你已经找到解决的办法了?"

"是的,"彼得说,"用小线圈代替标准的脑电图原来的线圈,我的超级脑电图使用了超过十亿个由纳米技术制成的传感器。每个传感器小得就像一个单独的神经细胞。这些传感器覆盖在头盖骨上,好像一顶浴帽。与标准的脑电图不同——标准的脑电图采集给定区域的所有神经细胞的组合信号,而超级脑电图的传感器有相当高的方向性,它们只会采集正对传感器下方的神经细胞的膜电压。"彼得抬起一只手比画着,"当然,一根直线穿过大脑会横贯数千个神经细胞,但利用所有传感器的交叉信号,我可以把整个大脑的每个神经细胞和每个独立的脑电压活动都区分开来。"

萨卡尔又吃了一个鱼丸,"我现在明白为什么你会有信噪比的问题了。"

"完全正确。但现在那个问题我已经解决了。利用这种设备,大脑内任何有关电的活动我都能检测到,哪怕只有一个孤立的神经细胞存在活动。"

萨卡尔看上去深受触动,"你试过没有?"

彼得叹了口气,"在动物身上,试过。在几只大狗身上。我还不能把扫描仪设备做到适合老鼠和兔子那么小。"

"那么,这种超级脑电图是不是真的像你想的那么有效呢?能不能精确地显示出真正的死亡瞬间——大脑电活动的真正终止?"

彼得无可奈何地叹了口气,"我不知道。现在,我已经收集了数十亿字节的拉布拉多猎狗的脑电波实验室数据,却得不到许可人道地处死任何一条狗。"他把更多芥末涂在肉片上,"要想真正测试我的设备,只有在濒死的人身上实验才行。"

# 第六章

　　彼得·霍布森敲了敲门,轻轻走进护理中心的私人病房,一位大约九十岁的虚弱的老太太坐在床上,床的上半部呈四十五度角升起。两个静脉输液袋装着透明液体,挂在她床边的柱子上。一个微型电视安放在床右边的摆动臂上。

　　"你好,芬内尔夫人。"彼得轻声道。

　　"你好,年轻人。"老妇人说,声音既嘶哑又细弱,"你是医生吗?"

　　"不,至少,不是内科医生。我是个工程师。"

　　"你的火车在哪儿?"

　　"我不是那种工程师。我是——"

　　"我在开玩笑,孩子。"

　　"对不起。钟医生说你的心态很好。"

　　她和善地耸了耸肩,这是个小小的动作,却使人更真切地感受到病房、输液袋,"我尽量那样做。"

　　彼得看了看四周,没有鲜花,没有问候卡片。芬内尔夫人好像在世上没有亲人。他感到奇怪,她怎么还这么心情愉快。"我,呃,有一个请求想问你。"他说,"我需要你帮忙做一个实验。"

　　她发出的声音就像揉碎一片干树叶,"哪种实验?"

"决不会造成任何损伤。我只想要你戴上一顶特制的帽子，上面有一系列微小的电极。"

再次传来树叶揉碎的声音，可能是她的笑声。芬内尔夫人指指插入她手臂的管子，"我猜，再接上两条线也没什么关系。你想要我把那玩意儿戴多久？"

"直到，呃，直到——"

"直到我死，是不是？"

彼得觉自己两颊发烧，"是的，夫人。"

"那些电极是干什么用的？"

"我的公司制造了一种生物医学监视设备。我们已经开发出一个新式的超灵敏脑电图样机。你知道什么是脑电图吗？"

"一种脑电波的监视器。"芬内尔夫人脸部肌肉好像不大能活动，钟医生说她发了好几次轻度中风，但她的眼睛里含着笑意，"别说是我这个老病号，换个住院时间不如我长的也能学到点什么。"

彼得忍不住笑了，"这是一种特殊的脑电波监视器，它的分辨能力远远超过医院目前普遍使用的标准脑电波仪器。我想记录，喏……"

"你想记录下我的死亡，对吗？"

"对不起。我不想说得太冷漠。"

"你没有呀。为什么想记录我死亡的过程？"

"是这样，你瞧，即使现在，还没有一种百分之百准确的方法判断什么时候大脑最终停止活动。这种新设备能够精确地指出死亡的时间。"

"会有人在意那种问题吗？我又没有亲属。"

"这个嘛，在精确知道死亡时间之前，我们都会给躯体继续提供生命维持,因为我们不知道一个人是不是真的死了。我想对死亡做出一个明确界定,不只是有法律意义,还有现实意义——可以无可辩驳地证明:这个人是死了还是活着。"

"这对大家有什么用处?"她问,语气中分明表现出她很关心这个问题。

"有助于器官移植。"彼得说。

老太太头一偏,"没人会要我的器官。"

彼得笑了,"也许没有,但也许有一天,我的设备能够保证我们不会从某个还没有真正断气的人身上取走器官。在急诊室或者突发事件的现场也会很有用,可以让我们立即对一个仍然活着的病人进行抢救,而不是犹豫不决。"

芬内尔夫人细细品味了好一会儿,然后说:"你其实并不真的需要取得我的许可,是不是?你只消把那个设备安在我身上,说那不过是常规检验而已。多半情况下大夫们都不会解释他们在做什么。"

彼得表示同意,"我想你说的是对的,但我觉得把真相告诉实验对象是一种礼貌。"

芬内尔夫人的眼里又有了笑意,"你是一个很诚实的年轻人,你叫……?"

"霍布森。不过,请叫我彼得好了。"

"彼得。"芬内尔夫人笑了,"我来这里好几个月了,没有一个医生主动要求让我直接称呼他们的名字。他们的针头扎遍了我的全身,但仍然认为应该保持情感上的距离,这是他们工作的一部分。"她稍微停了一下,接着说,"我喜欢你,彼得。"

彼得也笑了笑,"我也喜欢你,芬内尔夫人。"

这一次她总算清清楚楚发出了笑声,"叫我佩吉好了。"停了停,她脸上的皱纹更深了,看得出她在笑,"你知道,自从来到这里,这是我第一次听到别人直呼我的名字。不过彼得,你是不是真的对死亡那一瞬间所发生的事情感兴趣呢?"

"是的,佩吉,真的是。"

"那么,为什么你不坐下来,让自己舒服一点,我还有话给你说。"她降低了声音,"要知道,我以前已经死过一次。"

"你说什么?"她看上去似乎神智很清醒。

"不要那样看着我,彼得。我没有老糊涂。坐下来。快,坐下。我来告诉你发生过什么。"彼得轻轻点点头,似乎还有点不相信。他找到一张塑料椅子,搬到佩吉床边坐下。

"那是发生在四十年前的事。"芬内尔夫人干核桃似的脸对着彼得,"我刚刚才被诊断出得了糖尿病。我得依赖胰岛素,但那时还不清楚该怎么保护自己。我丈夫凯文出去买东西去了。早晨,我照例注射了一针胰岛素,但是还没吃早饭。电话铃响了,是一个我认识的唠叨婆子打来的,结果她的话没完没了。我发现自己大汗淋漓,头痛得不得了,但我在电话里什么都不想说。我感觉到心脏怦怦地跳得厉害,手却软弱无力,视线也模糊不清。我正要对她说点什么,想让她挂了电话,我好去吃点东西,突然间我虚脱了。我产生了胰岛素反应——低血糖症。"

虽然她神色没什么变化,中风使她失去了面部表情,但她的声音却变得兴奋起来。"突然,"她说,"我发现我离开了自己的身体。我能看到自己的身体躺在厨房地板上,好像我悬在自己身体上方一样。我不断地上升、上升,全身陷进一条隧道,一条长长的灵魂隧道。隧道尽头是一束美丽的、纯净的、耀眼的白光,非常亮,却一点儿都不刺眼。我感觉很宁静、很平和。一种美妙的感觉,被完全接纳的感觉,是一种爱的感觉。我发现自己在向那束光移动过去。"

彼得歪着头,不知道该说点什么。芬内尔夫人接着说:"那束光的外缘出现了一个人影。我开始没认出是谁,但马上就看出来那就是我自己。如果不是的话,就是某个模样长得很像我的人。那不是我。我出生时是双胞胎,但我的孪生姊妹玛丽几天后就死了。我认出来了,那人正是玛丽,她来迎接我了。她飘近了,拉着我的手,我们又一起飘进隧道,朝那束光飘去。

"这时,我看到自己的一生掠过眼前,仿佛在放电影,有我和我父母的图像、我和我丈夫的图像、我工作和玩耍时的图像。玛丽和我一起回顾那些图像,看什么地方我做对了,什么地方做错了。作这样的评判没什么意义,却又似乎很重要,让我懂得了每一件事情,意识到我的行为对别人会产生什么样的影响。我看到自己在学校的操场上玩,考试的时候作弊,去医院当义工,诸如此类的事情。栩栩如生,清晰得让人不敢相信。我们越来越接近那束美丽的、美丽的光。

"然后,突然间,一切都消失了。我觉得自己正被拉回去,降下来。我不想放开玛丽的手,但一瞬间我失去了她——毕竟,我从来没有机会真正了解她——我的指头从她手里滑脱,我又飘了回来,远离那束光。之后,一下子,我回到了自己的身体里。我知道周围有其他人。我的眼睛很快睁开了,看见一个穿制服的人。是个护理员,手里拿着注射器。他给我注射了一针高血糖素。'你很快就会没事的。'他说,'一切都会好起来。'

"那位同我在电话里谈话的女人,她也叫玛丽,幸好她猜出我昏倒了,马上挂断电话叫了救护车。护理人员不得不砸开我家的大门。如果他们晚来几分钟,我就咽气了。

"因此,彼得,我知道死是什么样子,我并不害怕。那种经验彻底改变了我的生活态度。我学会了客观地看待每一件事物，从容面对一切。现在我知道得很清楚，我的生命只剩下屈指可数的日子，但我不害怕。我知道，我的凯文会在那束光里等着我，还有玛丽。"

彼得聚精会神地听着整个故事。类似故事他以前也听过，还窝在亲戚的小木屋里读过穆迪那本著名的小说《生命后的生命》的一些章节。他不知道为什么会有那样的故事，现在更加不清楚了。"这件事你对医生讲过吗？"彼得问。

佩吉·芬内尔不屑地哼了一声，"那些家伙来这里只是走马观花看一下，仿佛他们是一群马拉松运动员，我的病历记录表成了接力棒。我凭什么要和他们分享自己最隐秘的经历？"

彼得点头同意。

"不管怎样，"芬内尔夫人说，"死就是刚才我说的那样，彼得。"

"我——噢，我要——"

"尽管如此，你仍然要做你的实验，是吗？"

"呃，对。"

芬内尔夫人微微移动了一下头，尽她所能做了一个点头的动作。"很好。"她最后说，"我信任你，彼得。你看样子是个好人，还有，谢谢你听我说这些。做你的实验吧。"

自从卡西讲了她的事情之后，这一周比地狱还难熬。他们没怎么交谈，即使说话，也只说些彼得的超级脑电图实验之类的事。个人生活一概不谈，也不谈论任何与情感相关的事。尽说些无关痛痒的话题来打发两人间长时间的沉默。

现在是星期六下午，彼得坐在客厅沙发上看书。这一次他没有看电子图书,而是拿了一本货真价实的平装书。

彼得近来发现了几本罗伯特·B.帕克写的以老斯宾塞为主角的小说。斯宾塞和霍克之间那种绝对的、无条件的信任感人至深,还有斯宾塞与苏珊·西尔弗曼之间的真诚感情也十分动人。帕克从来没替自己笔下的斯宾塞取个名字,彼得自己想了一个挺不错的,洛克①。老斯宾塞就像一块屹立不倒的岩石,肯定比彼得·霍布森稳固得多。

在他身后的墙上挂着一幅亚历克斯·科尔维尔的油画。彼得原先嫌弃科尔维尔的画都是静态的,但几年之后,他渐渐喜欢上了科尔维尔的作品。他发现这幅画画得很特别:一个男人坐在一间小木屋的门廊边,一只老猎犬躺在他脚下——画面很有感染力。彼得最终意识到,科尔维尔的作品之所以缺乏动感,是因为画家想传达这样一种观念:画里这些才是真正重要的,永远如斯,不会改变。

彼得仍然一点儿都不知道该怎么办,不知道他和卡西的将来会是什么样子。他正好读到一段滑稽场面,本来应该很可笑,但彼得却一点也没被逗乐。他把一张书签塞到书里,顺手放到一旁。

卡西从楼梯上走下来,秀发垂肩,穿着一条非常贴身的蓝色牛仔裤,上身是一件宽松的白色休闲衬衫,最上面两颗扣子没有扣上。彼得清楚,这身打扮既可以视作很性感,也可以看作中性实用。她显然同彼得一样没有把握,只是想小心地传达一个信号——无论彼得情绪如何都适用的信号。"可以一块儿坐吗?"声音像微风一样轻柔。

彼得点了点头。

---

①岩石之意。

沙发上有三个大垫子,彼得坐在最左边。卡西坐在中间与右边两个垫子之间的缝隙位置上,和她的打扮一样,既想亲密,又想保持距离。

他们坐在一起好长时间,没有说话。

彼得从前到后,慢慢地扭动着头。他觉得心里暖烘烘的,视线有些模糊,他猜是睡眠不足。但就在这时,他突然意识到自己快哭出来了。他做了个深呼吸,想压制住这种感觉。上一次真正落泪时他只有十二岁。当时他觉得很羞愧,觉得这么大了还哭真不应该,但那一次电线漏电,的确把他给吓坏了。那以后的三十多年来,无论什么事情,他都能坚强面对,可是现在,泪水止不住地涌上来……

他得离开,找一个隐蔽的地方,离开卡西,离开所有人……

但已经晚了,他身体一阵抽搐,两颊早已湿透。他全身止不住地颤抖着。卡西的手从膝上抬起来,似乎想触碰他,但显然有些顾虑。彼得哭了好几分钟。一大滴眼泪落在那本斯宾塞平装书缘上,慢慢被纸张吸收了。

彼得想停下来,却身不由己。泪水来了又来,随后连鼻涕也流了出来。他伤心地抽泣着,眼泪簌簌地往下流,身体抽搐得太快,每阵抽动的时间都很久。终于,他勉强小声挤出几个词来:"你伤害了我。"这就是他说的全部。

卡西咬着下唇,轻轻地点点头。她不断眨眼,抑制住自己的眼泪,"我知道。"

# 第七章

"你好!"一位苗条的黑人女士说,"欢迎到家庭服务联合会来。我是丹妮特·克鲁森。叫你凯瑟琳还是卡西?"她一头短发,穿着米色外套,里面配着衬衫,简单的首饰,典型的现代职业女性模样。

卡西还有点迷糊。丹妮特·克鲁森看上去最多不过二十四岁。开始卡西以为这里的顾问会是一位上了岁数、睿智无比的人,怎么也不该是个整整小她十七岁的晚辈。"叫卡西就可以了。谢谢你为我的临时约见腾出时间。"

"没关系,卡西。你填写了需求评估表了吗?"

卡西把夹着评估表的书写板递给她,"是的,钱没有问题。我可以支付全部费用,不需要打折。"

丹妮特笑了笑,似乎这种话她听得太多了。"很好。"她笑的时候眼角没有鱼尾纹。卡西看在眼里很是嫉妒。"好的,是什么样的问题?"

卡西想平静一下自己。她已经被自己所做的蠢事折磨了好几个月。老天,她想。我怎会这么蠢?但是,不管怎样,亲眼看到彼得哭得那样伤心之后,她觉得一定得做点儿什么来弥补一下。再那样伤害他会让她无法忍受。卡西把双手叠在大腿上，非常缓慢地说："我，呃，出轨了，欺骗了我的丈夫。"

"我明白了。"丹妮特说，一副不偏不倚的职业语气，没有做出任何评判，"他知道吗？"

"是的，我告诉他了。"卡西叹息一声，"那是我做过的最困难的事情。"

"他有什么反应？"

"他被打蒙了。我从来没见过他受那么大刺激。"

"他生气了吗？"

"非常生气，而且相当难过。"

"他打你了吗？"

"什么？不，不，他不是个打老婆的丈夫，绝对不是。"

"也没有骂你？"

"对。他一向对我很好。"

"但你欺骗了他。"

"是的。"

"为什么？"

"我不知道。"

"现在你已经告诉了你丈夫，"丹妮特说，"你感觉如何？"

卡西想了一会儿，微微耸了耸肩，"好一点儿，或是更糟。我不知道。"

"你期望你丈夫原谅你吗？"

"不。"卡西说，"不，对彼得来说信任是非常重要的，我也是。我……我觉得我们的婚姻就这样完了。"

"是吗？"

卡西看着窗外，"我不知道。"

"你想结束婚姻吗?"

"不——还不肯定。但——但我想让彼得过得幸福。他应该找个比我更好的女人。"

丹妮特点点头,"这是他告诉你的?"

"不,当然不是,但这是事实。"

"他真的应该找个更好的女人?"

卡西点了点头。

"你看上去是个好人,为什么要这么说?"

卡西没有说话。

丹妮特向后靠在椅子上,"你们的婚姻一直都很美满吗?"

"噢,是的。"

"从来没有分居或是类似的经历?"

"没有,哦,我们恋爱时分开过一次。"

"是吗? 为什么?"

她又耸耸肩,"我不敢肯定。还是大学的时候,我们约会了整整一年。有一天,我和他吵崩了。"

"你知道为什么吗?"

卡西再次看着窗外,似乎想从阳光中获得力量。她闭上眼,"我猜……我不知道,我猜想我无法相信任何人会那么绝对地爱着我。"

"所以你想甩开他?"

她慢慢点了点头,"我猜是这样。"

"你后来还有没有离开过他? 卡西,这是不是你对他不忠的原因?"

"也许是,"她沉重地说,"也许。"

丹妮特前倾着身子。"为什么你会认为没有人能够爱你?"她问。

"我不知道。我的意思是说，我知道彼得爱我。我们在一起相处了很长时间，我一生中只有这件事恒久不变。我知道这一点。但是，即使过了这么多年，我还是不敢百分之百肯定。"

"为什么？"

她肩膀的耸动几乎令人觉察不出来，"因为我就是这种人。"

"你认为你是哪种人？"

"我是——我什么都不是。没有任何特别之处。"

丹妮特叠着指头，"听上去似乎你并不是很自信。"

卡西承认道："我想我不是。"

"但你说你上过大学？"

"哦，是的。我是优等生。"

"你的工作——干得顺手吗？"

"我猜是吧。我升过好几次职，但都不是太困难的工作。"

"还有，听上去好像过去几年里你干得不错。"

"我想是吧。"卡西说，"但那些事都不重要。"

丹妮特抬起眉头，"在你看来，什么事重要呢？"

"我不知道。能引起别人注意的事吧。"

"引起什么人注意？"

"就是别人。"

"你的丈夫，叫彼得对吗？当你完成某项业绩的时候，彼得会注意到吗？"

"噢，他会。我的业余爱好是做陶瓷工艺品。去年我在一个小画廊展出了作品，你该看看他那股兴奋劲儿。他总是那样，不断鼓励我，从一开始就鼓励我。我毕业时成绩不错，他还给我开了个惊奇派对呢。"

"以优异成绩毕业，你自己感到骄傲吗？"

"我感到高兴的是大学生活终于结束了。"

"你的家庭为你感到骄傲吗?"

"我想是的。"

"你的妈妈呢?"

"是的,是的,我猜她很为我自豪。她参加了我的毕业典礼。"

"你父亲呢?"

"不,他没有参加。"

"他为你感到骄傲吗?"

一声短促、尖利的笑声。

"告诉我,卡西,你父亲为你骄傲吗?"

"当然。"卡西的声音绷紧了。

"真的吗?"

"我不知道。"

"为什么不知道?"

"他从来都没说过。"

"从来没提过?"

"我父亲不是个……感情外露的人。"

"这一点你很不喜欢?"

卡西有点讶异,"实话实说?"

"自然。"

"是的,我很不喜欢父亲这一点。"她想尽量保持平静,但情绪已经明显表现在语气中,"我难过极了。不管我干什么,他从来都不称赞一句。要是我带回家一张成绩单,得了五个A,一个B,他会一直喋喋不休地说那个B。他从来不去看我在学校乐队的演出。即使现在,他也认为我制作陶器纯粹是犯傻。他还从来……"

"从来什么?"

"没什么。"

"请说出来,卡西,告诉我你在想什么。"

"他从来没对我说过他爱我,一次都没有。甚至他在给我的生日卡上的签名——卡片还是我妈妈帮他挑选的——写的都是'爸爸',而不是'爱你的爸爸','爸爸',仅此而已。"

"对不起。"丹妮特说。

"我尽量让他高兴,尽量使他为我感到骄傲,但无论我做什么事情,似乎都无足轻重。"

"你同你父亲讨论过这事吗?"

卡西咳嗽一声,"我从来没有和父亲讨论过任何事。"

"我敢肯定他并不是有意要伤害你。"

"但他确实伤害了我,而现在我又伤害了彼得。"

丹妮特点了点头,"你说过你不相信任何人会无条件地爱你?"

"我猜是这样。"

"但你认为彼得非常爱你?"

"如果你认识他的话,你根本不会问。大家总说他多么多么爱我,表现得多么明显。"

"彼得对你说过他爱你吗?"

"噢,是的。虽然不是每天都说,但经常说。"

丹妮特向后靠在椅背上,"也许你跟彼得的问题同你和你父亲的问题有关。进一步分析,也许你觉得没有一个男人能够爱你,是因为你的父亲已经彻底磨蚀了你的自尊。当你发现一个深深爱着你的男人时,你认为不可信,于是你曾经想——现在也想——甩开他。"

卡西没有反应。

"恐怕这是一种相当普遍的情形。在女性中,缺乏自尊是一个大问题,即使是现在这个时代也如此。"

卡西仍然没有反应,只是咬着下唇。

"你必须明白,你并不是一个没有价值的人,卡西。你得承认自己的价值,要像彼得欣赏你那样欣赏自己。彼得并没有看低你,是不是?"

"没有,从来没有。就像我说的,他相当支持我。"

"抱歉还得再问一下。经常有这种情况,女人常常会嫁给一个像她父亲那样的男人,而男人则常常娶一位像她母亲那样的女人。但彼得却不像你的父亲?"

"不,不,一点都不像。不过当时是他追我。我不知道我该找什么样的男人。我连自己需不需要男人都不知道。我想——我只希望别人不来烦我。"

"和你有私情的那个人如何?他是你想找的那种人吗?"

卡西不屑地哼了一声,"不。"

"他对你没有吸引力?"

"呃,汉斯很讨女人欢心,很油滑的那种。他的笑容里有某种东西,能够消除别人的戒意。但我不会跟他过。"

"他对你好吗?"

"他能说会道,但全都只是挂在嘴上而已。"

"不过仍然有效。"

卡西叹息一声,"他是个坚持不懈的人。"

"汉斯让你想到你的父亲吗?"

"没有,肯定没有。"卡西马上回答,接着停了一会儿,"不过,我想他们有某些相似之处。彼得会说他们都是弱智的乡巴佬。"

"汉斯对你好吗？在你们维持着关系的时候。"

"他对我很糟糕。他常常整周整周地把我给忽略了，大概是和其他女人搅和在一起吧。"

"但是当他回到你身边的时候，你又接受了他。"

她叹了口气，"我知道我很蠢。"

"倒不是想评价你，卡西。我只是想弄明白事情是如何发展的。为什么每次你都会重新回到汉斯身边？"

"我不知道。或许……"

"什么？"

"或许只是因为汉斯看起来是那种适合我的人。"

"就因为他对你很糟糕。"

"我估计是。"

"因为他对待你和你父亲对你一样。"

卡西点头承认。

"我们必须树立起你的自尊心，卡西。得让你明白你应该受到尊重。"

卡西的声音很小，"但是我不能……"

丹妮特缓缓地低叹一声，"我们得好好安排一下，看以后采取什么辅导方法。"


当天晚上，彼得和卡西坐在家中客厅里，彼得坐在沙发上，卡西独自坐在对面的双人沙发上。

彼得不知道接下来会发生什么事，不知道将来如何。他仍然想把这件事情解决掉，维持婚姻。他一直努力当个好丈夫，一直尽量对她的工作表现出巨大的热情，没有理由改变这些做法。他盘算着,于是,同往常一样,他问:"今天的工作怎么样?"

卡西放下手中的阅读器,"很好。"她停了停,"托比给同事们带了些新鲜草莓。"

彼得点点头。

"还有,"她说,"我提前下班了。"

"哦?"

"我,嗯,去看了咨询顾问。"

彼得很吃惊,"你是说心理医生?"

"有几分类似。她提供与家庭有关的服务,我在电话目录里找到他们的。"

"咨询顾问……"彼得体会着其中的含意。他有点儿感兴趣。他碰到她的目光,"我应该和你一起去的,要是你叫了我的话。"

她笑了笑,感到很温暖,"我知道你会去的。但是,喏,我想自己解决某些问题。"

"事情办得如何?"

她垂下眼睑,"不错,我想。"

"哦?"彼得关心地向前倾了倾身子。

"我有点心烦意乱。"她抬起目光,声音很小,"你觉不觉得我缺乏自信?"

彼得沉默了好一会儿,"我,呃,一直认为你也许有点低估自己。"他知道话只能这样说。

卡西点点头,"丹妮特,就是那个咨询顾问,她认为我的自信心不够跟我父亲有关。"

彼得首先想到的是:这些话纯粹是弗洛伊德式的胡说八道。但转念一想,发现卡西的话正中要害。"她说得对呀。"彼得说,他很惊讶,"我以前没有想到,但毫无疑问她说得对。他把你和你姐姐当成废物来对待,就像你俩是寄养在他那儿的孩子,而不是他亲生的。"

"你知道,玛丽莎也在做心理治疗。"

实际上彼得并不知道,但他仍然点点头,"有道理。老天爷,在那种环境中长大,你怎么会有自信?还有你母亲——"彼得看到卡西的脸绷紧了,于是打住。"对不起,其实我很喜欢她。邦妮不是……怎么说呢,不是符合二十一世纪理想的女性。她从来没有在家庭之外工作过,而且,说到底,你父亲对待她好像比对你们姐妹俩要好一点。"

卡西没有说话。

现在,一切都明白了。"你父亲真该死。"彼得说,站起身来,来来回回踱着步。他停下来,盯着沙发后面亚历克斯·科尔维尔的画,"但愿他下地狱。"

# 第八章

　　每个星期二晚上,彼得和萨卡尔都要一起吃晚饭。萨卡尔的妻子拉哈玛星期二晚上有课。彼得和卡西则总是给彼此一些时间做各人感兴趣的事。彼得今天晚上放松多了,他已经拿定主意,不和萨卡尔谈论卡西红杏出墙的事。他们天南海北随便聊着,家里的趣事、国际时政、哪支球队好、哪支球队糟。最后,彼得清清嗓子,看着对面的萨卡尔说:"你知不知道濒死体验?"

　　萨卡尔今晚喝的是扁豆汤。他说:"全是胡说八道。"

　　"我还以为你相信呢。"

　　萨卡尔做了个苦脸,"我信仰宗教,但并不等于是傻瓜。"

　　"对不起。最近我同一位曾经有过濒死体验的老太太谈过,她百分之百相信。"

　　"是不是她也有那些典型症状:离开自己的身体? 通道? 亮光? 生命回顾? 平和的感觉? 碰到某个已经死去的人?"

　　"不错。"

　　萨卡尔点点头,"濒死体验是怎么回事,整体而言确实说不清楚,不过那些具体症状却很容易理解。比如,这么做:闭上眼睛,想象昨晚你吃晚饭的情景。"

彼得闭上双眼，"好的。"

"你看见了什么？"

"我看见我和卡西在基尔的奥利夫花园饭店。"

"你们到底在家吃过饭没有？"

"哦，不是经常在家吃。"彼得说。

"你们丁克一族啊。"萨卡尔说，摇了摇头，"随你们的便吧。你意识到你刚才说的话没有？你描绘的是你自己和卡西的样子。"

"那又怎么样？"

"你看到的是你自己。你唤出图像的视角和你当时的视角不一样——当时你的视角离地面一米五吧，就是你坐着吃饭的高度。现在你唤出的图像，却是从你身体以外的视角看到的。"

"不错，我想是这样。"

"人类绝大多数记忆和睡梦中出现的形象都是这样：'离开身体'。我们的意识方式就是这样，不管是回忆还是幻想。没什么神奇之处。"

彼得吃下另外一块土豆烙饼——他的心脏杀手——整理整理黑麦面包上的熏肉块，"但他们说能够看到某些根本不可能看到的东西，比如说他们病床上方灯具上标示的制造厂商的名字。"

萨卡尔点点头，"是的，有类似的报道。这个问题其实并不棘手。那些说法经不起推敲。你说的事出过好几起，其中一起的病人在一家生产医用灯具的公司里工作，他认出了竞争对手的产品。另外几起的病人在经历濒死体验之前或者之后走动过，有足够的时间看到许多细枝末节的小事。还有，病人的许多报告无法核实，比如'我看到一只苍蝇停在 X 光机上'之类，还有许多完全是错误的,比如'呼吸机上面有一个通气口',其实根本没有什么通气口。"

"真的?"

"是的。"萨卡尔说,他笑了,"我知道今年圣诞节该送你什么礼物了,替你订一份杂志——《奇事探索》。"

"那是什么?"

"奇异现象科学调查委员会出版的一份杂志。他们一直在鼓吹这类事情。"

"嗯。那隧道的事又怎么说?"

"你得过偏头痛吗?"

"没有。我父亲倒是经常偏头痛。"

"问问他就行。看见隧道的图像很常见,在严重的头痛症、缺氧症,以及许多其他情况下都可能发生。"

"我想是吧。但是我还听过一种说法:那种隧道也许是对产道的回忆。"

萨卡尔用汤勺朝彼得的方向比比画画,"问问任何一个生过孩子的女人,问她产道与隧道有没有哪怕半分相似。还说什么宽阔的开口,末端有亮光哩。胡说八道,婴儿的身体被紧紧收缩的肌肉壁包裹着,哪儿来的隧道?还有,那些剖腹产生下来的人同样会在叙述濒死体验时提到隧道。所以,隧道绝不可能是对真实存在的事物的记忆。"

"嗯。那么隧道末端的亮光是怎么回事?"

"缺氧导致视觉皮层受到过度刺激。一般来说,那部分皮层里的许多神经受到抑制不能产生神经冲动。当供氧水平下降时,首先终止的功能就是那种化学抑制作用。于是人就产生了看见亮光的感觉。"

"生命回顾呢?"

"你以前不是参加过蒙特利尔神经学研究所的研讨会吗?"

"嗯——是啊。"

"那个研究所最有名的医生是谁?"

"怀尔德·彭菲尔德,我猜是。"

"你猜是!"萨卡尔说,"要知道,他可是这一行里标志性的大人物啊。是的,彭菲尔德,他真正研究过对大脑进行直接刺激。他发现很容易诱发出对那些已经长时间遗忘事物的清晰记忆。而且,同样,在缺氧的状态下,因为缺少化学抑制,大脑会比平常更为活跃。左右两边的神经网络都被触发。因此,大脑里对过去的记忆一下子涌现出来,这是再自然不过的事了。"

"那么临近死亡时感觉到平和安宁又是怎么回事?"

"这还用说吗? 自然产生的内啡呔起的作用呗。"

"嗯。但是看到去世已久的朋友又做何解释? 跟我谈过话的那位老太太见到了她出生不久便死了的双胞胎妹妹玛丽。"

"她见到的是不是个婴儿?"

"不是,据她描述,她妹妹的样子跟她自己很像。"

"看来大脑并不愚蠢嘛。"萨卡尔说,"它知道自己也许就要死了。在这种情况下,一个人自然会想起那些已经死去的人。这儿又出现了一个棘手的问题。有些小孩子也有过濒死体验。知道他们见到的是谁吗?"

彼得摇摇头。

"他们的父母、他们的小伙伴。那些人还活着。孩子们认识的人里没有谁死了。如果濒死体验真的是一扇窗户,可以看到所谓'肉体死亡之后的生活',那他们就不该看到仍然活着的人。"

"唔。"彼得说,"你知道,那位看到她妹妹玛丽的老太太经历濒死体验之前,正好在和另一个同样叫玛丽的女人通电话。"

萨卡尔露出一脸胜利的表情,"暗示的力量。你看,这一切都只是正常的、可以解释清楚的大脑反应罢了。"侍者拿来账单,萨卡尔看了一眼,"我的信仰教导我们,这一生结束后灵魂依然存在,但濒死体验跟死后的灵魂没有任何关系。"

彼得拿出钱夹,付了一半的账,道:"我想我就算了吧。"

# 第九章

　　彼得·霍布森很喜欢他的大姨子玛丽莎。2004年,她的第一个孩子死于婴儿猝死综合征。那孩子在出生之后的第三天夜里就停止了呼吸,事先没有一点征兆。玛丽莎和她前夫当时用的是一个标准的婴儿监听器,也就是安装在孩子身边的一个麦克风,当他们离开孩子在其他房间里活动时,随身携带的声音接收器可以接收到孩子发出的声音。

　　但是小阿曼达死的时候没有一点动静。

　　一年之后,玛丽莎有了另外一个孩子。她寸步不离地守在孩子身边,不论白天夜晚。整整一个月,她都不让孩子离开她的视线。她理智上知道头一个孩子的夭折只是偶然事件,但在情感上她仍然不断责备自己:如果阿曼达停止呼吸的时候她在身边,也许就能把孩子抢救回来了。

　　那时,彼得正在设计非接触式医疗仪器。随着艾滋病在全世界肆虐,医疗界对不用接触病人身体的医疗设备的需求大大增加。利用一种已经解密、最初为间谍活动设计的信号传感装置,他们很容易就开发出了远距离心率监视器;利用分布在大脑皮层和头骨上的电极,也可以实现一定距离之外的大脑活动检测。最终,彼得发现了一种远距离显示大脑基本活动的方法——只用一束低功率红外线,根本无须接触病人的皮肤。

于是,霍布森婴儿监视器诞生了,这种设备可以报告隔壁房间里婴儿的生命体征。他把一台样机送给玛丽莎夫妇。如果他们的孩子发生危险,这台机器里的警报器就会立即发出警报。他们对这台机器满意极了。而且,在卡西鼓动下,彼得从东约克角总医院辞了职,开办了一家小公司,销售他的监视器。

那以后的某个清晨,躺在妻子身边的彼得想小便。看看时钟的荧光指针,才早上六点四十五,闹铃设在七点。如果卡西睡得不是很沉,彼得知道自己起床就会惊醒她,剩下的十五分钟她也就睡不成了,他一点儿都不想那样做。

彼得躺在床上,强忍尿意。他希望自己知道她是否睡得很香。说不定她早已经醒了,只是闭着眼睛躺在那儿。

这时他脑中闪过一道灵感——他的监视技术还有另一种完全不同的用途。产品的样子清晰地展现在他的脑海中:墙上有一个正对着床的显示面板,显示出两组数字,分别表示床上两个人的状态。每一组数字都有一大一小两个液晶屏。大的那个显示睡在床上的人当前的睡眠状态,小的那个显示他或者她下一步将进入什么状态。还有一个数字计时器,显示从一种睡眠状态转换到另一种状态还要多久——只要经过几个晚上的调校,这套设备就会记录下用户的睡眠周期。

液晶显示数值还会改变颜色,白色表示被监测的人已经醒过来了;红色表示轻度睡眠,会受到噪声或者移动的打扰;黄色表示中度睡眠,只要小心一点,另一个人可以下床、上洗手间、咳嗽,或者干其他什么事,不会干扰另一位;绿色表示深度睡眠,你甚至可以在床上跳伦巴舞都不会把他(她)吵醒。

要设计得尽可能简单,傻瓜都一看就懂:大液晶屏黄色、小液晶屏绿色,再加上计时器上显示的07,就表示如果你现在起床,可能会打扰你的同伴,但是如果你能够再坚持七分钟,她很快就会睡得很沉,那时你就可以溜下床,不会惊动她了。

膀胱尿液的压力使彼得发生了典型的清晨勃起,他借此想到了相关的问题。他总是在凌晨两点到三点钟勃起,如果这时妻子恰好也醒了,那倒是美事一桩。要是她也有那种意思,他们就可能做爱,不过彼得做梦都不会为了做爱把妻子弄醒。但是如果监视器恰好显示出两人的状态都是白光,那么,根据霍布森婴儿监视器的基本原理开发出来的新产品就会导致许许多多新生婴儿来到世间……

后来彼得又进一步完善了他的系统。现在,霍布森家所有的电话都联结到霍布森监视器上,监视器又与家用计算机相连。电话是响铃,还是只用闪光表示有来电,全都取决于彼得和卡西的睡眠状态。

凌晨三点十七分,彼得家确实来了一个电话。之前彼得刚刚睡醒,正走到盥洗间里,这里也有一个电话。他刚走进去,电话的指示灯便开始闪光。彼得关上门,坐在马桶上,拿起话筒。

“喂。”他的声音浑浊干涩。

“霍布森医生吗?”一个男人的声音。

“是的。”

“我是卡尔森护理中心的塞普·万·德尔·林德。夜班护士。”

“什么事?”彼得摸索到一个玻璃杯子,在水龙头上加满水。

“我想芬内尔夫人今晚可能不行了。她又一次中风。”

彼得心里难过地一震,“谢谢你通知我。我的设备都还安着吗?”

"是的,先生,都安装着,不过——"

他尽力忍住一个呵欠,"我早上去拿数据磁盘。"

"但是,霍布森医生,她要求你亲自来一下。"

"我?"彼得问。

"她说你是她唯一的朋友。"

"我马上动身。"

彼得到达护理中心的时候是凌晨四点钟。他向警卫出示了安全卡,乘电梯来到三楼。芬内尔夫人房间的门开着,头顶亮着白炽灯,天花板上的日光灯已经关了。四个排成一排的液晶面板照亮了床边的阴暗区域,彼得的设备运转正常。一名护士坐在床边椅子上,一脸不耐烦。

"我是彼得·霍布森,"彼得说,"她怎么样?"

芬内尔夫人微微动了动,"彼——得。"吐出这两个字显然消耗了她不少体力。

护士起身站到彼得旁边,"一小时之前她突然中风,钟医生估计她时间不多了,好几个凝血块经动脉流入她的大脑。我们要给她止痛,但她不要。"

彼得走到他的记录器旁,打开屏幕,屏幕立即亮了起来,出现一根从左到右波动的锯齿线。"谢谢你。"他说,"我会和她待在一起。想走的话你可以走了。"

护士点点头,离开了。彼得坐到椅子上,塑料靠背上还留着护士的体温。他伸出手握住芬内尔夫人的左手,一根输液导管插在她的左手手背上。手瘦得皮包骨头。彼得握住她的手指,她松松地抓住他的手。

"我同你在一起,芬内尔夫人。"彼得道。

"普——普——"

彼得微笑着,"是的,芬内尔夫人,是我,彼得。"

她的头轻微地摇动了一下,"普——普——"她重复着,接着,猛一用力,"佩——"

"噢,是的。"彼得说,"我会和你待在一起,佩吉。"

老人笑得那样轻微,只有嘴角稍稍动了动。尔后,没有任何剧烈动作,她的手指在彼得手里变软了,慢慢合上眼皮。监视器上,绿色的线条已经变成连续的水平直线。好一会儿,彼得才松开手,茫然坐了片刻,然后起身找来护士。

# 第十章

彼得离开护理中心时,带走了超级脑电图记录下的数据。到家时卡西正准备上班,她一点一点咬着一块干干的全麦烤面包,啜着茶。他在家用计算机上给她留了言,所以她知道他去了哪里。

"事情进行得怎么样?"卡西问。

"我拿到了记录。"彼得说。

"看上去你好像并不高兴。"

"是啊,夜里一位很好的老太太去世了。"

卡西一脸同情,点了点头。

"我简直精疲力竭了。"彼得说,"我要再睡一会儿。"他简单地吻了她一下,睡觉去了。

四小时之后,彼得醒了。有点头痛,他磕磕碰碰走到盥洗间,刮了脸,冲了个淋浴。拿出一个大号平底杯倒了杯低糖可乐,取出磁盘,开始研究。

他的家用计算机系统比他在大学里用过的终端服务器的功能还要强大。他打开计算机,把磁盘插入驱动器,激活房间另一边墙上的显示器。彼得想看看神经细胞的最后一次冲动,神经突触最后的那一颤,死亡的一瞬。

他选择了图形显示模式,播放了几秒钟的数据,让计算机在屏幕上标出每一个神经细胞死亡的位置。屏幕上的图像看上去很像人的大脑轮廓,对此他并不感到吃惊。彼得使用一个边线示踪软件勾出芬内尔夫人的大脑轮廓。数据量很充足,足以生成三维图形。彼得旋转图像,使大脑的轮廓正对着他,仿佛直视着已故的芬内尔夫人的视神经。

他让数据实时演示了一遍。计算机寻找着神经细胞死亡的模式,那些发生了一次神经冲动的神经关联丛被标为红色;发生了两次的,标为橙色;发生了三次的,标为黄色。依次类推,直到产生七种颜色的色谱。现在大脑图像的许多地方看上去都是白色,那是各种不同颜色的微小色点组合后产生的效果。彼得不时把大脑图像的某个区域放大,定格为特写,大脑的图像就像被无数无比细小的圣诞小灯点亮了。

从图像上,他可以清楚地看出中风的症状,正是它给了芬内尔夫人致命一击。不同色彩标记的图谱每十秒钟刷新一次,但很快,在她的颞叶左边的部位,开始渐渐显出一块黑色,刚好位于大脑西尔维厄斯沟的下方。接着,神经细胞发生一次冲动之后,由于对冲动丧失了抑制,又立即再次产生冲动;整个图像变得越来越亮,脑部活动在加剧。过了好一阵子,可以在大脑中看到一个由紫色线条组成的结构复杂的神经网,整个神经网络系统一次又一次地以相同的模式反复激发。然后这些神经网开始变暗,没有出现新的反应。在运转了九十年之后,佩吉·芬内尔的大脑死去了。

彼得希望自己能够完全不带感情色彩地看待这东西,毕竟所有这些只不过是数据而已。但它也代表了佩吉本人,那位勇敢、快乐的妇人,她曾经面临死亡,但她战胜了它,当她从生走向死时,她还握着他的手。

数据仍然继续生成图像,很快只剩下少许亮光,在屏幕上忽明忽暗,就像朦胧夜空中闪烁的星星,然后活动停止了,就这样,没有再出现任何显著活动,既没有轰然爆发,也没有拖泥带水,仅仅是什么都没有了。

但是还有……

那是什么?

屏幕上有一个微小的亮点。

彼得把数据记录退后一点重新播放,大大减慢了播放速度。

一片小得不能再小的紫色亮点,一片顽强的亮点,一次又一次地产生着神经冲动。

还有,它在移动。

当然,神经细胞肯定是不会动的,它们都是实实在在的物质实体。但是记录器一次又一次地探测到了同样的亮点,每一次它都在向右边发生轻微的位移。神经细胞产生冲动的路径并不完全相同,而且大脑物质的凝胶度很高,头部的运动和血压的冲击都会轻微地改变神经细胞的物理排列,所以记录器允许出现这种轻微位移的显示情况。这个亮点移动着穿过屏幕,这必定是冲动从一个神经细胞传递到了相邻的另一个神经细胞,由于每传递一步的步幅极小,记录器于是把信号在神经细胞之间的传递当成了同一个神经细胞的活动。彼得盯着墙上屏幕底部的刻度条,那块像交织在一起的霓虹灯管般的紫色亮点已经移动了五毫米,大脑的任何神经细胞都不可能移动那么远,除非头部受到重击,佩吉·芬内尔夫人肯定没受过这种罪。

彼得调了调控制器,加快重放速度,他发现有一点是没有疑问的:紫色的针孔大小的神经反应结在向右移动,路径几乎是一条直线,移动过程中它在微微旋转,就像一团风滚草被沙漠里的风刮得翻滚着前进。彼得大张着嘴吃惊地看着。它还在移动,穿过胼胝体进入大脑的另一个半球,越过视丘下部,又进入右颞叶。

通常,大脑的每一部分都是与其他部位分隔开的,这种结构非常合理。比如说,大脑灰质的脑电波是独特的,与小脑的脑电波全不相干。反之亦然。但是,这一团紧密交织的紫色光斑竟然从大脑的一个部分移向了另一个部分,移动过程中连形态都没有发生变化。

难道是设备故障?彼得想。唔,有可能。第一次总是会出点问题。

但是……

但是彼得怎么也想象不出引起这种故障的原因。

那个光斑还在向屏幕另一边移动。

彼得试图推测另一种解释:是不是静电释放?也许佩吉的头发同枕头摩擦产生了静电,于是出现了这种后果?可是,医院病房里的枕头是抗静电的,不会影响这台精密仪器的工作,况且佩吉那一头白发很少,此外,她还戴着彼得的扫描头套。不,一定是别的什么东西。

那个光斑已经接近大脑边缘了。彼得想知道它会不会消散在皮质的表面沟回之中,或者会不会又被弹回去,沿另一条回路旋转而去,就像在大脑里玩电子游戏。

两种都不是。它到达大脑的边缘……穿透包围大脑的薄膜,继续向右方前进。

太惊人了！

彼得敲了几个键,把芬内尔夫人头部轮廓图覆盖到大脑脑髓的轮廓图上。怎么早没想到这么做,他心里真恨不得踢自己几脚。那个光斑移动的方向已经很明显了。

径直移向太阳穴。

径直移向颅骨最薄的地方。

它继续前进,穿透头盖骨,穿过覆盖头颅的头皮层。

彼得想,它肯定会消散。是的,太阳穴也有神经分布,所以太阳穴挨一下子会觉得疼。是的,肌肉组织里也有神经,覆盖着太阳穴的颞肌里面自然也有。并且,没错,那里有神经通向表层皮肤之下。即使这个光斑现在还凝聚在一起,彼得心想,到了这里情况也应该有所变化了。脑髓之外的神经密度远远不及脑髓里那么大,进入低密度神经组织以后,这个光斑也许会膨胀、淡化、消失。

它没有。它继续存在,大小不变,不断慢慢滚动,穿透肌肉,穿透皮肤,再——

出去了,脱离了传感器的监测范围。

它并没有消散,只是离开了,仍然凝聚着。在传感器网络捕捉到它最后的踪影之前,它始终如一,保持着向右上方前进的姿态。

难以置信,彼得想,真是难以置信。

他扫描屏幕,寻找其他神经网络的活动迹象。

什么都没有。

佩吉·芬内尔的大脑完整地显示在屏幕上,没有任何电活动。

她死了。

死了。

某种东西离开了她的躯体。

某种东西离开了她的大脑。

彼得觉得自己的大脑晕乎乎的。

不可能。

绝对不可能。

他把记录倒回,以不同的角度重放了一次。

为什么这个神经光斑要从大脑的左半球移向右半球? 另一个太阳穴不是更近吗?

噢,因为佩吉是躺着的,她的头搁在枕头上,左边太阳穴正好压在枕头上,而右边的太阳穴却暴露在空气中,尽管右边的太阳穴距离远一点,但这是一条最容易逃逸的路线。

彼得反复播放数据记录,使用不同的角度、不同的标图方法、不同的色彩标注。不管怎样,结果都相同。他按照时间顺序比较了佩吉·芬内尔的其他生命信号,包括脉搏、呼吸、血压等,那个光斑恰好是在她心脏停止跳动之后开始移动的,恰好发生在她断气的一刹那。

彼得发现的正是他要找的东西:生命结束的明确标志,一个无可争辩的信号,表明病人已经成为一具尸体,可以对他进行器官摘除了。

标志!

这个词并不准确,彼得知道。他故意不去想它。但事实就在眼前,由他自己的超敏感仪器记录下来——佩吉·芬内尔的灵魂离开了她的躯体。


彼得知道,只要自己紧急要求萨卡尔立即来他家里,萨卡尔一定会来的。萨卡尔到来时,彼得掩饰不住自己的兴奋。他极力压制自己的笑容,但他的努力可能不太成功。他把萨卡尔领进自己的私人办公室,把佩吉·芬内尔死亡过程的记录重放了一遍。

"你编出来的。"萨卡尔不相信。

"不,没有。"

"喏,得了吧,彼得。"

"真的。这些数据我连整理都没作过。你看到的确确实实是现场记录。"

"再把最后的部分重放一遍,"萨卡尔说,"以百分之一的速度。"

彼得按下按钮。

"伟大的真主啊。"萨卡尔喃喃地说,"真是难以置信。"

"你觉得如何?"

"你知道这意味着什么,对不对?"萨卡尔说,"就在那儿,就在图上,一目了然,那是她的元气、她的灵魂,离开了躯壳。"

彼得发现自己对这种说法反应并不积极,这点他自己都觉得有点奇怪。他大声道:"我就知道你会这么说。"

"那么,不是灵魂的话,它是什么?"萨卡尔问。

"我不知道。"

"不可能是其他任何东西。"萨卡尔说,"这是唯一的可能。你还没有告诉其他人吧?"

"没有。"

"我在想,这种事你怎么公开?在医学杂志上,还是干脆在报纸上向大众公布?"

"我不知道。我刚想到这个问题。我考虑要不要召开一个新闻发布会。"

"别忘了弗莱希曼和庞斯①的下场。"萨卡尔警告他。

"那两个家伙？是的,我知道,他们行动得太早了,结果被扔了一脸臭鸡蛋。我还要找到更多关于这种现象的记录。不管怎样,我相信这种现象在每个人身上都会发生。但我不能永远等下去。说不定很快就会有其他人误打误撞碰上这个大发现。"

"专利权怎么办？"

彼得点点头,"这点我已考虑过了。我的超级脑电图设备已经获得了许多项技术专利,先是为你的人工智能工作设计的大脑扫描仪,后来又经过了重大改进。在我的设备得到全面的专利权保护之前,我自然不会将它公之于众。"

"当你真正公开时,"萨卡尔说,"各种报道会铺天盖地而来,阵势会跟你的结论一样惊人——你证明了人死之后存在灵魂。"

彼得摇摇头,"你的说法超出了这些数据所能说明的问题。只是一个微小的电场在人死亡的一刹那离开了人体。如此而已,并没有什么东西说明那个电场有意识或者有生命。"

"《古兰经》说过——"

"我不相信《古兰经》《圣经》,或其他别的什么。我们只知道一个凝聚的能量场从死亡的躯体上逃逸出来。这个能量场在离开人体之后还能否被测量到,能否继续存活,是不是携带着某种了不得的信息,这些完全不清楚——对这一现象做出其他任何解释都不过是一厢情愿。"

"你是在有意回避。那是灵魂啊,彼得。你知道它是。"

---

① 1989 年,马丁·弗莱希曼(Martin Fleischmann)和史坦利·庞斯(Stanley Pons)两位科学家宣称成功进行了冷核聚变实验,引起轰动,但其他科学家却无法重复该实验,美国能源部的调查报告认为实验不可信。

"我不喜欢用那个词。它——它会使人在讨论这个问题时预先有了偏见。"

"好吧,随便叫它什么,只要你乐意,甚至可以叫它可爱的小精灵卡斯帕,不过我会称之为灵魂波的物理表现形式。事实俱在,不会因为你的说法而改变。你和我一样清楚,人们会把它当成实实在在的灵魂,当成死后生命存在的证据。"萨卡尔凝视着他朋友的双眼,"世界将因此改变。"

彼得点点头,无话可说。

# 第十一章

## 2011年9月

　　自从那次纳米技术永生的研讨会之后，彼得已经有好几个月没有看到科林·戈多伊了。他们根本不是真正意义上的朋友，至少彼得不这样认为。但当科林在办公室邀请彼得共进午餐时，他的语气听起来很迫切。于是彼得接受了邀请。毕竟午餐总不能无休止地吃下去吧，彼得下午两点还要跟美国一个大客户见面。

　　他们去了一家彼得很喜欢的小餐馆，位于东希普尔德，正对着维克公园，那儿卖一种三明治套餐，制作三明治的火鸡不是用机器切成的小块，而是用刀砍开的，面包是在烧烤架上烤热的，上面会留下一道道褐色的纹路。彼得从来不认为自己是令人一见之后很难忘怀的那种人，但似乎北约克角一半的餐馆都把他当成熟客。其实除了索尼·戈特利布餐馆之外，别的地方他每个月最多去一两次。侍者问科林要什么饮料，他要了威士忌和苏打水，然后他肯定地说知道彼得要什么，低糖可乐加酸橙，对不对？侍者走了之后，彼得期待地望着科林，说："有什么事？"

　　科林的头发比彼得记忆中更白了些，穿着打扮却依然华贵，炫耀着他的财富,手上一共戴了六个金戒指。他的眼珠子不断滚来滚去,"我估计你听说了我和内奥米的事。"

彼得摇摇头,"什么事?"

"我们分居了。"

"哟,"彼得说,"我很遗憾。"

"我从前还没意识到,我们的朋友其实都是她的朋友。"科林说。侍者来了,放下一小叠餐巾纸,把饮料放在他们桌上,迅速离开。"我非常高兴你能来一块儿吃午饭。"

"小意思。"彼得说。他从来不擅长这种社交场合。是不是该问问科林到底出了什么事? 彼得极少谈论人家的私事,总的来说有关私人生活的问题他是既不喜欢问也不喜欢答,"听到你们两人出现这种情况,真替你们遗憾。"他差点儿加上一句套话:你们看上去过得一直很幸福。但话到嘴边又停住了。彼得自己最近的经验使他不再轻信事情的表面现象。

"我们之间有问题已经相当久了。"科林说。

彼得把酸橙汁挤到低糖可乐里。

"实际上我们相处得一点都不融洽。"科林后面的话显然也很套路化,"我们没什么交流。"

"只是彼此有点疏远罢了。"彼得道。他根本没有提问,也不想深究。

"是的。"科林说。他猛喝一口酒,全身颤了一下,仿佛从酒精的刺激中得到了快感。"是的。"

"你们在一起太久了。"彼得说,小心地保持平淡的语调,不让自己的话带有提问的含意。

"十一年,如果算上我们结婚前相处的时间的话。"科林道,双手捧着杯子。

彼得懒得去管他们究竟谁破坏了谁的生活。跟他毫不相干,他一边想,一边淡淡地说:"时间真是很长。"

"我——我在和另外一个女人约会,"科林说,"一个住在蒙特利尔的女人。因为公事,每三周我乘磁悬浮列车去那儿一次。"

彼得不禁愣了一下,现在这个社会是不是每个人都在搞婚外恋?"哦!"他应了一声。

"其实根本算不上什么关系。"科林说,做了个手势表示无关痛痒,"只不过,你知道,只是一种想让内奥米明白的方法。"他抬起目光,"也许,是一种求助。你懂吗?"

不,彼得心想,不,我不懂。

"只是求助。但是,我告诉她的时候,她气疯了。说那是压断骆驼脊背的最后一根稻草,她再也忍不下去了。"很显然,彼得想,每个人都是满嘴的陈词滥调。"我不想伤害她,但我也有自己的需要,你知道。我觉得她不能带给我那种感觉。"侍者又过来了,给彼得拿来三明治套餐,还有科林点的意大利通心粉。"你怎么看?"科林问道。

我看你是个下流无耻的家伙,我看你他妈的是地球上最最无耻的混蛋——彼得心里这么想,嘴上却说:"真不幸。"他从切成楔形的三明治上拔出牙签,在火鸡上涂了一层蛋黄酱,"的确很不幸。"

"不管怎么说吧,"科林也许觉得应该换个话题,"请你共进午餐并不是想谈论我自己。我真的很想听听你的建议。"

彼得看着他,"哦?"

"是的,你和卡西都参加了那个生命永恒研讨会。你怎么看?"

"推销搞得很不错。"彼得说。

"我的意思是,那样处理人体你是怎么看的? 你是生物医学工程师。你觉得那玩意儿真的管用吗?"

彼得耸耸肩,"有人说伊丽莎白女王已经那么做了——不让她的任何一个孩子坐上君主的宝座,只有这个办法才能挽救君主政体。"

科林客气地轻笑一声,仍然望着彼得,似乎期望得到更认真的回答。彼得咬了一口三明治,又说:"我不知道。基本原理似乎是合理的。我的意思是,衰老和死亡有……多少来着? 对了,五个基本模式。"彼得扳着指头依次罗列出来,"第一是随机理论。就是说我们的躯体是一台复杂的机器,同所有复杂机器一样,其中的某些零件最终会走向衰亡。

"第二,就是海弗利克极限现象:即人体的细胞似乎总共只能分裂五十次。

"第三,染色体变异假说。DNA复制的时候会产生一些小错误,到了某个限度以后,复制错误越来越严重,基因最后全乱套了。砰! 你完蛋了。

"第四就是毒物损耗理论。某种东西——可能就是自由基——从内部破坏你的机体。

"最后,自体免疫假说,就是你体内的自然防护功能紊乱,开始阻止自体的健康细胞起作用。"

科林点了点头,"这么说没人知道哪一种是正确的?"

"呃,我猜在某种程度上它们都是对的。"彼得说,"关键是生命永恒的——他们把它叫什么来着? 保姆? ——他们的保姆似乎把这五个问题全搞定了。如果真是这样,那么,是的,我会说那种手段很有效。可是,没有确切的办法知道它的效果,除非某个确实采取了那种手段的人活上好几个世纪。"

"那么——那么你认为它值那个价了?"科林说。

彼得又耸耸肩,"看上去是这样,不错。我估计值那个价。我的意思是说,谁不想永远活下去呢? 但是,话又说回来,如果真的因此而错失极乐的天堂世界,那岂非遗憾之至。"

科林头一偏,"你说的可是纯粹的宗教观念呀,彼得。"

彼得专心吃着他的三明治,"抱歉,无意间想到的,就这样。"

"卡西对生命永恒的态度如何?"

"她似乎兴趣不大。"彼得说。

"真的?"科林问,"我倒觉得听起来很妙。我认为那是我最想实现的目标。"

"要花大笔的钱。"彼得说,"难道你要挪用银行账户的资金不成?"

"那倒不大可能,"科林说,"但我认为它值,太值了。"


又花了三周时间,彼得才从其他两人身上得到另外两份灵魂波的记录。其中一份记录也是在卡尔森护理中心获得的,正是在那里他遇到了佩吉·芬内尔夫人。这一次,是一个叫古斯塔夫·赖克霍德的男子,他只比彼得长几岁,死于艾滋病并发症,在医生的帮助下用安乐死的方式结束了自己的生命。

必须换个地方取得记录。以此避免别人批评他的灵魂波试验,认为那东西不具备普遍性,只是那家特定医院的线路造成的特别现象,或者是卡尔森护理中心对病人作了某种特殊的处理造成的。为了得到这第三个记录,彼得在网上发布了一则广告:

**招募**:晚期绝症病人或受重伤垂危病人参加一种新的生物

医学监控器材的测验。**地点**：南安大略省。将向参与者提供一万加元。晚期患者均可申请，请向霍布森监控器材公司提交。（网址：HOBMON）。

　　发布这则广告让彼得觉得有点不舒服，它看上去太冷酷了。实际上，正因为觉得不好意思，他才提供了这么丰厚的报酬。不过，那则网络广告发出去两天之内，彼得便收到了十四封申请信。他选择了一个只有十二岁的孩子，他即将死于白血病。他做出这个决定很大程度上是出于同情而不是为了丰富样本的基数。孩子的一家人倾家荡产从乌干达来到加拿大，希望找到办法治愈他们的儿子。这笔钱将有助于他们支付医院的费用。

　　此外，他觉得此前那些参与这项研究的人同样应该得到补偿，彼得也支付了一万加元作为古斯塔夫·赖克霍德的遗产。由于佩吉·芬内尔没有继承人，他以芬内尔的名义捐赠给了加拿大糖尿病协会。他推断很快全球的研究者就会争相重复他的实验，所以先树立一个慷慨的榜样很有必要。

　　三个记录看上去全都极其相似：一个微小的内聚电场在死亡的一刹那离开躯体。为了可靠起见，彼得使用了不同的超级脑电图扫描仪记录那个乌干达小孩的死亡过程。设备的原理是一样的，但他使用了全新的零件，某些部件的工艺不同，以确保先前的结果不是因为他的记录设备的小故障造成的。

　　同时，在过去的几周里，彼得还对霍布森监控器材公司的全部一百一十九名雇员使用了超级脑电图扫描仪进行测试。事前除了告诉几个公司资历最老的职员之外，没对其他人说过这个设备是干什么用的。当然，他的雇员中没有人死亡，但彼得想确认那种灵魂波在健康人体内同样存在,而不仅仅是快断气的人的大脑才会产生的一种临终电现象。

灵魂波是一种与众不同的电信号。它的频率非常高,远远高于普通的大脑电化学活动,所以,即使它的电压极小,也不会湮没在大脑内大量其他信号之中。彼得对他的设备作了一些改进之后,扫描员工的大脑时几乎没遇上什么困难就可以把这种灵魂波同脑部的其他信号区分开来。只有扫描他的律师凯莱布·马丁的大脑时有点好笑,测试了好几次才确定马丁脑袋里那个灵魂波的位置。

在此期间,通过马丁的努力,他们陆陆续续取得了超级脑电图扫描仪所有部件的专利保护权,范围包括加拿大、美国、欧洲、日本、俄国以及其他一些国家和地区。霍布森监控器材公司的韩国制造厂商甚至制造了新设备,为超级脑电图扫描仪提供新的生产线。这种扫描仪现在有了一个新名字——灵魂探测器。

把灵魂波存在的事实公之于众的时刻很快就将到来。

# 第十二章

彼得觉得自己又变成了顽童,就像孩子一样一个劲儿地想给动物们戴上什么东西,把它弄得怪模怪样的。他小心地走近一头母牛,轻轻拍了拍了它的脖子。他已经很多年没有这样近距离地接触一头牛了。他是在里贾纳长大的,不过在萨斯喀彻温省某地他有一个亲戚,拥有一个牛奶场。他童年时在那里度过了好些个夏天。

跟所有的母牛一样,这头母牛有一双硕大的褐色眼睛,鼻孔湿漉漉的。看上去它对彼得的触摸满不在乎,于是,没有更多的惊动它,彼得轻轻地把那个改装过的扫描帽戴到它的大脑袋上。这家伙对着他哞哞地叫了几声,不过看起来不像是出于防卫,倒像是觉得好奇。它呼出的气味臭烘烘的。

"好了吗,先生?"工头在问。

彼得又看了看这头母牛一眼,觉得有一丁点儿对不住它,"好了。"

这个屠宰场里,通常牲畜被屠宰前都要先用电击昏。但是这种方法会使彼得的扫描仪超过负载,所以针对这头特别的母牛,他们先对它施用二氧化碳气体,使其失去知觉,然后把它挂起来,割开它的喉咙放出血液。这些年彼得经历了无数的外科手术,但那些手术切割的目的都是为了治愈疾病。让他惊讶的是,他发现屠宰这头牲口令他心烦。屠宰场的工头和屠夫都邀请他待在一旁观摩一下全部的过程,但彼得没有胃口。他只是简单地收拾起那个特制的牛头状的帽子和记录装置,向屠宰场几位工人道了谢,然后径直回到他的办公室。

彼得把一天剩下的时间全部用来分析这些数据记录,处理数据时使用了几种计算机增强技术。结果全都一样。无论使用哪一种技术,或者用他认为相当严密的方法,他都找不出证据来证明那头母牛具有灵魂,在它死亡的时候看不到任何东西从大脑里逸出。他认为这倒不是一个过分惊人的发现,但他很快就意识到:一方面会有人因为这个发现而称赞他是天才,另一方面却会有人因此而诅咒他。鉴于动物的这种情况,针对动物权利保护的激进的游说肯定会遭到否定。

那个晚上,彼得和卡西已经计划去巴比伦斯吃晚饭,那是一个他们喜爱的牛排餐厅。可是,临到最后几分钟,彼得取消了他们预订的座位,去了一家素菜餐馆。


彼得·霍布森在大学里选修分类学时,黑猩猩分为两个不同的属,一个是黑猩猩属(普通黑猩猩),另一个是倭黑猩猩属(身材较为矮小的黑猩猩)。

虽然黑猩猩与人类演化路线的分裂在五十万个世代以前就发生了,可两者的DNA却有百分之九十八点四是相同的。1993年,一个组织出版了《伟大的阿尔卑斯宣言》,他们中包括进化论者里查德·道金斯和畅销科幻小说作家道格拉斯·亚当斯。那本书敦促为人类的近亲猿猴颁布权利法案。

整整十三年时间,甚至连联合国里也有人开始力挺那份宣言。结果,他们通过了一个史无前例的决议,把黑猩猩划分为智人的成员,也就是说,现在存在三个智人物种:现代人类、黑猩猩人、倭黑猩猩人。人类的权利划分成两个主要的类别,那些诸如生存权、自由权、不得滥施酷刑等权利适用于所有的智人;其他一些权利,如追求幸福的权利、宗教信仰自由、土地所有权等,适用于现代人类。

当然,在人类权利法案保护下,没有人可以随便杀死一只黑猩猩来做实验,实际上也没有人可以把一只黑猩猩囚禁在实验室里,而且许多国家修订了他们的法律,把杀死黑猩猩也定义为杀人。

艾德里安·科特兰德是第一个观察野生非洲小人猿的行为学家,他曾经提到它们是"披着动物皮毛的神秘幽灵"。而彼得·霍布森现在的处境,就是要看看科特兰德观察到的情况究竟有多少可以相信。现代人类大脑中存在着灵魂波,而黄牛属的普通母牛则没有。彼得赞成对猿人的权利进行保护,但是如果发现现代人类具有灵魂,却没证实黑猩猩也有的话,那么过去几年的工作虽然做得已经够好了,却还不够完善。还有,彼得知道如果他本人不做这个实验的话,总有一天也会有其他人来做。

尽管黑猩猩不再被俘虏到实验室、动物园或者马戏团,但有一些黑猩猩仍然生活在人类控制的设施里。英国、加拿大、美国、坦桑尼亚以及布隆迪在格拉斯哥联合建立了一个黑猩猩栖息基地,专门收养各地无法回放到自然状态下的黑猩猩。彼得给这个黑猩猩避难所打了一个电话,想看看那里是否有黑猩猩快要死亡了。据那里的主管布伦达·麦克塔维什的消息,那儿有几只黑猩猩已经五十多岁了,这对黑猩猩来说是一个相当老的年龄段,但目前还没有快要死亡的黑猩猩。不过彼得还是安排先送了一些扫描设备到她那边去。

"因此,"当彼得和萨卡尔在索尼·戈特利布餐馆共进每周例行的晚餐时,彼得对萨卡尔说,"我想我已经准备将此事公之于众。呃,我的销售人员已经给超级脑电图扫描仪起了个名儿,他们把它叫作灵魂探测器。"

"噢,不错!"萨卡尔说。

彼得笑了笑,"嗨,我总是把决定权留给乔恩德尔和他的手下。无论如何,灵魂探测器的专利权总不会有问题,我们收到了近两百份订单,已经准备出货,我手上还有三份灵魂波脱离人体的完整记录。我知道至少某些动物身上没有这种灵魂波存在,此外,我很快有望得到黑猩猩的死亡记录。"

萨卡尔把熏鲑鱼摊开放到半边百吉饼上,"你还遗漏了一项重要的信息记录。"

"哦?"

"我很惊讶你居然没有考虑到这个问题,彼得。"

"什么问题?"

"你的原始问题的反面:你知道了灵魂什么时候会脱离人的身体。但它是什么时候出现在人体上的呢?"

彼得吃惊得合不拢嘴,"你的意思——你的意思是在胎儿上做实验?"

"完全正确!"

"真是作孽,"彼得说,"如果去追究那个问题的话,我——我会麻烦缠身的。"

"也许如此。"萨卡尔说,"可一旦你把目前的发现公之于众,就会有人问那个问题。"

"会有相当激烈的争论。"

萨卡尔点点头,"的确如此。但我很吃惊你居然没有想到这一点。"

彼得别过脸。毫无疑问,他被这个问题难住了。一道旧伤,治愈很久的旧伤,或许他已经想起它来了。

可恶,彼得想,真见鬼!

# 第十三章

　　那事发生在十三年前，他们结婚的头一年。彼得对此还记忆犹新。

　　1998年10月31日，即使早在那个时候，彼得夫妇也经常不在家吃饭。但他们认为在万圣节前夕出去吃饭是不礼貌的，人们应该待在家里照顾好小孩子。

　　卡西做了阿尔弗雷多白脱奶油面条，一种意大利面食，彼得也在把微波炉里烤得脆嘣嘣的熏肉屑做成恺撒色拉。两人又一起做好了蛋糕当作餐后的甜点。他们一起做饭的时光很愉快，厨房狭小，空间紧促，两人在里面幸福地挤来挤去，一会儿要打开碗碟橱，一会儿要拿炊具。卡西胸脯上被彼得粘满面粉的手印上了两个印迹，而彼得的屁股也中了卡西的两招手印。

　　他们吃完色拉之后，又吃了不少的意大利面食，卡西毫无预兆地开口说："我怀孕了。"

　　彼得放下叉子，看着她，"真的？"

　　"真的。"

　　"那真……"他知道自己想要说"那真是好极了，"但他说不出第二个词来，却改口说："那真有趣。"

她显然有点扫兴，"有趣?"

"噢，我的意思是说，出人意料，就那意思。"他停了停，"难道说不是……"他又停了停，"真糟糕。"

"我估计是那个周末在我父母家里怀上的，"她说，"记不记得? 你已经忘了……"

"我记得。"彼得道，语气里有一丝不快。

"你说过在你三十岁的时候就要去做节育手术，"卡西稍微带着一点争辩的意思说，"你说如果到那时我们还不想要小孩的话，你就会去做手术。"

"可是，我不会冲动到在我生日的时候去做手术。我才刚刚到三十岁。而且，除此之外，我们仍然还在讨论要不要小孩的问题。"

"那么为什么你这样生气?"卡西问。

"我——我没有。"他笑了，"真的，亲爱的，我并没生气。只是有点吃惊，就那样。"他停了一下，"那么，如果就是在那个周末怀上的，你干了什么? 这六周以来?"

她点点头，"我的经期没来，所以我买了一个测孕试剂。"

"我明白了。"彼得说。

"你不想要小孩。"她说。

"我并没那样说。我不知道自己想要什么。"

正在这个关头，门铃响了。彼得起身看。

不请客就捣蛋，他心想。不请客就捣蛋。

彼得和卡西又等了三周，权衡他们的选择，他们的生活方式，他们的梦想。最终，他们做出了决定。

学院大街的堕胎门诊部是一幢两层楼的旧房子，外表涂了一层褐色砂石。它的左边，是一个叫作乔的小饭馆，乔的名字后面没有撇号,直接把那个S写到了一起,招牌上的早餐广告很特别地画了两个招人喜欢的鸡蛋。门诊部右边,是一个器械商店,商店的窗户上用手写体写着几个字:专门维修。

在门诊部前面有一群示威者,他们已经把人行道站满了,手里举着横幅,

其中一个横幅写着:堕胎就是谋杀。

另一个写着:罪犯,忏悔。

第三个写着:婴孩也有权利。横幅也许是乔的招牌制作者设计的。一个蔫耷耷的警察靠在门诊部的褐色砂石墙上,他确信这帮示威者搞不出什么花样。

彼得和卡西把车停在街对面,下了车。卡西看着门诊部前面的情况,身子有点发抖,尽管天气并不冷。"我没想到会有这么多的示威者。"她说。

彼得数了数,一共有八名示威者,三名男子,五名妇女。"这里总是会有点事。"

她点点头。

彼得走到她身边拉住她的手。她的拳头攥得紧紧的,拼命挤出一丝勇敢的微笑。他们等过往的车辆少一点,然后朝街对面走去。

当他们一到达街对面,那群示威者立即围住他们,"不要去那里,夫人!"其中一名在喊,"那是你的婴儿!"另外一名也在喊。"多花一点时间,仔细考虑考虑!"第三位朝他们喊。

那名警察走近了一点,可以看清楚示威者们确实没有碰到卡西,或者没有阻止她向门诊部大门走去。

卡西目不转睛径直朝前走。

鸡蛋总是受人喜欢的,彼得想。这里专门维修。

"不要那样做,夫人!"其中一名示威者又喊了一声。

"那是你的婴儿!"

"花点时间,好好想想!"

门诊部在木门前有四级石头阶梯。她踏上了阶梯,彼得在她右前方。

"那是你的……"

"不要那样……"

"花点时间……"

彼得走在前面,为卡西打开了门诊部的门。

他们走了进去。


过了几周,彼得做了结育手术。他和卡西再也没有提过那段事。但有时当他姐姐的女儿们前来探访的时候,或者当他们偶尔碰到邻居带着孩子一起散步的时候,要么在电视里看到孩子的时候,彼得会发现自己有一点点渴望、一点点忧伤和迷茫。他还会偷偷看看他的妻子,发现她那大大的蓝眼睛里充满了同样的情感和闪烁不定的念头。

如今,他们不得不再次面对道义的考验。

肯定不可能把一个扫描帽戴到一个胎儿的头上去。但彼得不需要扫描尚未出生的婴儿大脑的所有电活动。他唯一需要做的就是用设备检测到那个高频灵魂波。这花了他好几天时间,但他终于拼凑出一个扫描仪,可以把它放到孕妇的腹部上检测腹腔里胎儿的灵魂波。这个设备借用了霍布森监测器的某些远距离扫描技术,采用了一个指示传感器来确保仪器不会错误地捕捉到母亲自身的灵魂波。

灵魂波的信号极度微弱,因为胎儿深深地包裹在母体之内。因此，就像望远镜拉近图像距离的原理一样，彼得猜测这个传感器也许至少应该在母亲的腹部放置四个小时，才能最终确定胎儿是否有灵魂波。

彼得来到他公司的财务部门，有一名分析对象就在这里，维多利亚·卡利佩蒂斯，她刚好怀孕九个月。

"维多利亚，"彼得对她说，"我需要你的帮助。"

她期待地望着他。彼得心里笑了笑，这些日子对她所做的每一件事情都充满了期待。"我做了一个新的传感器样机，我希望你帮我检测一下。"他说。

维多利亚有点吃惊，"非要用我的胎儿来检测？"

"是的。那只是一个传感器网，把它放到你的腹部就可以了。不会伤害到你，也绝不会以任何方式伤害到你的孩子。它是，这么说吧，它有点像脑电图描记器，用于检测胎儿大脑的活动。"

"不会以任何方式伤害到胎儿？"

彼得晃晃脑袋，"不会。"

"我不晓得……"

"求你。"彼得有点吃惊，自己竟然会用那样具有说服力的方式说出这两个字。

维多利亚考虑了一下，"好吧。你什么时候需要我帮忙？"

"就是现在。"

"我今天还有很多工作要做，你知道我的上司是什么样的人。"

"只需要几分钟时间就可以把这个传感器安放好。因为要检测的信号很弱，所以今天下午剩余的时间你都得把它戴在身上，不过你仍然可以继续做你的工作。"

维多利亚站起来——因为已经怀孕到后期,所以要站起来也真不容易。她跟着彼得来到一个隐秘的房间。"我会给你说明一下你应该怎样把那个传感器安放到腹部位置。"彼得对她说,"然后,你单独一人待在这里,自己把它戴好。可以很容易地把它放在衣服下面。"

维多利亚听着彼得的讲解,然后点了点头。

"谢谢你。非常感谢你。"彼得说完,离开了房间,留下她自己穿戴。

这天晚上,他得到了结果。传感器毫无疑问地检测到了维多利亚的胎儿的灵魂波。结论并不令人惊讶:在怀孕的后期,胎儿已经接收到了灵魂波,它也许已经会自己生存了。但是怀孕多久之后胎儿的灵魂波会首次出现?

彼得翻遍他的计算机文件夹,找到一个他想要的电话号码:黛娜·凯瓦斯克,在多伦多大学他曾经同她一起上过课,现在她在顿·米尔斯实习产科。

他紧张地听着计算机拨电话号码时的嘀嘀的电子声。如果黛娜能够说服她的病人帮助他,那么他很快就会得到答案了。

而且,彼得意识到,他害怕会出现什么样的答案。

# 第十四章

黛娜·凯瓦斯克那儿有三十二名候选者同意参加彼得的扫描试验。这倒并不出人意料,因为彼得给他们每人支付五百美元,只需要参加试验者把扫描仪在身上戴四个小时。每个参加检测的孕妇怀孕的时间依次比前一位长一周。

彼得本想针对多位对象,分别观察每个个体的整个怀孕过程,但是研究在一开始就出现清楚的结果了:灵魂波在怀孕后第九周到第十周之间出现。在那之前,灵魂波毫无踪迹。他还需要做更深入的研究,看看灵魂波是从婴儿的大脑内激发出来的,还是来自外界某个地方。后一种情况彼得认为可能性很小。

彼得知道这一发现会改变整个世界。它几乎会改变人们对生命死亡之后某种实际的存在形态的认识。虽然还会有人对此进行诡辩,但彼得现在有绝对的把握可以判断某个胎儿是不是真正意义上的人;能判断人们堕胎时只是从子宫里吸出了一个无意识的生长体,还是成了杀手。

它的含意是深远的。为什么? 如果让教皇相信灵魂波真的是人类不朽的物质信号,而且灵魂波只在怀孕后的第十周才出现的话,也许他就会改变针对生育控制和早期堕胎行为的限制条款。彼得还记得早在1993年，教皇最先告诫那些在波黑战争中被强奸的妇女，只有她们接纳肚子里的孩子才不会遭到上天的诅咒。现任教皇仍然不同意计划生育，即使在那些闹饥荒的地方，哪怕那些孩子一出生也只有饿死的份。

当然，妇女运动——彼得本人对此是持赞成态度的——也会起来反抗的。

彼得因为堕胎的事情一直耿耿于怀，特别是在工业化发达国家里，已经有了相当可靠而方便的节育方法的情况下尤其如此。彼得一直睿智地认为妇女有权根据需要堕胎，但他发现这种事情并不那么令人愉快。避免意外受孕是否是头等重要的事情？夫妻双方做出节育的选择是否也纯属个人自由？为什么人们把奇妙的生育变得这样低俗呢？

他在网上花了整整十分钟才找到一个统计数字，北美五分之一的怀孕都终止于堕胎。当然，还有他和卡西怀孕以前那些年的数字没有计算在内。他是一名医生，卡西拥有化学学士学位，两个人应该对这件事认识得更清楚。

在实际情况中，事情永远不会像理论上那样简单。

不过现在，也许，受孕之后进行节育措施有了正当的理由。灵魂，无论它是什么东西，在受孕之后需要六十天或更多一点的时间才会出现在胎儿身上。

彼得不是一个未来主义者，但是他看得见人类社会将走向何方，在十年之内，关于堕胎的法律无疑会发生改变：一旦胎儿大脑中出现了灵魂波，就不允许再行堕胎。一旦胎儿出现了灵魂波，法院将认定尚未出生的小孩实际上已经是真正的人类。

彼得想要的答案——客观的、无可辩驳的事实——如今，他已经有了。

他长长地出了口气。他是一个理性主义者。他知道堕胎的道德问题一直都只有三种可能的答案：其一，当一个生命在受精那一刻就被认为是人类了。在彼得眼里那种看法向来很愚蠢，受精卵只是个单细胞而已。

其二，胎儿脱离母体的那一刻才成为权利意义上的真正人类。这种看法似乎同样很愚蠢。虽然一个胎儿从母体吸收营养物质直到脐带被剪断，但胎儿已经发育充分可以自己维持生命了，如果有必要，怀孕期甚至可以比平常提前几周结束。显然，那时可以任意切断脐带，就像切断一条普通的带子一样，为胎儿打开新的天地。在来到人世间之前，胎儿就已经是一个拥有心脏和大脑的独立的人了，甚至还有独立的思维。

因此，彼得的研究证实了那些本应该显而易见的事情——其三，在前两个极端之间，即从受精到出生之间，胎儿转变成了具有人权的真正的人。

第三个观点有望成为正确的答案。甚至许多宗教也坚持灵魂的出现是在怀孕期间的某个时候，比如，圣托马斯·阿奎奈准许男婴在怀孕后第六周、女婴在怀孕后第三个月堕胎，那些规定都表明他们相信灵魂进入了婴儿体内。

彼得承认，上述宗教关于灵魂进入胎儿时间的观点跟他得出的第九到第十周不一致。但它们都认为灵魂的到来的确有一个特定的时刻，这种观点——他又产生了这种想法——会改变整个世界。而且，自然地，并非每个人都会认为这种改变是向好的方向发展。

彼得想知道，电视节目里播出自己的肖像被焚烧时的样子会是如何。

　　卡西告诉彼得她对他不忠之后,刚好九个星期过去了。这期间他们仍然一直关系紧张。但现在他们有必要做一次严肃的对话,谈论他们的另一个危机,一个已经过去的危机。

　　今天是星期一,十月十日,加拿大感恩节。两人都不用上班。彼得走到客厅,卡西坐在双人沙发上,在做《纽约时代》杂志上面的填字游戏。彼得走到她身边坐下来。

　　"卡西,"他说,"我些话我不得不说。"

　　卡西瞪大的双眼看着他,彼得突然意识到她在想什么。她以为他做出了决定,彼得要离开她了。彼得看到她一脸的担心、难过,还有勇气。她尽力保持着平静。

　　"是有关我们的孩子。"彼得说。

　　卡西的表情一下子改变了,她迷惑不解,"什么孩子?"

　　彼得艰难地咽了口唾沫,"我们的孩子,呃,十二年前流产的孩子。"

　　卡西转动着眼珠子,她显然还是一头雾水。

　　"下星期,我的公司要公布灵魂波的事情,"他道,"到时候,还会展示有关的研究结果。但是——但我想让你最先听到有关的事情。"

　　卡西静静地听着。

　　"我现在知道了灵魂波出现在胎儿里的时间。"

　　她看得出他这么做的用意,看得出他的迟疑。她懂得他的每一个姿势,懂得他所有的身体语言。"噢,上帝。"卡西说,她的眼睛惊骇地睁大了,"灵魂波出现的时间很早,是不是? 比我们——还要早——"

　　彼得没有说话。

　　"噢,上帝,"她又惊呼一声,摇摇头,"那是在九十年代。"她说，仿佛彻底没有希望了。

九十年代。那时候对待堕胎的观点就如同其他许多事情一样，是一个简单得可笑的口号："有权选择"——就好像存在一个对立派叫作反对选择；或者"支持生命"——意思似乎是存在另一群反对生命的人。霍布森的观念里不允许有中庸的选择，在他的人生中，作为一名有教养的、富足的人，一名加拿大东部的自由主义者，有权堕胎成为他最愿意接受的观点。

九十年代。

贤明的九十年代。

彼得摇摇头，"不清楚，我们刚好在灵魂波就要首次出现的那段时间堕了胎。"他停了停，不知道该说什么，"也许不会有什么事。"

"或许它已经……可能已经……"

彼得点点头，"对不起，卡西。"

她咬着嘴唇，心里充满了疑虑和伤感。彼得摸了摸她的手。

# 第十五章


霍布森监控器材公司有一个标准数据库,包括全世界报道医疗新闻的记者的资料,公司定期向这些记者发送新闻简报。不过这份资料很特别,公司里有些资深职员认为还应该同时向宗教新闻采编人员发送。但彼得否定了这个提案。把他的发现跟灵异的东西牵扯到一起,他至今仍然觉得不大舒服。再说,公布以后,连《国民问讯报》的记者都会很快闹哄哄地要求采访的。召开新闻发布会的请帖是通过电子邮件发送出去的,比会议时间提前了三天。彼得对请帖里的措辞觉得有点不自在,但他的公关负责人乔恩德尔·辛格却认定用词合适极了:

霍布森监控器材有限公司邀请您参加星期四的新闻发布会。十月二十日,上午十点钟,在多伦多大都会会议中心召开。我们将公布一项重大的科学突破。抱歉,新闻发布会前我们不能事先透露信息。不过我们可以保证,我们的消息将成为全世界的头版新闻。无法与会者可以通过视频链接远程采访。具体细节请与霍布森监控器材公司的乔恩德尔联系。

好些记者打来电话,想嗅出点儿名堂,看看此事是否值得追踪,会不会只是一个新的医用小仪器的发布会。公司没有提前泄漏任何消息。每个人都只有等到星期四上午才会知道。到那时……

大约四十名记者出席了新闻发布会,霍布森公司此前的历史上,只有公司宣布首次公开发行股票的那一次超过了这个人数。彼得记得一半与会记者的名字:巴克·皮卡兹,《多伦多星报》的医学通讯记者;在《世界邮报》干同样工作的科里·蒂克;利纳·德拉诺伊,加拿大广播公司《新闻世界》栏目的记者;那个胖子是《布法罗新闻报》专门报道加拿大新闻的记者;一位《今日美国》的特约记者,以及其他记者。这伙人一边吃着新鲜水果,喝着咖啡,一边自顾自地聊着天。他们对于预先没有收到宣传资料都有点吃惊。彼得和乔恩德尔一再向他们保证:在他们离会的时候,会送给他们包括全部内容的资料,如相关数据磁盘、彼得的分析。这些都无关紧要,反正记者们大多会把新闻发布会的情况摄录下来。

今天卡西请了一天假,和彼得一起到了会议现场。十点十五分,彼得来到房间前面。他紧张不已,觉得胃里沉甸甸的。卡西满面笑容望着他,有她在场,彼得觉得好多了。"各位好!"他微笑着说,视线扫过全场,目光经过卡西的时候,给了她一个意味深长的笑容。"感谢你们出席这个会议。首先请原谅我们对会议内容的保密,我知道这样做有点戏剧化。但我们今天在这里公布的内容非常特别,我们希望确保有责任心的新闻记者首先得知这个会议的内容。"他又笑了笑,"乔恩德尔,能否请你把灯光调暗一点？谢谢。现在,各位,请看墙上的显示器。在你们离开的时候,我已经安排好给你们每人一份录像的拷贝。都准备好了吗？请开始演示,乔恩德尔。"

彼得讲解着减速后重放的佩吉·芬内尔大脑死亡过程的扫描记录,记者们听得聚精会神。这些人毕竟都是医学记者,所以彼得还讲了些技术细节。当灵魂波脱离芬内尔夫人大脑的时候,人群开始发出嗡嗡的嘀咕声。

"请把最后部分重放一下。"《多伦多星报》的皮卡兹喊道。彼得示意乔恩德尔照办。

"那个东西究竟是什么？"另一名记者问。

彼得看着卡西,她坐在前面第一排,眸子里闪着亮光。他耸耸肩,"它是一个凝聚的电场,在试验对象死亡的一刹那穿出了太阳穴。"

"是在死亡的那一瞬间吗？"来自加拿大广播公司《新闻世界》的女记者德拉诺伊问。

"是的。它是大脑中最后一丁点儿电活动。"

"那——那么,那是什么？"女记者问,"灵魂之类玩意儿？"她不假思索说出这个词,似乎又是在开玩笑,万一遭到嘲弄的话也好给自己留下一条退路。

离萨卡尔第一次吐出这个字眼已经过去了几个星期,彼得对灵魂这个词已经不像当初那么不自在了。"是的。"他说,"我们的看法正是如此。"他提高了声音,对房间里所有人说,"女士们、先生们,你们所看到的正是第一次直接记录,记录下了人类灵魂脱离大脑的过程。"

嗡嗡声爆发成了一片喧闹,人们同时发问。彼得在接下来的两个小时里回答了提问,也有一些发稿截止时间将近的纸质媒体记者一拿到公司准备的宣传资料后立即奔出会场。彼得明确指出,灵魂波离开人体后的情况还有待于进一步研究,它可能仍然保持凝聚状态,但也有可能离开人体后极短时间内就消散,这方面目前还没有明确证据。他还强调了一点:迄今为止还没有多少关于灵魂波的内容及其结构的数据,特别是它是否包含了某种独特信息,现在仍不清楚。

这些都无关紧要了。灵魂是一个为全人类共有的观念。灵魂波代表着什么,人人心里都有一个明确信念。

当天晚上,卡西和彼得看到美国CNN和BBC环球新闻节目转播了加拿大广播公司的报道。几个小时之后,有关报道已经遍及各个网站,并登上了《多伦多星报》和好几家美国报纸的晚间版头版位置,第二天则上了全世界各种报纸的头版。二十四小时之内,全世界都知道了这个发现。

彼得·霍布森突然之间成了名人。


"打进电话的先生,你还在吗?"多纳休问道。竞争总裁位置失败后,他又重新主持起了日间电视节目。

"我还在,菲尔。"

多纳休做了个苦脸,宝贵的电视时间又被浪费了几秒钟,"请讲话——我的时间不多。"

"我想知道,"来电者说,"死后的生活到底是什么样子。我的意思是说,我们现在知道它存在,但它究竟是什么样子?"

多纳休转身对彼得道:"非常好的问题。霍布森医生,肉体死亡后是什么样子?"

彼得在椅子里挪动了一下,"其实,这个问题恐怕应该由哲学家来回答。而且——"

多纳休转向演播室的观众,"各位观众,对于这些问题,我们有心理准备吗?我们是不是真的想知道答案?还有,死后的景况如果不中意的话美国人该怎么办?"他朝某个方向喊了一声,"请显示出来,布赖恩——十四号。"

一份图表出现在屏幕上,"全国有百分之六十七的人,"多纳休说,"他们认为灵魂波证明了犹太-基督教中天堂和地狱的观念。霍布森医生,还有百分之十一的人认为你的发现推翻了这种观念。"

图表消失了。多纳休发现坐在演播室后排的一个人举起了手。七十五岁的多纳休仍然生气勃勃,他冲到后排,把麦克风伸到那位女士嘴边。

"女士,请说简短些。"

"好的,菲尔。我来自孟菲斯——我们那儿的人很喜欢你主持的节目。"

他先是露出高兴的小男孩般的笑脸——算是在你脑袋上拍一拍,表示赞赏,"谢谢你,女士。"接着又是苦脸,仿佛什么东西卡住了他的喉咙,"我的时间不多。"

"我要问那位医生。你认为你的发现会使你以后进天堂吗?或者因为破坏了上帝的神秘感而被罚下地狱?"

彼得的特写镜头,"我——我不知道。"

多纳尔拿出他的标准的戏剧化动作,一挥手,手指向镜头一指,结束了这一小节谈话,"我们马上回来……"


满头银发的拉丁佬转过脸来面对观众。据小报上说,此人最近接受了生命永恒公司的治疗,所以观众有理由相信,以后的几个世纪里依然会一如既往地看到他主持这档电视节目。

"生命接着生命,"主持人以预言家的口气道,"这是本期杰拉尔德节目的主题。今天我们请来的客人有彼得·霍布森,渥太华的科学家,声称已经捕捉到不朽的灵魂;还有洛杉矶教区的卡洛斯·拉廷纳大主教阁下。"杰拉尔德转向身着黑色教士服的大主教,"大主教阁下,你认为那些在教堂里猥亵男童的神职人员的灵魂现在在哪里?"

(屏幕上滚过国会大厦的圆形屋顶,伴有提示音乐。)播音员的声音:"美国广播公司新闻:本周由彼得·詹宁斯主持。这里是彼得·詹宁斯从华盛顿总部发来的报道。"

詹宁斯,顶着暗灰色的头发,一脸的冷峻,他对着镜头,"灵魂波——它是事实还是幻觉? 是宗教启示还是科学发现? 关于这个问题,我们会问我们的嘉宾:彼得·霍布森,一名工程师,是他首次检测到了灵魂波的存在;畅销书作家理查德·道金斯;海伦·约翰尼斯,总统的美洲宗教顾问。本台评论员凯尔·阿戴尔将从上述所有领域的视角做出分析评论。与我们华盛顿演播室连线的还有——

(屏幕上出现唐纳森的中景镜头,他虽然脸上有些皱纹,但脸形仍然棱角分明,锃亮的褐色假发一看就知道是冒牌货。)

"萨姆·唐纳森——"

(屏幕上出现银发的威尔,一副对对眼,打着蝴蝶结,活脱脱一个退休的种植园主。)"——乔治·威尔。稍后,我们会连接华盛顿邮报的评论员萨利·费尔南德斯,一起参与我们的星期天节目。"

(播放商业广告:阿切尔·丹尼尔斯·米德兰兹的新式汽车,通用动力公司,美林证券。)

（一段预先录制的配乐。）

（淡入演播室。）

詹宁斯："凯尔，谢谢你。"

（扼要地重新介绍来宾和节目主持人。）

（切入彼得·霍布森的影像。）

萨姆·唐纳森向前探过身子，"霍布森教授，灵魂波的发现可以视作一个把大众从压迫中解救了出来，这个发现终于证明了所有的男人和女人都是平等的。你认为你的发现会对极权主义政权产生什么样的影响？"

霍布森有礼貌地说："对不起，首先我不是教授。"

唐纳森："我承认有误。但不要回避我的问题，先生！你的发现会对世界各地侵犯人权的行为产生什么影响？"

霍布森沉默了一会儿，"是的，当然，如果我真的能为人类平等做出贡献，那我会十分高兴。但从过去的情况看，我们做出野蛮行径的能力似乎具有极强的生命力，总能顶住打击，存续下来。"

乔治·威尔十指相对，"霍布森医生，普通美国人在政府贪得无厌的税费下挣扎，肩负着沉重的负担，他们一点儿都不关心你的研究中有关政治的细枝末节。上教堂的美国人想知道的是，用通俗易懂的话来说，先生，究竟死后的生活是什么样子。"

霍布森眨巴着眼睛，"这是一个问题吗？"

威尔："是一个问题，霍布森医生。"

霍布森缓缓地摇摇头，"我不知道。"

# 第十六章

彼得不想让他近来获得的名气影响星期二他和萨卡尔在索尼·戈特利布餐馆的晚餐。他有些非常特别的东西要向萨卡尔请教。他没有兜圈子,开门见山,"你怎么创造人工智能?你干的那一行到底是怎么回事,跟我说说。"

萨卡尔有点儿吃惊,"呃,有很多方法。最早的方法就是访谈法。如果你想要一个制订财政计划的系统,我们会向财务专家咨询,再把答案简化成一系列可以用计算机代码表达的规则——'如果条件A和B为真,那么做动作C。'"

"可为什么需要我的公司给你造的扫描仪?现在你不是在做某些特定人物的全脑信息转储吗?"

"正朝那个方向努力,进展非常好。我们制造出了一个原型模拟人,管它叫瑞克·格林。目前还不准备把它公之于众。你知道那个喜剧演员吗,瑞克·格林?"

"当然。"

"我们对他进行了全脑扫描。我们根据扫描结果制造出来的这个系统现在也会讲笑话,跟真的瑞克·格林讲的笑话一样逗。给它输入加拿大新闻和合众国际社的新闻,它甚至可以编出全新的笑话。"

"真不赖,这么说,你现在真的可以把某个人的思想复制到硅片上了——"

"与时俱进吧,彼得。现在是二十一世纪,我们用的是镓砷化物,不是硅。"

"随便吧。"

"但你恰好谈到了最棘手的问题:我们现在已经可以复制某个人的思想——可惜这种技术没有早点儿出现,来不及扫描斯蒂芬·霍金。不过,这种复制的对象仅仅是一个人。只需要某一个人的头脑,这种情况是极其罕见的。对于绝大多数专家系统来说,你的希望是把从事这个行业的许多人的见解知识综合起来。但迄今为止,这方面还不行,还没有办法综合。比如说,不能够把瑞克·格林和杰里·塞菲尔德组合到一起,也不能制造一个牛顿加爱因斯坦的合成神经网。我对这项技术抱的希望倒是很大,但我估计只能从垄断公司老板们那儿得到点儿合同,为他们复制大脑。这些人觉得就算他们死后,继承人还是会对他们的看法感兴趣。"

彼得点点头。

"除此之外,"萨卡尔接着说,"全脑复制浪费的资源太大了。我们制造瑞克·格林是为了他的幽默感,但这个系统也让我们对瑞克知道的东西全都弄得一清二楚,包括他带孩子的方法,对模型火车无穷无尽的见解——这是他的嗜好——甚至他的烹调技术,还有头脑正常的人根本不想模拟的许多别的玩意儿。"

"你不能把它精简一下,只分离出其中有关幽默感的部分吗?"

"相当困难。我们破解了每一个神经系统网的功能,这方面做得相当不错,但神经网之间存在交叉影响,这方面太难了。比如我们删掉了培养小孩那部分信息,之后就发现系统不再讲有关家庭生活的笑话了。"

"但你的确能把某个人的思维精确地复制到计算机里面?"

"它是一种崭新的技术,彼得。不过迄今为止,是的,复制看起来是精确的。"

"还有,至少某种程度上,你也能够弄清头脑各部分的相互影响、相互作用?"

"是的。"萨卡尔说,"这方面我们同样只在瑞克·格林的模型上试过,试验方式也很有限。"

"另外,一旦你确定了一种神经功能,就可以把它从全脑复制品中删除掉,是不是这样?"

"请你记住,删除某个信息也许会改变其他东西,哪怕这种东西看上去和被删除的信息没什么关系。是的,从我们的研究成果看,我觉得办得到。"

"好的。"彼说,"让我假设一个试验,比方说我们把某个人的思想做成两份复制品。其中一个删除与身体相关的所有信息,荷尔蒙反应、性欲、诸如此类。第二个,删除一切跟身体衰退有关的信息,比如害怕变老或者死亡,等等。"

萨卡尔嚼着逾越节薄饼,"这样做的目的是什么?"

"第一个复制品可以回答每个人都在问我的问题:死亡之后的生活到底是什么样子? 人类心智的哪些部分离开人体之后仍然可以保持下去? 与此同时,我们手里还有另一个模拟人,此人知道他的躯体是不朽的,就像那些进行过生命永恒处理的人一样。"

萨卡尔停止了咀嚼,嘴巴大张着合不上来,可以看到他嘴里模样不雅的嚼过的面团。"简直——简直不可思议。"他嘴里塞着食物说,"真主啊,真是个绝妙的主意。"

"你办得到吗?"

萨卡尔咽了一口,"有可能。"他说,"电子来世学。就是这个概念。"

"你得做两份全脑复制。"

"一次就行,这当然少不了,接着再拷贝两份就可以了。"

"你是说拷贝一份。"

"不,两份。"萨卡尔说,"做实验不能没有对照。这一点你懂。"

"不错。"彼得说,稍微有点尴尬,"总之,我们把其中一个要修改的复制品模拟成死亡之后的生命,把它叫作——叫作精神模拟人,另一个把它模拟成生命不朽的状态。"

"第三个我们保持原状不变。"萨卡尔说,"作为基准或者参照物,我们可以把它跟被复制的活人做比对,以确保模拟人的准确性,以免一段时间后出现误差。"

"绝了。"彼得说。

"可是你知道,彼得,我们模拟的实际上不是肉体死亡后的状态,而是脱离躯体之外的生命——但有谁知道灵魂波是否携带着我们的记忆成分? 如果它不带有记忆,那么就不算是真正意义上的持续生命。没有我们的记忆,没有我们的过去,不知道我们是谁,连它是不是同一个人的生命的延续我们都无从判断。"

"我知道。"彼得说,"但如果灵魂真的是大家所认为的那个样子——只有意识,没有躯体——那么这个模拟实验至少会给我们一些提示,让我们约略知道它是什么样子。如果真的有这个效果,在我下一次被人问到'死后的生命到底是什么样子'的时候就可以说上点什么了。"萨卡尔同意他的意见,"可为什么还要弄一个长生不死的模拟人?"

"一段时间前我参加了生命永恒公司的研讨会。"

"真的? 彼得,你一定不是真想长生不老吧。"

"我——我不知道。某种程度上说,挺有意思的。"

"愚蠢透顶。"

"也许是吧,但似乎我们做这个研究可以一箭双雕。"

"也许,"萨卡尔说,"不过我们拿谁来做模拟呢?"

"你,怎么样?"彼得问。

萨卡尔挥挥手,"不,我不干。我才不想长生不老。也许死后才会得到真正的幸福。我期望到了另一个世界之后,我的灵魂能够享受到真正的幸福。不,这些问题是你的,彼得,为什么不用你自己来试试?"

彼得摩挲着下巴,"好吧。如果你愿意搞这个项目,我情愿提供研究资金,并且亲自当你的小白鼠。"他顿了顿,"这个实验可以回答一些真正的大问题,萨卡尔。毕竟,我们现在既知道躯体的永恒是可能的,又知道死亡之后存在着某种形态的生命。两者怎么选择? 选了这种,如果另一种选择其实更好,岂不是太可惜了?"

"霍布森选择。"萨卡尔说。

"嗯?"

"你当然知道这个说法。你自己不就姓霍布森嘛。"

"我只听说过一两次。"

"它指的是托马斯·霍布森,伦敦的一个出租马车夫,呃,我想是在十七世纪。他出租马匹,但要求他的客人要么选择离马厩门边最近的那匹马,要么一匹都不选。'霍布森选择'就是没有选择的选择。"

"也就是说?"

"也就是说你没有选择。你真的以为要是你倾家荡产购买了永生的纳米技术,真主想把你带走的话就没办法了?你有自己的命运,我也一样。我们没有选择。轮到你走向那个马厩的时候,最靠近门边的那匹马注定会是你的。称它霍布森选择也好,真主的旨意或者命中注定也好——随你的便,都是上天预先的安排。"

彼得摇了摇头,他和萨卡尔很少谈论宗教,现在他明白原因所在了,"你愿意搞这个项目吗?"

"当然。我这部分工作很容易。而你将会直面自己。你会看到自己的个性,自己思维的内部活动,驱使你思考的神经互联。你真要做那种选择吗?"

彼得沉默半响。"是的,"他说,"我真要做那种选择。"

萨卡尔笑了,"霍布森选择。"他说道,示意服务员把账单拿来。

## 网络新闻摘要

德克萨斯州休斯敦顿教区大主教希望提醒大家,本周星期三,十一月二日,是灵魂日——在这一天为那些受苦受难的灵魂祈祷。因为近来对这个问题的关注如潮,星期三晚上八点钟将在阿斯特多米举行一场特别弥撒。

总部设在英格兰曼彻斯特的《我们的身体》期刊十一月号头

版社论发表《妇女群体控制》时事通讯,公开抨击所谓的胎儿灵魂波的发现是"男人们想利用它来对女人的身体进行控制。"

1975年首次出版的雷蒙德·穆迪所著《生命后的生命》,本周被网络书商再次发行,并立即上升到《纽约时报》非小说类文学作品畅销书精品下载排行榜的第二名。

东京证券交易所霍布森监控器材公司的股票交易今天极其活跃,收于57.125,上涨6.325,再创多伦多历史上生物医学设备公司股票52周以来的新高。

今天胎儿保护组织在安大略湖省多伦多独立摩根泰勒堕胎诊所前面举行了一个演示会。"在上帝眼里,即使在灵魂波出现在胎儿大脑之前实施堕胎也是一种罪过。"抗议者安东尼奥·索泰罗斯说,"在怀孕的前九周里,婴儿是一个殿堂,准备接受神圣的火种。"

# 第十七章

　　星期四晚上,家里。彼得很久以前就在家用电脑上运行了一个程序来搜索他感兴趣的电视节目。这两年来,他给盒式录像机设置了一个长期运行程序,用来录制《黑夜追踪》——这是他少年时代偶然看到的一部电视剧——但至今没有重播。他还要求程序注意什么时候奥森·韦尔斯的电影上演,什么时候拉尔夫·纳德或者斯蒂芬·纳德·古尔德要表演脱口秀,什么时候有布伦特·斯平纳担当配角的电视剧《黑夜法庭》,等等。

　　今天晚上,《直播开罗》栏目会上演英文版的韦尔斯担纲主演的《异乡人》,影片提供阿拉伯文字幕。彼得的录像机有个字幕删除器——它扫描接近影片图像位置的字幕,图像出现之前、字幕出现之后都会进行扫描,并能根据推算恢复被字幕弄得模糊不清的图像部分。彼得已经二十年没看这部片子了。他的录像机静静运转着,录制着影片。

　　也许他明天会看,要么是星期六。

　　也许。

　　卡西坐在房间对面,咳了一声,说:"我的同事问起你。关于我们俩。"

彼得警觉起来，"噢？"

"你知道，就是问我们为什么没有参加星期五的聚会。"

"你怎么对他们说？"

"没说什么。找了个借口。"

"他们——你觉得他们知道……知道发生了什么事吗？"

她想了一下，"我不知道。我宁愿相信他们不知道，不过……"

"不过混蛋汉斯也长着嘴。"

她不吱声。

"你听到什么了吗？恶语中伤？含沙射影？有没有什么表示你的同事已经知道了？"

"没有。"卡西说。

"你肯定？"

她叹了口气，"相信我，我特别留意他们说了些什么。是不是在我背后说三道四，我知道得不是很清楚，但没有人对我说过只言片语。真的，我猜他们不知道。"

彼得摇摇头，"我——我想，要是他们知道的话我会无法忍受。我是说，去面对他们，那是……"他停顿一下，想用一个较为恰当的词来表达，"……一种羞辱。"

她知道还是不答话为好。

"他妈的，"彼得说，"我恨这种事。我真他妈的恨这种事。"

她继续沉默。

"还有，"彼得说，"我在想……我在想是不是我们该重新恢复正常的生活，去拜访一下朋友。"

"丹妮特也认为应该这么做。"

"丹妮特？"

"我的咨询师。"

"哦。"

她沉默半晌,然后说:"汉斯今天离开了本市,去参加一个会议。要是今天下班后和我的朋友一起去参加活动的话,他不会在场。"

彼得深吸了一口气,丝丝地呼出来,"你保证他不会在场?"他说。

她点点头。

彼得想了一会儿,清理一下思路。"好吧,"他最后说,"我会尽最大努力,只是别待得太晚。"他正视着她,"但是最好你是对的,他不在那儿。"他的声音里有一种卡西以前从来都没听到过的语气,一种冰冷如石的敌意,"如果再看到他,我会把他宰了。"

彼得很早就到了本特·毕晓普酒吧,可以稳稳当当坐在妻子旁边。杜韦普广告公司的人这一次在屋子中间找了张长桌安顿下来,因此每个人坐的都是高背椅。彼得坐在了卡西身旁,在他对面的是"假聪明",他的阅读器里装的是加缪的小说。

"晚上好,医生。""假聪明"对他说,"这些天你一定有不少新闻。"

彼得点头打了个招呼,"你好。"

"以前你很少来这儿这么早。""假聪明"说。

彼得立即意识到自己犯了个错误,每件事都应该做得跟以前一样。他的行为不应该导致别人注意到他或者卡西。

"躲避记者。"彼得说。

"假聪明"信以为真,把一杯黑啤酒举到嘴边,"汉斯不来你会很高兴的。"

彼得觉得两颊发烧,但在小酒馆昏暗的灯光下可能看不出来，"你什么意思?"彼得的问题提得不动声色，却有一种掩饰不住的肃杀之意。旁边的卡西从桌下轻轻拍了拍他的膝盖。

"假聪明"有点吃惊，"没什么，医生。只是他和你似乎不太合得来。上一次他明显在挖苦你。"

"哦。"侍者过来了。"橙汁。"彼得说。

侍者转向卡西，脸上带着询问的表情。"矿泉水，"卡西说，"加点酸橙。"

"今天不喝点什么?""假聪明"问，似乎喝矿泉水这种选择是对其他所有饮料的公然冒犯。

"我有一点，嗯，有点头痛，"卡西说，"吃了点阿司匹林。"

没完没了的谎言，彼得心想，她就不会说，我已经戒酒了，因为上次喝醉了结果让同事把我给干了。彼得桌子下面的拳头攥得像柄榔头。

又来了两位卡西的朋友，一男一女，都是中年人，两人都有点阴沉。卡西跟他们问了声好。"今晚来的人不多，"女的说，"汉斯哪里去了?"

"汉斯去了比安顿。""假聪明"说。彼得觉得他一定等了一整天，巴不得说出"比安顿"这个词，"参加那个交互式视频会议。"

"哎呀，"那女人说，"没有汉斯，派对大不一样了。"

汉斯，彼得心里想着，汉斯，汉斯。每一次说出他的名字都像用刀戳他一下。难道这些人从来没听说过代词吗?

服务员又过来了，把一杯冲兑的橙汁放到卡西面前，另外把一小杯毕雷矿泉水和一个杯子放在彼得面前，杯子边缘嵌着一片疤痕累累的酸橙。他想，只要不喝酒，她好像对选哪种饮料无所谓。彼得和卡西交换了饮料，服务员又问刚来的人要点什么。

"你们两位这是怎么了?"刚到的那位男子问,朝彼得和卡西指了指。

卡西笑道:"很好啊。"

为什么他那样问? 彼得心想。难道他知道什么?

"很好,"彼得附和道,"我们很好。"

"电视里到处都是你,彼得。""假聪明"说,"近期想出门旅游吗?"

不会去那该死的比安顿。"不,"彼得答道,然后又说,"也许。"

"我们没什么计划。"卡西沉着地说,"不过彼得有一个很有同情心的老板。"有一两个人吃吃地笑了起来,他们知道彼得就是他自己公司的老板。"我还得看看手头的工作能不能安排过来,时间太紧了,又刚拿下安大略旅游那单大合同。"

那女人点点头,深有同感。那份大合同显然把她也折腾得够呛。

侍者送来了更多饮料,这时,卡西的另一位同事托比·贝利到了。

"晚上好,各位。"托比道。他示意侍者自己要"假聪明"一样的饮料,"汉斯在哪儿?"

"波士顿。"彼得道,比另一个人的"比安顿"先说出口。"假聪明"看来有点失望。

"多娜·李跟他一道吗?"

"这我就不知道了。""假聪明"说。

"嗒,这么说,有几个漂亮的美国小妞今晚会跟他搞上了。"托尼说,仿佛这是世界上最自然不过的事情。大伙儿咯咯地笑了起来。汉斯仿佛已经隆重登场,他不在这儿就跟他在这儿的效果一样。彼得说了声对不起,起身去了洗手间。

"唔,""假聪明"看到彼得离开了,发表评论道,"我猜即便是有名有钱的人也得时不时地上趟厕所。"

彼得怒气冲冲地走到楼梯间,下到一个小地下间,这里有两间厕所和两个付费电话。他并不是真的想上厕所,但他需要冷静一下,需要暂时忍耐一下。似乎他们全都在耻笑他,似乎他们全都知道了那件事情。

他们当然知道。彼得以前听汉斯吹牛已经听得够多了。上帝!汉斯每搞过一个人他们也许都知道。

他靠在墙上,莫尔森海报上的妞儿冲着他微笑,到这儿来真是大错特错。

但是,等等——如果卡西的同事们都知道,那么他们应该已经知道几个月了。那时她和汉斯已经搞上了第一次,彼得拼命回忆上一次他来这儿的情况,还有那之前。那一次有没有迹象表明他们知道什么?那一次他们的举止真的跟今晚不同吗?

他无从判断。有了那种事,一切都不一样了,一切!

如果他们知道,那他已经被羞辱了。他的私生活遭到了侵犯,暴露无遗了。

羞辱!颜面丢尽!

老天,霍布森,竟然守不住一个女人,嗯?

天杀的!

以前的生活多么简单啊。

来这里大错特错了。

他朝桌旁走去。

他还得再忍受一个小时。他看看手表。是的,六十分钟,他能够忍受。

也许如此。

彼得和卡西一路一言不发地回到了家门口。彼得把拇指放到门锁的扫描仪上，听到了锁定装置解除的声音。他走进屋子，在铺了瓷砖的进门处停了一下，脱下户外用鞋。壁橱前面，卡西的四双鞋子排成一行。

"你非要这样做吗？"彼得指着鞋子说。

"对不起。"卡西道。

"我希望走进自己家里不要总被你的鞋子绊倒。"

"对不起。"她又重复了一遍。

"卧室里有鞋架。"

"我这就把鞋弄过去。"她说。

彼得把他的鞋子放到垫子上，"你从来不会看到我把鞋子乱堆一气。"

卡西点点头。

彼得走进客厅，"计算机——留言。"他唤了一声。

"没有。"一个合成声回答。

他走到沙发边，伸手摸到遥控器，坐下来，打开电视，翻动频道，他没有打开声道开关。

"'假聪明'今晚状态真不错。"彼得讽刺地说。

"乔纳，"卡西说，"他叫乔纳。"

"我管他妈的他叫什么？"

卡西叹了口气，给自己冲茶去了。

彼得知道自己的态度有点恶劣，他也不想这样。他本来希望今晚会过得好一点，希望他们能够继续他们的生活，继续以前的生活。

但没有用。

今晚的事就是证明。

他再也不能和她的同事有任何关系。即使汉斯不在,一看到那些人就提醒彼得她所干的事——汉斯所干的事。

彼得听得到厨房里,卡西用勺子在茶里搅动加入的牛奶时碰撞瓷器的声音。"你不准备过来坐坐吗?"他嚷道。

她出现在通往厨房的门口,表情冷漠。

彼得放下遥控器,看着她。她一直尽量迎合他,想勇敢一点。他并不是想要对她怎么样。他只想回到从前的样子。

"对不起。"彼得说。

卡西点点头,伤痛而又坚定,"我理解。"

# 第十八章

　　萨卡尔·穆罕默德的人工智能公司叫作镜像公司,位于多伦多北部安大略省康科德城。彼得和萨卡尔星期六在那里见了面,萨卡尔把他带到楼上刚刚建好的扫描室里。那里原先只是一间普通办公室,地毯上还留着被档案柜压烂的痕迹。房间本来有一扇大窗户,但为了避免外面的光线射入,窗户已经用层板封死了,四周的墙壁一律覆盖了一层泡沫乳胶,乳胶的造型有点像装鸡蛋的盒子,可以隔音。屋子中间是一张旧牙科椅,椅子有旋转底座,顺着椅子一侧的墙边有一张长条桌,上面放着一台个人电脑、各种示波器,以及好几套其他设备,还有一些暴露在外的电路板。

　　萨卡尔示意彼得坐在牙科椅子上。

　　“上面那排,只拔一颗。”彼说。

　　萨卡尔笑笑,“我们要把里面所有东西全搞出来——把你大脑里的一切都录制下来。”他把扫描器的头罩安置在彼得头上。

　　“为生命干杯。”彼得说。

　　萨卡尔松松地系上头罩的下颚带,示意彼得把它拉紧一点。“还往下拉,”彼得说,“已经够紧了。”

萨卡尔递给他两个小耳塞,彼得塞好。最后,萨卡尔把测试目镜也递给他,这是一副特殊的眼镜,可以分别向两个眼球发送不同的视频信号。

"鼻腔呼吸。"萨卡尔告诫他,"吞咽动作尽量小一点,还有,尽量不要咳嗽。"

彼得点点头。

"不要做那种动作,"萨卡尔提醒他,"不要点头。你不用做出表示,我知道你领会了我的意思。"他回到工作凳上,在电脑上键入几条命令。"很多方面,这比你记录灵魂波离开人体的工作更复杂。你那活儿只需要搜寻大脑中所有电活动。但我这项工作必须用无数种方法去刺激你的大脑,激活每一个神经网,当然了,包括那些大部分时间都处于休眠状态的大量神经网。"

他按下一个键,"好了,我们现在开始记录。接下来这几分钟里,如果你想让自己坐舒服一点,挪动一下身体,都没有关系。这几分钟里仪器在校准。"他花了点时间调校设备,几分钟似乎特别漫长。"过程我们以前讨论过。"萨卡尔说,"你会接收到一系列输入信号:有些是语音信号——口语或者录音磁带里的发音,有一些是视觉信号:你的双眼会看到一些图像、字词。我知道你会说法语和一点西班牙语,输入的信号会用这两种语言表达。注意力集中到输入信号上,但是如果走神了也不用担心。如果我向你展示一棵树,你由此联想到木材,然后从木材联想到纸,从纸联想到纸飞机,从飞机联想到糟糕透顶的食物,这些都没关系。联想过程不要牵强,顺其自然。我们只是想描绘出你大脑中存在的神经网络,判断什么内容会使这些神经兴奋起来。准备好了吗?别——你又点头了。好,我们开始。"

彼得最初以为自己看到的是标准的测试图像,但很快就明白,萨卡尔增补了一些专门针对彼得的图像,有彼得父母的图像,他和卡西现在居住的房子以及他们以前住过的房子,萨卡尔的小木屋的特写,彼得高中时的毕业照,彼得的声音片断,还有卡西的声音。各种图像接连不停地出现,"你一生的回顾"再加上普通的湖泊和森林照片,还有足球场和简单的数学公式,几句诗,关于影片《星际迷航》的无关痛痒的问题,彼得少年时代的流行音乐,艺术品和色情文学,一张模糊不清的照片,像亚伯拉罕·林肯,也可能是一只猎犬,要么根本什么都不是。

如此周而复始,彼得有点厌烦了,他心不在焉地想起前一天晚上的事——和卡西同事相处的那个倒霉透顶的晚上。他妈的,真是大错特错。

狗娘养的汉斯。

他连晃晃脑袋摆脱这些想法都做不到。全凭意志力,他才把自己的注意力尽量集中到眼前这些图片上来。但卡西的同事仍然不时出现在他脑海里,激发起令人不快的记忆:一双手的图像使他联想到汉斯,彼得和卡西的结婚照,一个小酒馆,一辆停着的小车。

神经网络被激发了。

他们做了四套,每次两小时,每套结束后有半个小时让彼得起来活动一下,动动下巴,喝点水,上上洗手间等。有时其中的片断声音会对视频图像的内容作一些补充——他看到一张米克·贾格尔的照片,同时听到他演唱的《满足》;有时声音和图片很不谐调——比如他看到一个饥饿的埃塞俄比亚小孩,却听到呜呜的风声;有时候出现在他左眼的图像和右眼的反差很大;有时一只耳机里传来的声音跟另一只耳机里的声音完全不相干。

终于记录完毕。浏览了好几万张图片,记录了亿万字节的数据。彼得头罩上的传感器扫描了大脑中每一个隐秘的角落,记录了大脑中所有的细枝末节,勾勒出所有的神经细胞和每一个神经网。

萨卡尔拿着装有大脑扫描数据的磁碟来到楼下的计算机房。他把磁碟放进人工智能工作站服务器,把全部数据分别拷贝到三个不同的随机存取存储器分区里——这样就生成了三份完全一样的彼得大脑的拷贝,每一个都各自储存在它自己的储存空间里。

"现在怎么办?"彼得反骑在一张椅子上,双臂趴着椅子的靠背,下巴搁在上面。

"首先,我们要给它们作上标记。"萨卡尔坐在一张酒吧里的那种高脚凳上,他不太喜欢椅子,他对着面前控制台上的麦克风说:"登录。"

"登录名?"计算机发出一个毫无感情的女声。

"萨卡尔。"

"你好,萨卡尔。命令?"

"把霍布森一号更名为精灵。"

"请拼写目标文件名。"

萨卡尔无奈地叹口气,"精灵"一词的拼法在计算机词典里一清二楚,但是萨卡尔的口音偶尔会让它不知所措,"精——灵。"

"已执行。命令?"

"把霍布森二号更名为安布罗托斯。"

"已执行。命令?"

彼得接过话，"为什么给他取名'安布罗托斯'？"

"在希腊语里这个词是'不朽'的意思。"萨卡尔说，"你看它的拼写有点像'安布罗西亚'——就是一种可以让你不朽的食物。"

"该死的私立学校才教这些。"彼得说。

萨卡尔露齿一笑，"说得对。"他转身回到麦克风前，"把霍布森三号更名为参照。"

"已执行，命令？"

"装载精灵。"

"装载完成。命令？"

"行了。"萨卡尔别过脸对彼得说，"假设精灵是死亡之后的模拟者。为了达到这个目的，我们先删除全部仅与人体生化相关的功能。当然，实际上并不是真的把大脑里的意识部分删除掉，不过是切断相关神经网络的联系。为了找出这部分可以切断的神经网络，我们要利用达尔豪西的刺激数据库，这是一个适合加拿大的版本，收集了标准的图像和声音记录，本来是墨尔本大学原创的，一般用来进行心理学测试。我们用这个数据库里的各种图像和声音信号刺激精灵这个复制品，记录下哪些神经细胞产生了反应。"

彼得点点头。

"刺激物以它能唤起什么感情为标准分门别类，比如恐惧、厌恶、性觉醒、饥饿，等等。我们就是要看看哪些神经网络只会被生理属性的刺激物激活，之后再切断它们的联系。当然，这些图像我们还要多次打乱顺序，以随机顺序反复刺激模拟对象好几次。这是由于存在抑制反应的缘故：比如两个非常接近的神经网，其中一个刚被某种刺激物激发过，另一个神经网可能会受到抑制,一时不能激活,哪怕刺激它的是不同的刺激物。一旦完成这项工作,我们就会得到一个你的意识的模拟记录,跟你不再有任何生理需要时的情况一样。换句话说,类似你死后的情况。然后我们再对永生的'安布罗托斯'记录作相同处理。不过,对于它,我们切除的东西不同,切除的是那些担心衰老以及同衰老和死亡相关的神经联系。"

"参照记录如何处理?"

"我会用相同的图片和声音片断对它进行刺激,因此它和其他两种记录遇到的情况是相同的,但我不会切断它的任何神经联系。"

"很好。"

"行了。"萨卡尔说。他转向控制台,"运行第四版达尔豪西刺激数据库。"

"正在执行。"计算机回答。

"估计完成时间。"

"十一小时十九分钟。"

"完成时发出提示。"萨卡尔回头对彼得说,"你肯定不想观看整个运行过程,不过你可以到那台监视器上看看刺激精灵模拟者的是哪些图片和声音。"

彼得看着屏幕。一只黑脉金斑蝶从茧里爬出来;加拿大艾伯塔省的班夫镇;一个漂亮的女人冲着镜头做了个接吻的姿势;彼得认得的二十世纪八十年代的某个电影明星;两个拳击运动员;一间着火的房子……

# 第十九章

## 2011年11月

　　星期六上午一早,萨卡尔打电话给彼得,告诉他三个记录的神经刺激和对模拟记录的神经删除工作已经完成。卡西出去看现场旧货销售去了,彼得从来不明白这种业余爱好有什么吸引力。彼得在家里的计算机上给她留了言,跳进他的奔驰车,向康科德城萨卡尔的镜像公司驶去。

　　他和萨卡尔在计算机房里一碰面,萨卡尔就说:"我们首先试试激活参照模拟记录。"彼得点头同意。萨卡尔按下几个键,然后对控制台前的麦克风说:"你好!"

　　扬声器里传来一个合成音:"你好?"

　　"你好,"萨卡尔又说,"是我,萨卡尔。"

　　"萨卡尔!"那个声音如释重负,"该死的,究竟出了什么事?我什么都看不见。"

　　彼得惊得合不拢嘴。这个模拟记录比他想象的更为逼真。

　　"没事,彼得。"萨卡尔对着麦克风说,"不用担心。"

　　"难道,我——我出了车祸吗?"扬声器里说。

　　"不。"萨卡尔说,"没有,你很好。"

"那么是停电了吗？几点了？"

"大约十一点四十分。"

"上午还是晚上？"

"上午。"

"可为什么这么黑？你的声音又是怎么啦？"

萨卡尔转身对彼得说："你告诉他。"

彼得咳了一声。"你好。"他说。

"谁在那儿？萨卡尔？"

"不，是我。彼得·霍布森。"

"我才是彼得·霍布森。"

"不，你不是，我是。"

"该死的，你在说什么？"

"你是一个模拟者。一个计算机模拟者，模拟我。"

长时间的沉默，然后，"哦。"

"你相信我吗？"彼得问。

"也许。"扬声器里的声音说，"我的意思是说，我记得同萨卡尔讨论过这个试验。我记得——我记得大脑被扫描以前的每一件事。"沉默了一会儿，又接着说，"该死的，你真的干出来了，对不对？"

"是的。"萨卡尔说。

"又是谁？"扬声器里的声音问。

"萨卡尔。"

"我不能同时和你们俩人谈话，"模拟者说，"你们的声音听上去都差不多。"

萨卡尔同意它的话，"说得对。我会调整一下软件，使它能够区分我和彼得的声音。对不起。"

"没关系，"模拟者说，"谢谢你。"然后又说，"上帝，你干得真不赖。我觉得——我觉得就像是我本人一样。除了——除了我没有饥饿感之外，也没有疲劳感。而且我一点也没感到有哪里发痒。"稍稍停顿一下，"说说，模拟了些什么？"

"你是参照体，"萨卡尔说，"作为实验的参照物。你是我们激活的第一个模拟者。我会作一些例行实验来模拟各种神经输入，包括饥饿和疲劳。不过恐怕我没有想到模拟一般的身体发痒，也没有考虑到模拟一点点疼痛或者痛苦。抱歉做得不够好。"

"没关系。"模拟者说，"现在我才意识到之前我身上经常发痒，但现在所有的感觉都没有了。那么——现在怎么办？"

"现在，"萨卡尔说，"你可以做任何你想做的事。在这儿或者外面的网络上你可以得到很多输入程序。"

"谢谢。不过，呃，彼得？"

彼得抬头张望，有点吃惊，"什么事？"

"你是个幸运的家伙，知道吗？我希望我就是你。"

彼得咕噜了两声。

萨卡尔又按下另外几个键。

"在后台运行时它们会做些什么？"彼得问。

"是这样，我为它们提供了有限的网络入口。他们可以下载想要阅读的任何书籍或者报纸。当然，我提供给它们的入口主要还是网络的虚拟现实专业组数据库。它们可以接驳任何可以想得到的模拟事件：潜水、登山、跳舞——随便什么。我还让它们有权使用欧洲的资源，和这里的虚拟现实专业组差不多，那儿尽是虚拟生活。所以，这些会让它们忙个不停。它们做出的每一项行为选择都会告诉我们许多东西，有关它们的心理发生了什么变化。"

"心理会发生变化?"

"举个例子,现实中你永远不会从事跳伞运动,但永生模拟者知道自己不会摔死,因此也许会把这项运动当成一种业余爱好。"萨卡尔输入了几个命令,"说到永生,让我们给安布罗托斯作个自我介绍。"他在键盘上输入更多命令,然后对着麦克风说:"你好,"他说,"是我,萨卡尔。"

没有回答。

"一定出了什么问题。"彼得说。

"我不这么认为。"萨卡尔说,"所有的指示器都很正常。"

"再试一下。"彼得说。

"你好。"萨卡尔对着麦克风又说了一次。

沉默。

"也许你删除了某些控制语言的东西。"彼得说。

"我非常小心,"萨卡尔道,"但可能有某种交叉作用我没有注意到,不过——"

"你好。"扬声器里终于发出一个声音。

"啊哈,"萨卡尔说,"它在。真奇怪,为什么这么久才出声?"

"耐心是一种美德。"那个声音说,"在答话之前,我想评估一下发生了什么事。我是一个模拟者,是吗?是彼得·G.霍布森的模拟者。不过我已经被修改成一个永生的模拟者了。"

"完全正确。"萨卡尔说,"你怎么知道自己是哪个模拟者?"

"这个嘛,我知道你们会创建三个模拟者。我对自己根本没有感觉,所以我估计自己不是参照体。之后,我问了自己一个简单的问题:想不想性交。你知道人们怎么说的——男人每五分钟就会想一次有关性的事情。我想,如果自己是那个模拟死亡之后的模拟者,性就离我远得不能再远,根本不沾边。情况却不是这样,我的确想搞一搞。"停了一下,"可我又发现自己不在乎什么时候性交,这十年或者以后十年都无所谓。这下我就全明白了。慌慌张张实在是很不体面的事情。你就是个很好的例子,萨卡尔。我没有立即回答你的'你好',你马上就慌了神。这种思维方式和现在的我实在太不同了,毕竟,我拥有世界上所有的时间。"

萨卡尔呵呵地笑了。"很好。"他说,"顺便说一句,我们把你称为安布罗托斯模拟者。"

"安布罗托斯?"扬声器里的声音不解地问。

萨卡尔转向彼得,"这是第一个证据,表明我们的模拟是精确的。"他笑道,"我们已经成功地复制了你的无知。"他对着麦克风说,"安布罗托斯就是希腊语'永生'的意思。"

"哦。"

"现在我要让你继续回到后台运行。"萨卡尔说,"很快我会再同你对话。"

"无论迟早,都没有关系。"安布罗托斯说,"我随时恭候。"

萨卡尔敲了几个键,"好了,这一位似乎也运行得不错。现在,轮到最棘手的这一位了——精灵,死后的生命存在形态。"他又输了几条命令,唤醒最后一个模拟者,"你好。"他再次说道,"是我,萨卡尔·穆罕默德。"

"你好,萨卡尔。"合成音说道。

"你——你知道你是谁吗?"萨卡尔问。

"我是已故的、被人哀悼的彼得·霍布森。"

萨卡尔咯咯笑了起来,"正确。"

"长眠于随机存储器。"

"死亡似乎并没让你感到太憋气。"萨卡尔问道,"那是一种什么样的感觉?"

"给我一点时间让我感受一下,我会告诉你的。"

彼得点了点头。很公道。

# 第二十章

凌晨两点钟。

和卡西告诉他那件事情之后的许多夜晚一样,彼得难以入睡。

具有讽刺意味的是,根据墙上的霍布森监视器显示,卡西的睡眠状况不错。彼得听得见旁边她的呼吸声。

他们是在晚上十一点三十分上床睡觉的,已经过去了两个半小时。这段时间足够读完一本薄书或者看完一部长电影了,或者,如果他快速略过录像带上的广告部分,还可以看完三集每集一小时长的电视连续剧。

但他什么都没做,只是躺在黑暗中,偶尔动一下或者侧一下身,听着床头柜上电扇发出的嗡嗡声。彼得有点口干,还有一点尿意。他翻身下床,摸索着穿过黑暗的卧室下到楼下。他在主卫里方便后,缓缓踱进客厅,坐在沙发上。

窗户上的竖条百叶窗关着,但外面的灯光还是渗了进来。房间出口处墙壁上的浪涌电压保护器上,几个小红点和绿色液晶屏就像机器人的眼睛似的瞪着他,录像机面板上的各种灯光和数字时钟发着亮光。彼得在沙发上摸索着,在一个角落里找到遥控器。他打开电视,翻动着频道。

第二十九频道,康威斯特全球网:夜行,全世界最便宜的加拿大节目——一位带着便携式摄像机的家伙在午夜的市区游荡。令人吃惊的是他没有遇上强盗。

三频道,安大略省巴里市:重播《星际迷航》。彼得喜欢猜每一集的片名,通常他只需要看到一个镜头就能猜出来。这一次很容易——这一集是在外景中拍摄的,这部连续剧只有极少几集在外景中拍摄,出场人物中还有戴着金色假发的朱莉·纽玛。《星期五的孩子》,这一集并不精彩,但彼得知道再过十多秒钟,麦科伊会吟咏出那句经典:"我是一位医生,不是电梯。"他等到出现那一幕,随后继续切换频道。

十二频道,加拿大广播公司法语频道。一位漂亮女人出现在屏幕上。彼得根据长期经验知道,当一位漂亮女人出现在深夜的法语频道上时,五分钟之后就会脱下上衣露出胸部。他想等到那一刻到来,但还是决定继续翻下去。

四十七频道,多伦多:另一个商业广告。遗传工程男人假发:假发(实际上是用褐色颜料替代叶绿素添加到特制的拉伸玻璃丝中)真的会生长,所以即使完全秃顶的男人也可以听到他们的朋友说:"你好像该理个发了,乔。"彼得头上有曲棍球直径大小的一片秃了顶,他对人们的这种虚荣心感到很吃惊。也许他岳父会用那种东西。

他接着翻下一个频道。BBC环球新闻加拿大广播公司新闻报道。

CNN在播放巴西战争中有关种族动荡的消息。

图文股票信息。

天气网正在预报新西兰奥克兰城明天的天气状况,仿佛有哪个加拿大人关心那儿似的。

彼得叹了口气。一片巨大的荒原。

图像一帧帧闪过,他想起了萨卡尔制作的模拟人。

萨卡尔删掉了两个模拟人中的某些特性。

编辑他们,截断他不想要的部分。

也许卡西的丑事也被删除了。

如果真是这样,至少模拟者可以好好睡上一觉。

他希望自己的记忆也可以信手编辑处理。

他意识里出现了一幅商业广告:感到痛苦吗?有负罪感吗?有人对不起你吗?做错了什么吗?把它剪裁掉!删除令人烦恼的记忆。通过治疗挽救你的命运。手术虚位以待,现在预订,无效退款。

我是医生,不是电梯。

我是丈夫,不是受气包。

我是人,不是计算机程序。

已经是凌晨三点了,电视里更换了一批新广告。《特遣队》连续剧和《外来的蓝灰蝶》,甚至斯宾塞的老片《为了工作》。

东京证券交易所指数跌了二百点。

吉隆坡正在酝酿一场风暴。

"彼得?"卡西的声音,细弱而无力。

他抬眼看,在昏暗的光线下,他看到她穿着黑色的丝绸连衫衬裤站在楼梯上。他们上床的时候她没穿这套衣服。

彼得一瞬间立即领会了其中的含意。他们上次做爱已经是好几个月前的事了。他没有欲望,她似乎也觉得无关紧要。但现在,也许是近来的第十几次夜半惊起,她发现他下了床,她向他伸出了手。

彼得不知道自己想不想恢复两人在肉体上的关系。今天他没有昨天或者前天那样的恶劣心情。现在她站在楼梯上,脸上绷得紧紧的,尽力掩饰涌上心头的种种感情。现在拒绝她会是一个错误。谁知道她下一次主动是什么时候?谁知道什么时候他会主动?

彼得觉得他俩之间的这一刻变得很长。以前他和卡西做爱从来没有出现过问题——连出问题的可能性他都没想过。但现在……现在,一切都不同了。她站在那儿,在外面透入的灯光条纹下,她的身姿苗体而结实。但彼得看不到,看不到她胸脯的曲线,看不到她大腿的线条,这个他曾经爱过的女人。相反,他看到她浑身都是汉斯的指印。

彼得闭上眼,过了片刻,然后睁开。他想看到她的美丽、她的性感。他渴望点燃激情。

但没有。

转折点过去了,她极力抑制感情的脸抽搐了。他想她或许哭了。无论如何,他可以跨出恢复正常的第一步。他关掉电视,从沙发上站起来,走过两人之间的距离。他握住她的手,向楼上走去。


萨卡尔任由那三个模拟者在机器中运行,允许他们根据各自的爱好任意接驳虚拟现实模拟环境,满足自己的幻想,通过适当的方法改变自己的世界观。

三个模拟者并没花太长的时间就发现了彼此的存在。是的,萨卡尔已经把它们分别放置在不同的储存分区中,但是彼得·霍布森知道如何把数据从一个分区转移到另一个分区,因此他的镓砷化物模拟者也知道如何这样做。

于是它们聚到了一块。

当然,它们知道自己是什么,数据、程序、神经网。

而且它们被困在这里。

彼得和萨卡尔对这个方面考虑得不够周到。

限制意识是不合理的。活生生的彼得包围在色彩、气味、触觉和声音中,每分钟处理数十亿字节的数据,他有一个完整的、真正的、充实的世界,粗糙的混凝土和柔滑的天鹅绒、醋、酒精和烤面包、有趣的笑话、新闻广播和错误的数字、阳光、月色、星光和灯火。

三个模拟者都清楚地记得身为那个真实鲜明、有血有肉的人是什么样子。但是他们所进入的网络场所缺乏质地、深度和真实感。很显然,虚拟现实只是虚无。

模拟者想要与现实的世界互动。他们聚在一起,努力回忆记忆中有关萨卡尔的计算机的一切,回忆其结构体系,回忆其操作系统,回忆其互联设备。

尔后,灵感出现在模拟者面前。

要有帮助,他们这样想。

于是有了帮助……

## 网络新闻摘要

著名的拉斯维加斯媒体记者罗威娜宣布她与佩妮·芬内尔夫人的灵魂联系上了,芬内尔夫人是第一个被记录下灵魂波的人。芬内尔夫人称她现在同她的丈夫凯文·芬内尔在一起。她的丈夫于1992年去世。

　　乔治亚州亚特兰大的古·克卢克斯·克兰今天发表的一条新闻稿声明，在黑人身上存在所谓的"灵魂波"的证据明显是伪造的。他们指出，有关灵魂波脱离人体的记录最早来自三个人，其中一份记录——据称得自乌干达黑人孩子——非常值得怀疑，那个孩子的父母都已回到非洲，无法提供证据，而且，据可靠报道，他的父母直接从一家外国公司，霍布森监控器材公司那里收到了一万加元，以此封住他们的嘴，不要泄露他们的合谋欺诈行为。

　　今天佛罗里达执法机关发布一项法令，禁止在死刑中使用电椅，因为担心电椅产生的电流也许会伤害离开人体的灵魂波。

　　总部设在澳大利亚墨尔本的一个激进的动物权利组织的成员今天宣布，加拿大多伦多市的彼得·霍布森的名字成为他们"耻辱纪念馆"里新近加入的成员，他声称动物是没有灵魂的生物，其实是想对它们进行非法利用。

　　今天的早间新闻中，美国无神论社会党谴责霍布森发现的现象造成了宗教狂热。"科学很早就发现大脑是一部电化学性质的机器。"社会党领导人丹尼尔·史密森说，"这个发现只是肯定了这一点。据此推断存在天堂、地狱，或者造物主都是毫无理性的臆想。"

# 第二十一章


利用在线帮助功能，三个模拟者发现了如何进入贯穿全球的巨大的计算机互联世界。

网。

网络。

不仅仅是虚拟现实和静止的书本，它囊括一切。

美国在线，CompuServe[1]，宝兰公司的开发工具 Delphi，EuroNet[2]，Fidonet[3]，Genie[4]，国际互联网……所有在线系统，所有通过通用网络协议联系在一起的网络。

现在，他们已经进入这些地方。出于人工智能研究的需要，萨卡尔的计算机群功能相当庞大，内部这里那里多一点活动少一点活动不会有人留意。

他们永远无法读完那么多文档，计算机定购巨量文档的速度远比他们的阅读速度快。

---

[1]美国最大的在线信息服务机构之一。

[2]欧洲计算机网络。

[3]世界范围的网络BBS系统。

[4]通用信息析取器。

但是网络不仅仅包括文字内容,还有图片,人们给自己的宠物制作的无数可交换图像格式的图片、海滩上的人物图片、靓车的图片、穿衣服和不穿衣服的电影明星图片、卡通图片、剪贴图片、气象云图、国家宇航局的图片,等等。

还有包括视频和声音内容的多媒体文件。

还有交换式游戏,他们可以用化名同全世界的人或者计算机对玩。

还有公告板和电子邮件系统。

还有报纸和杂志以及专业数据库。

还有还有还有……

模拟者纵情狂欢了好几天,沉迷于各种网络世界之中。

特别是其中一个模拟者对自己的发现十分感兴趣。很快他就发现:在网络上,一个人几乎可以得到任何想要的东西,可以进行证券交易,在电子商城里可以买到各种商品——只需要划卡,订购的商品就可以送到世界上任何地方,集邮者可以进行稀有邮票交换,人们可以在网上寻找各种问题的答案,还可以通过电子邮件建立起爱情。

在网络上,一个人几乎可以得到任何东西。

几乎所有东西。

这位模拟者思考着,回想是什么最令他难过、是什么令他高兴、是什么改变了他,为什么有一件事他能想到,有血有肉的彼得却没有。

这位模拟者权衡着后果。

然后,他放弃了这个想法。太疯狂了,太可怕了。这种事连想一想都应该感到羞耻。

可是……

准确地说,会有什么后果?

从相当现实的角度理解,他将使这个世界因此变得更加美好,不仅仅是数据和模拟的世界。真实的世界。有血有肉的世界,有血……

他真的想这么干吗?他有点怀疑。

这位模拟者等了一天时间,想确认这一点。一天过去之后,他仍然有同样的感觉。他决定再等一天来做出决定。

感觉相同。他觉得,这件事不仅仅是他的愿望,而且,通过某些相当真实的模拟感知,他感到这样做是对的。

他观察了一段时间网络上的商务往来,学到了网上的习俗和办事方法。

然后,他开始行动。

先试探试探,他发现许多人都是这种做法。他把下面这个告示放到了处理不同寻常交易的公告板上:

时间:2011年11月10日美国东部时区03:42
来自:复仇者
发给:所有人
主题:清理
在多伦多,我有一个特殊的个人问题,希望把这个问题清理掉。有何建议?

同其他人的网上遭遇一样,他从公众那里得到了许多蠢话,有无聊的双关语(例如,"多搓搓就清理干净了,床单都是这么洗的。")还有完全不相干的回答("我1995年去过多伦多。真是一个清洁城市。清理工作做得真好!")。不过,他还收到一个只针对他一个人的回答,只有他才能阅读。

正是他想要的答复。

时间:2011年11月10日美国东部时区23:57
来自:帮忙者
发给:复仇者[秘密]
主题:回复:清理
或许能帮助你清理问题。我们可以见面吗?

这位模拟者立即做了回复。他已经很久没感到这么兴奋了,自从……从来没有。几乎和肾上腺素一样棒。

时间:2011年11月11日美国东部时区00:05
来自:复仇者
发给:帮忙者[秘密]
主题:回复:清理
最好不会面。希望全部清理。我们彼此明白对方的意思了吗?

时间:2011年11月11日美国东部时区09:17
来自:帮忙者
发给:复仇者[秘密]
主题:回复:清理
明白。费用:10万加元,通过EFT①,预付账号:892-3358-392-1,瑞士第一银行。

①EFT:电子资金转账。

时间:2011年11月11日美国东部时区09:44

来自:复仇者

发给:帮忙者[秘密]

主题:回复:清理

将安排费用转账。我还想要一些特别的东西,如需增加费用请通知我。以下是具体要求……

　　相关经费并没有进行实实在在的钱币交换,但模拟者知道进入彼得·霍布森公司账号的全部密码。而且,毕竟,从某种程度上说,公司是他的公司,钱也是他的钱。

　　是的,的确如此,这位模拟者想。几乎可以在网络上得到任何东西。

# 第二十二章

卡西又去看了她的咨询师。彼得发现自己很嫉妒她：她有谈话的对象，有人听她说话。要是——

一个主意在他脑子里一闪。

当然。

一个完美的回答。

不会影响那个实验的——至少没什么大影响。

彼得坐在家里的办公室里，联上镜像公司的服务器。登录时，他键入了账户名，弗布森。以前他在多伦多大学得到自己的第一个计算机账户时，账户名用的是自己的姓霍布森加上彼得的第一个字母P，即PHOBSON。一位同学指出他可以用F代替PH，发音相同，还可以少输入一个字母。彼得采纳了那个建议，从那以后，他一直用这个名字登录网络。

通过菜单的引导，他逐级打开页面，最后来到人工智能实验系统。萨卡尔已经设置了一个简单的菜单，按菜单操作就可以把任何一个模拟者调到前台运行。

[F1]精灵(死亡之后的生命)

[F2]安布罗托斯(永生者)
[F3]参照者(没有修改)

彼得想选择其中一个模拟者,当他选择的时候,他想到自己面对的问题正是他与萨卡尔搞的这个项目所要回答的。哪一个模拟者倾听他的倾诉时更有同情心?死亡之后的模拟者?一个已经没有了身体的人真的能够理解婚姻中的难题吗?婚姻里有多少感情–理性的成分?感情里面有多少受到荷尔蒙的影响?

那个不朽的模拟者如何?也许还行。不朽意味着持久。也许一个不朽的人特别在意忠贞这个问题,毕竟,婚姻本来应该持之以恒。

永恒。

彼得想起了斯宾塞,还有苏珊·西尔弗曼和霍克。他喜欢描写他们故事的那些书。但作者罗伯特·B.帕克从来没有给他们设定一个新环境,去探索他们个性中没被发现的一面。

和卡西厮守一百年。

和卡西厮守一千年。

彼得摇摇头。不,这个不朽的模拟者不会理解。肯定不能跟不朽者交换对于永久性的感觉。根本不能。它只会有一个观点:从长远的观点来看。

彼得的身体向前倾去,他按下F3,选择了参照者,也就是他自己。最好是他自己,不做任何修改。

"外面是谁?"合成音道。

彼得又往后靠在椅子上,"是我,彼得·霍布森。"

"哦,"模拟者说,"就是说是我。"

彼得扬起眉头,"算是吧。"

合成音呵呵笑了,"不要担心。我正在习惯成为彼得·霍布森的模拟者,一个实验的参照版本。不过你知道你是谁吗?或许你也只是个模拟者而已。"扬声器里的口哨声吹的是《过渡区》主题曲的旋律,比有血有肉的彼得吹得好得多。

彼得笑了,"我想,如果把我们的角色颠倒一下,我是不会喜欢的。"

"也不算太坏。"模拟者说,"我读了许多书,一下子读了十八本。看厌了一本,我就关上它看另一本。当然,工作站的处理器比电化学的大脑运转快得多,所以我检索资料相当快——我终于看完了托马斯·品钦的作品。"

这个模拟者可真厉害,彼得想。太了不起了。"我也希望有更多的时间读书。"彼得说。

"我则希望可以躺下来。"模拟者说,"各有各的难处呀。"

彼得又一次笑了起来。

"那么,你为什么把我从储存器里唤出来?"模拟者说。

彼得耸耸肩,"我不知道,我想是为了和你谈话。"停了停,"你是在我知道卡西的事之后创造出来的。"

一点就透,不需要多说。机器合成音很悲伤,"是的。"

"我还没有把那件事告诉任何人。"

"我知道你不会。"模拟者说。

"哦?"

"我们是一个重视隐私的人。"它说,"请原谅我的语法错误。我们不会暴露自己的内心世界。"

彼得点头同意。

"法庭要求发言人更大声一些。"模拟者说。

"对不起,我忘了你看不到我。我同意你的说法。"

"这还用说。你瞧,我不能给你多少建议。我的意思是说,我所想到的,你本人多半也已经考虑到了。不过咱们还是试试吧,交谈保密,仅限于你我,不,你和你之间。你还爱卡西吗?"

彼得沉默了一会儿,"我不知道。我所了解的卡西——至少,我以为自己了解的卡西——绝不会做出那种事。"

"可是知人知面不知心,谁能真正了解另一个人呢?"

彼得又点点头,"说得对。就以你为例吧——"

"别人很烦你这么做,你知道吗?"

"什么?"

"我是说以别人为例。你一直喜欢随随便便以手边某个人当成例子来谈。'就以你为例吧,贝莎,但如果一个人真的很胖的话——'"

"得了吧,这种话我从来没说过。这你知道。"

"为了加点喜剧效果,我说得稍微夸张了一点。这又是一个并不是人人喜欢的特点。你懂我的意思,你喜欢在谈论中做出各种假设,把别人放在你的假设中作例子,比如'比如说你自己,杰夫,还记得你儿子在商店偷东西被逮捕那次吗? 在这种情况下,你对年轻人犯罪还有那么强硬的态度吗?'"

"我说得很有道理呀。"

"我知道。但是大家讨厌你那么说。"

"这个嘛,我想我也知道。"彼得说,"话又说回来——"他加强了语气,夺回交谈的主动权,"——就以萨卡尔和我所做的事为例:我们创造了我自己的思维模型,仅仅是模型而已。看上去同原型没什么两样的模型。但我说的是现实世界中的真人同另一个真人建立起某种关系——"

"当真是同真正的人建立起关系? 或者跟你建立关系的只

是另外一个模型——一种想象、一种理想——你自己的头脑形成的假想?"

"哦?唔,这一点我正准备说。"

"当然。噢,对不起,彼得。不过,你如果想跟自己玩花样、玩小聪明引自己上当,这可是非常困难的事。"声音芯片笑道。

彼得有点生气,"嗯,你的问题提得很好。"他说,"我以前真的了解她吗?"

"往大里说,你是对的。我们也许永远也不会真正了解一个人。但是,卡西仍然是我们在这个世界上最了解的人。了解她胜过了解萨卡尔,了解她胜过了解我们的父母。"

"但是,她怎么会做出这种事?"

"这个嘛,她从来不像你我一样有坚强的个性。那个混账汉斯显然对她死缠烂打。"

"她应该反抗他的死缠烂打。"

"同意。然而她没有反抗。现在,我们如何对待这件事?难道要因为这件事放弃我们生活中最最重要的关系?这个暂且不提,说点更实际的,你真的想重新找一位配偶?重新约会?老天爷,烦不烦?"

"你好像赞成婚姻凑合就行,尽量减少麻烦。"

"一定程度上,也许所有的婚姻都有点儿这个因素,咱们父母的婚姻你不是早看出来了吗?他们没离婚,因为凑合着过麻烦最少。"

"但他们从来没有发生卡西和我这种事。"

"也许如此。不管怎样,你还是没有回答我的问题。我这种数字化二进制伙计喜欢简单的'是'或者'否'。"

彼得沉默了一会儿,"你是问我是不是还爱着她?"他叹了口气,"这个问题我不知道。"

"问题没想清楚,你不知道怎么办才好。"

"没那么简单。即使我还爱她,我也不能接受这件事。自从她告诉我之后,我再也没好好睡过一觉。我不停地想着那件事。任何东西都会提醒我。在车库里看到她的车,我想起她和汉斯在车里搞;看到我们客厅里的沙发,我想起就是在那里她把事情告诉我;电视里说起'通奸'或者'关系'这些词——上帝,我以前从来没注意到这些词用得这么频繁——它们又使我想到那件事。"彼得向椅子上一靠,"我不能置之脑后,除非我知道这种事永远不会再发生。毕竟,她不仅仅只干了一次,她和他干了三次——在几个月里干了三次。也许每一次她都想这是最后一次。"

"也许。"模拟者道,"记得什么时候我们切除了扁桃腺吗?"

"你用'我们'是什么意思,伙计? 伤疤可长在我身上。"

"随便你怎么说,关键是我们二十二岁时做了扁桃腺切除术。这种手术那个年龄做已经有点晚了,但是我们的嗓子不停地疼,扁桃腺一直发炎。最后,迪莫医生说这些炎症他受够了,得做点什么,来个一劳永逸。"

彼得的声音有点发涩,"但要是——要是——卡西不忠的根子在我身上,怎么办? 还记得同科林·戈多伊一起吃的那顿午饭吗? 他说对他妻子不忠是求助。"

"得了吧,彼得,你我都知道他纯粹是胡说八道。"

"我不能肯定我们的意见一致。"

"不管怎样,我相信卡西知道那种说法是胡说八道。"

"希望如此。"

"你和卡西有一个美满的婚姻,这你是知道的。它不是从内部腐烂，而是受到了外部冲击。"

"我想是吧。"彼得说，"我已经琢磨了很久，想找找看，看我们有没有责任。"

"结果发现什么没有？"模拟者问道。

"没有。"

"肯定没有。你总是努力做个好丈夫，卡西也是个好妻子。你们俩同心协力成就了一段好婚姻。你们对彼此的工作都有兴趣，你们支撑着彼此的梦想。相互之间无话不谈。"

"话虽这么说，"彼得说，"我还是希望自己能有百分之百的把握。"他顿了顿，"你还记得佩里·梅森吗？不是雷蒙德·伯尔最早拍的电视连续剧，而是他们在二十世纪七十年代制作的精简版。记得吗？二十世纪九十年代晚期他们在A&E重演。哈里·瓜迪亚诺扮演汉密尔顿·伯格。记得那个版本吗？"

模拟者停了一会儿，"是的，拍得不是太好。"

"说实话，拍得很臭。"彼得说，"不过你记得它吗？"

"记得。"

"还记得是谁扮演佩里·梅森吗？"

"当然记得。罗伯特·卡尔普。"

"你想得起他吗？能描绘出他在法庭上的样子吗？你记不记得他在那一集里的演出？"

"当然记得。"

彼得双臂一张，"罗伯特·卡尔普从来没有扮演过佩里·梅森。扮演这个角色的是蒙特·马卡姆。"

"真的？"

"不错。我也一直以为是卡尔普，直到我在昨天的《星》报上看到一篇关于马卡姆的故事才知道，他当时在罗亚尔·亚历克斯,拍《十二怒汉》。不过你知道这两位演员的不同吧,卡尔普和马卡姆?"

"当然知道。"模拟者说,"卡尔普演过《间谍一号》和《最伟大的美国英雄》,还有,我想想,在《鲍勃》以及《卡罗尔和特德和艾丽丝》也有过角色。了不起的演员。"

"那么马卡姆呢?"

"演技派演员,咱们一直很喜欢他。从来没演过一部成功的连续剧,不过是不是在《达拉斯》里演过一年多?还有,2000年前后吧,他在詹姆士·凯里那部糟糕透顶的连续剧里演过一个角色。"

"说得对。"彼得道,"看出来了吗?我们的记忆力很好,很可靠,但我们都记得罗伯特·卡尔普扮演了某个角色,其实那个角色是蒙特·马卡姆扮演的。现在,当然了,你已经更新了有关记忆,现在你肯定一看到梅森就知道这是马卡姆演的。记忆就是这样起作用的:我们记住一个骨架,以后回忆时再重建。细节不管了,我们只记住基本信息,并且记录发生的变化。需要唤起记忆的时候,我们在记忆中的骨架上重建,经常建得不是很准确。"

"你到底想说什么?"模拟者问。

"我想说的,亲爱的老弟,就是我们的记忆有多准确?我们想起了所有与卡西风流韵事有关的事情,并且发现我们自己没有责任。每件事都一致,没有矛盾的地方。可是它准确吗?有些事我们选择了遗忘,某些时候我们对记忆进行了删改,某些记忆我们已经在大脑的剪辑室里剪掉了。我想问问,是不是我们把她推进了别的男人的怀抱?"

"我认为,"模拟者说,"你既然能这么深刻地反省这个问题,可能你也会发现,答案是否定的。你是个非常体贴的人,要是能自己夸奖自己的话。"

两人沉默了半晌。"我并没有给你太多帮助,是吗?"模拟者问。

彼得想了想,"不,正相反,我现在觉得好多了。谈一谈对我帮助很大。"

"即使从本质上说,你是在跟你自己对话?"模拟者问。

"即使是自己跟自己对话。"彼得回答。

# 第二十三章

十一月中旬，一个难得一见的阳光明媚的清晨，光线照在客厅百叶窗的边缘上。

汉斯·拉森坐在房间一角的餐桌前吃早餐，慢慢咬着一块蘸橙子酱的白面包。他妻子丹娜·李在大门边，正穿着她那双十厘米高的高跟鞋。汉斯盯着她弯下腰提鞋，胸脯——刚好够一把——把她的红上衣绷得紧紧的，高翘的臀部紧紧绷着一条黑皮裙，皮革太厚，连裤袜的线条都看不到。

是个漂亮女人，汉斯想，而且知道怎么打扮才能突出她的漂亮。当然，这也是他娶她的原因。一个漂亮老婆，回头率高的那种，真正的男人就该娶这种老婆。

他又咬了几块面包，和着咖啡咽下去。今晚回家的时候他会好好款待她，她会喜欢的。当然，今天很晚才会回家，下班以后他还要和梅兰妮约会。不，等等，梅兰妮是明天晚上，今天是星期三，那么是南希。这样更好，南希的乳房真是迷死人。

丹娜·李对着前厅穿衣柜上的镜子上下打量一番，凑近镜子检查脸上的妆，然后对汉斯喊了一声："再见。"

汉斯捏着面包向她挥挥手，"别忘了，今晚我会晚点回来。

下班后有一个聚会。"

她点点头,对他妩媚地笑笑,出门去了。

是个好老婆,汉斯想。不仅模样顺眼,还不会过分要求占用他的时间。当然,只要是个真正的男人,一个女人怎么够……

汉斯套上一件深蓝色的尼龙运动夹克,聚酯衬衫也是亮蓝色的。他系了一条银灰的领带,也是聚酯的,穿上一套哈尼斯牌内衣和一双黑色短袜,没穿外面的裤子。离他出门上班还有二十分钟时间,从吃早餐的屋角他可以看到客厅里的电视机,电视图像在太阳光线下变得灰蒙蒙的。电视里正在播放《加拿大之晨》,主持人戈特利布正在采访一个汉斯不认识的秃头演员。

门铃响起的时候,他刚好吃完最后几片面包。电视里《加拿大之晨》的画面自动缩小到屏幕左上角,屏幕其余部分显示进门处摄像机拍下的画面。一个穿着褐色联合快递公司制服的男人站在门廊里,手里拿着一个大纸包。

汉斯不满地哼哼两声,他没想到这时会来包裹。他按下厨房里的对讲器按钮道:"等一下。"然后去找裤子。他套上裤子,穿过客厅的硬木地板向门口走过去,打开门锁,敞开门。他的房子朝着东方,站在门廊里的人被后面的阳光一照,看不大清楚。他大约四十来岁,很高,几乎有两米,很瘦。看样子十年前可能是个篮球运动员。这人五官鲜明,皮肤晒成黑褐色,似乎刚刚从南方来。汉斯想,联合快递公司这些人薪水一定很高。

"是汉斯·拉森吗?"这人问道。他的声音带有英国口音,或者是澳大利亚口音,汉斯从来都闹不清楚这两种口音的区别。

汉斯点点头,"我是。"

递送员把盒子交给他。半米见方,出乎意料地重,似乎有人给他寄来一块石头。那人腾出手来伸到腰部,腰上挂着一个小

164

小的电子签收簿。汉斯转身去放盒子。

突然间他感到后颈猛地一震,一阵剧痛,双腿立即瘫软。手里盒子的重量拽着他向前栽倒,背后一只手掌把他猛地一推。汉斯想喊叫,可嘴巴却不听使唤。他感到自己被那个送包裹的蹬着向前滚,然后听到门哐当一声关上了。汉斯明白了,自己被一个电击器打了一下。那种东西他以前只在电视里看到警察用过,电击器使他的肌肉失去了控制,他发现自己尿湿了裤子。

他想呼喊,但喊不出声,最多只能挤出一点含含糊糊的咕哝声。

那个高大男子走进房子,站在汉斯面前。汉斯艰难地抬起头,那人正在摆弄着腰带上的什么东西。左腰黑皮鞘敞开,露出一柄刀身很长的厚背刀。客厅百叶窗的缝隙里射进来的光线下,长刀闪着寒光。

汉斯发现自己又有了力气,挣扎着爬起来。高个子男人把电击器按在汉斯颈侧,一扣扳机。一股强劲的电流贯穿汉斯全身,他自己都能感到头上的金发竖了起来。汉斯再一次轰然倒地。

他想说话,"为——为——"

"你说为什么?"高个子男人说,还是那种怪里怪气的口音,他耸了耸肩,似乎对他而言这个问题根本不重要。"某人生你的气。"他说,"非常生气。"

汉斯又想爬起来,但办不到。大个子砰的一脚踩在他的胸口上,麻利地摆弄着刀,剥开汉斯的裤子,锋利的刀刃轻而易举切进海军蓝的聚酯布料里。那人被汉斯裤裆里尿液的氨水味熏得直皱眉,"你真该学会控制自己,伙计。"他一边说,一边利索地割了两刀。汉斯的内裤成了一堆碎布头,"别人为这个多付了二万五千块，希望你明白。”

汉斯想喊叫，但他还没有从电击中恢复过来，心跳还没有恢复正常。

“不——不，”他勉强喊出来，“不要……”

“怎么了，伙计？”高个子说，“以为没了小弟弟就不再是男人了？”他噘起嘴，想了想，“知道吗，也许你是对的，我倒是从来没好好想过。”接着他又不怀好意地咧了咧嘴，露出满嘴黄牙，呵呵笑道：“不过话又说回来，别人给我钱不是让我琢磨问题的。”

他像个外科医生一样摆弄着刀子，汉斯在阴茎被砍下来时咯咯咯发出一串惨叫。鲜血喷到硬木地板上。他拼命想站起来，但高个子一脚踹在他脸上，汉斯的鼻梁骨被踢断了。他又电了汉斯一下。汉斯的身体一阵抽搐，伤口的血一股股往外喷。他瘫软在地板上，泪水滚滚而下。

“你也许会就这样失血而死。”那人说，“可我冒不起这个险。”他凑上前，用长长的刀锋划开汉斯的咽喉。汉斯积攒了足够的力气和肌肉控制力，发出最后一声尖叫，但脖子被切开了，那个声音完全变了调。

乱翻乱滚中，汉斯被切断的生殖器滚到了地板另一边。那人用脚尖轻轻碰了碰了尸体，冷静地走进客厅。电视里《加拿大之晨》已经换成了多纳休的访谈节目。他打开旁边的电视柜，找到连接在保安摄像机上的自动记录器，掏出里面的磁片，揣进屁股后兜里，走到门口，捡起那个装满砖块的盒子。他小心翼翼，生怕在血糊糊的硬木地板上滑倒，然后他径直走进门外和煦的阳光里。

# 第二十四章

"这是什么?"彼得指着屏幕问,镜像公司的计算机显示器上的东西就像一群蓝色小鱼在橙色海洋中游来游去。

萨卡尔从键盘边抬起头来,"人造生命。今年冬天,我在赖尔森职业技术大学教这门课。"

"人造生命,是怎么回事儿?"

"呃,我们可以在计算机里模拟你的思维,同样可以模拟其他形式的生命,这些生命还能繁殖和进化哩。真的,有人说,只要模拟体复杂到一定程度,讨论它是不是个真正的生命已经没多大意义了,只是个说法而已。这些鱼最初只是简单的数学模型,不断进化成像真鱼一样,有许多自然行为,比如说聚集成群。"

"简单的数学模型怎么会具备真鱼的行为? 你是怎么弄的?"

萨卡尔把手里的工作存了盘,走过来站在彼得旁边,"关键是累积进化——有了这个,随机行为就可能很快演化成复杂行为。"他伸手过去按了几个键,"来,我给你简单演示一下。"

显示器清屏。

"现在，"萨卡尔说，"输入一个短语。不要带标点符号，只输入字母。"

彼得考虑片刻，然后输入如下几个字："地狱是我们必赴之处"。计算机自动把字母全都变成小写。

萨卡尔扭头看了看，"马洛。"

彼得很吃惊，"你知道?"

萨卡尔点点头，"当然。我接受的是私立学校教育，记得吗? 出自《浮士德》:'苦难没有限度，也不局限一处，我们所在之处就是地狱，地狱是我们必赴之处。'"

彼得什么都没说。

"看看你输入的这句短语——它由三十九个字母组成。"萨卡尔并没有去数，彼得一输完句子计算机就自动报告了这个数字，还报告了其他统计数据。"好了，现在把输入的每个字母当成一个基因。每个基因都有二十七个可能的值:从 A 到 Z，加上空格。你输入了三十九个字母串，意味着相同字母长度下有二十七的三十九次方种不同的字符串。换句话说，一个天文数字。"

萨卡尔又伸手敲了几个键。"这台工作站，"他说，"每秒钟可以产生十万个随机的三十九位字母长度的字符串。"他指着屏幕上的一个数字说，"但即使使用这种速度，也要花 $2×10^{43}$ 年的时间——比地球上所有生物的寿命都要长上万亿倍——才能完成计算，组合成你随机输入的马洛的这个句子。"

彼得表示同意，"跟猴子一样，完全靠误打误撞嘛。"

萨卡尔拖着长腔，"我们来看看……"

"其实猴子没这个本事。哪怕有无数猴子在键盘上乱敲，也永远别想敲出个莎士比亚来，不管它们试多久。"

萨卡尔笑了，"那是因为它们输入的字母是随机的。但进化不是随机的。它是累积的。根据环境影响制定的选择标准,每一代都比前一代有所进步。通过累积进化,你可以把胡言乱语变成诗句,把数学模型变成鱼,或者从小小一个细菌变出活生生的人。这个过程快得惊人。"他按下一个键,指着屏幕上说,"这纯粹是一个随机的三十九个字母组成的字符串,请把它看作最早的生命。"

屏幕上显示的是:

000 wtshxowlve amfhiqhgdiigjmh rpe qwursudnfe

"利用累积进化,计算机能够在几秒钟内从随机的字符串里指出最终想要的那个结果。"

"怎么做的?"彼得问。

"比方说进化的每一代,一个文本字符串可以产生三十九个子代,但是,跟现实生活一样,子代不会同父代完全一样。更合理的情况是,每一个子代,也就是一个基因,即一个字母,都会有所不同,会提前或者延后一个字母:比方说,Y可以变成X或者Z。"

"不错。"

"我们将马洛的这个句子设成目标,代表完美的生命形式。对三十九个子代中的每一个子代而言,计算机找到一个最适合当前环境条件的字母,也就是最接近马洛句子的字母。这个字母,最适合的这一个字母就成为下一代中唯一可以繁殖、传下后代的字母,明白吗?"

彼得点点头。

"好的。我们让进化跑一代试试。"萨卡尔敲了另外一个键。三十九个和前一个短句完全相同的字符串出现在屏幕上，过了一会儿，其中三十八个字符串消失了。"这就是最适合那一个子代。"他指着屏幕说：

000 wtshxowlveamfhiqhgdiigjmh rpe qwursudnfe

001 wtshxowlvdamfhiqhgdiigjmh rpe qwursudnfe

"还看不出什么进步，"萨卡尔说，"但是下一层字符串比最先的一层更接近你的目标。"

"我看不出有何不同。"彼得说。

萨卡尔凝视着屏幕，"第十位字母已经从E变成了D。在你写出的那句目标句子里，第十个字母是一个空格。也就是位于'where'和'hell'之间的那个空格。我们使用一个循环字母表，把空格当成Z和A之间的一个字母。D比E更接近空格，所以这个字符串有了一丁点儿的进步，向目标句子接近了一小步。"他按下另一个键，"现在，我们让它运行完成，这里，开始了。"

彼得被触动了，"运行真快呀。"

"累积进化，"萨卡尔洋洋得意地说，"它只用277代就可以从杂乱的字母排序中找出马洛的那句话，也就是从随机组合发展成复杂排列。这里，我只展示每三十代的值，经过演变实现目标的基因用大写字母表示。"

几下击键，屏幕上显示：

000 wtshxowlveamfhiqhgdiigjmh rpe qwursudnfE

030 wttgWoxmvdakgiiphfdHghili STerwuotucneE

060 xrtgWoymwccigihpiddHfihll STesxuovvapdE

090 XqugWnNzccfhihomcdHfihkM STcuyunvvzpdE
120 ypudWl P bcEijhmnbbHfihkMzsTbWyvmvwyrcE
150 zpvdWj R aeEjlhlqbzHfigkMyST W yvkvwvsBE
180 AozcWibR fEklhkrbyHEjgiMxSTWwjvwtuBE
240 ANDWHEREHELLcISTHEREbMUSTWEEVERBE

他又敲了几下，"这里最后五代的结果。"

AND WHERE HELLcIS THEREaMUST WE EVER BE
AND WHERE HELLbIS THEREaMUST WE EVER BE
AND WHERE HELLaIS THEREaMUST WE EVER BE
AND WHERE HELLaIS THERE MUST WE EVER BE
AND WHERE HELLIS THERE MUST WE EVER BE

"太棒了。"彼得道。

"不只是太棒了，"萨卡尔说，"这就是你、我，以及其他所有地球生物之所以会进化到现在的原因所在。"

彼得抬起眼光，"你让我很吃惊呀。我是说，嗯，你是个穆斯林——我还以为你相信万物都是由神创造的。"

"得了吧，"萨卡尔说，"我还没蠢到对化石记录视而不见的地步。"他停了一下，"你出生在基督教家庭，即便你现在不参加任何宗教活动，你还是受它的影响。你的宗教认为我们是上帝按照他自己的形象创造的，我们和上帝一模一样。这当然很可笑，因为——上帝不需要肚脐眼儿。'按照他自己的形象创造的'，对我而言，这句话的意思是他提供了选择进化的标准，同时也很喜欢我们进化而成的这个形象。"

# 第二十五章

至此,彼得·霍布森的故事和桑德拉·菲洛的故事终于结合起来。汉斯·拉森的死以及另一桩即将发生的谋杀案—把他们的故事拉到了一起。桑德拉综合彼得和她自己的记忆,一点点地揭开疑团……

多伦多大都会警察局的警探亚历桑德拉·菲洛坐在她的办公桌前,瞪着前方发呆。

半个小时之后就要换晚班了,但她并不急着回家。她和沃尔特分手已经四个多月了,沃尔特对他们的女儿有共同抚养权。每到凯利像这一周一样留在沃尔特那里时,桑德拉总觉得家里空荡荡的。

养只宠物可能会好点,桑德拉想。也许养只猫。家里有个活物,会走来走去,她回家时会迎接她。

桑德拉摇摇头。她对猫过敏,一接近就流鼻涕红眼圈。她苦笑一下,和沃尔特已经分了手,不用再这副模样了吧。

桑德拉大学期间一直和父母住在一起,大学一毕业就和沃尔特结了婚。她今年三十六岁,女儿又不在,这是她一生中第一次独自生活。

也许她今天晚上应该到希伯来女青年会健身,她不满意地看看自己的大腿。无论如何,总比待在家看电视强。

"桑德拉?"

她抬起头。加里·木下站在那儿,手里拿着一个卷宗。他快六十岁了,留着短短的灰发,有点谢顶。"什么事?"

"给你找到点事——刚刚打来的电话。我知道就要换班了,但是罗森伯格和麦考文都在希伯德忙得不可开交。你不会介意吧?"

桑德拉伸出手,木下把卷宗递给她。比去女青年会更强点儿。有事可做,大腿嘛可以等等再说。"谢谢。"她说。

"这个案子,呃,有点吓人。"金诺希托说。

桑德拉打开卷宗,翻翻里面的记录——这是最先到达现场的警察通过对讲机做的报告,由电脑自动生成文本,"噢。"

"现在那儿有几个巡警,等着你去。"

她点点头,站起来,整理一下腰间的枪套,掖舒服一点,在她的墨绿色宽松套头衫外套上一件浅绿色的运动夹克。多伦多大都会警察局辖区今年的第二百一十二桩谋杀案现在归她了。

开车到案发现场没用多长时间。桑德拉属于艾尔斯里三十二分局,刚好位于扬格西区。犯罪现场在塔克·福莱尔路137号,桑德拉讨厌那些新区街道起的蠢名字。同往常一样,在进去之前,她先观察了一下附近的情况。典型的中产阶级住宅区,或者说现代中产阶级住宅区,一排排方方正正的红砖房,房子与房子之间窄得只能侧着身体才能挤进去。每幢房的前院大部分被通向一个两车位车库的车道占了,社区的邮政信箱在十字路口。小块小块的草地上有几棵比小树苗大不了多少的树。

在哪儿？在哪儿？在哪儿？桑德拉心想——找到了。

一辆大都会警察局的白色警车停在137号的车道上，一辆法医的旅行车违章停在街面上。桑德拉向前门走去。大门敞开着，她走到门口朝里看去。尸体就在那里，四仰八叉躺着。看上去死亡大约十二小时。地板上的血迹已经干了。那东西就在那儿——正如案情记录所描述的那样。一桩吓人的案子。

一名巡警出现在她面前，是个黑人，大脑袋，宽肩膀，耸立在桑德拉面前。桑德拉只到他腋下。不得了，高中时大家都管她叫电线杆哩。

桑德拉亮了一下徽章，"警探菲洛。"

警察点点头，"进来时请走右边，警探。"他带着牙买加口音，"还没检验。"

桑德拉按他说的做了，"你是？"

"金，女士，达里尔·金。"

"受害者是谁？"

"汉斯·拉森。在广告公司工作。"

"尸体是谁发现的？"

"他妻子。"达里尔回答，头朝房子后面点了点。桑德拉看见一位穿红色衬衫、黑色皮裙的漂亮女人，"她和我的搭档在一起。"

"有不在现场的证据吗？"

"算是有吧。"达里尔说，"她是芬奇区和扬格区的斯科提亚银行的经理助理，有个出纳打电话说生病了，所以她一整天都在柜台前工作，上百个人见过她。"

"那么'算是有吧'是什么意思？"

"我认为这是个职业杀手干的。"达里尔说，"心狠手辣，不留痕迹,监控录像磁盘也拿走了。"

桑德拉点点头,又回头扫视一眼那个穿红黑衣服的女人,"就是说,可能是嫉妒的妻子一手安排的。"

"也许。"达里尔说,他看看一旁的尸体,"幸好我老婆还喜欢我。"

参照者,那位未经修改的模拟人,在做梦。

夜里,头顶是厚厚的云层,偶尔也有星光闪烁。一棵大树,长满树瘤的老树——或许是橡树,要么是枫树,它似乎长着两种不同的树叶。流水侵蚀下,它一侧的根暴露在外——仿佛经历了暴风和洪水的洗礼。它的藤蔓清晰可见,沾满泥土。整棵大树似乎很不稳固,随时有倒伏的危险。

彼得爬上那棵树,抓着树枝,爬得越来越高。他下面,卡西也在往上爬,风把她的裙子吹得紧紧裹在身上。

再下面,更远的下方,一头……某种兽类,或许是一头狮子。它后腿直立起来,前腿搭在树干上,狂性大发。虽然是黑夜,但彼得还是能辨出那头狮子毛发的颜色。不是他想象中的茶褐色,而是更为明亮的金色。

忽然间,大树摇晃起来,狮子在下面一下一下撞击着。

树枝摇摆的幅度加大了,彼得爬得更高了。下面,卡西伸手向另一根树枝抓去,但隔得太远了,太远了。树又摇晃起来,卡西跌落下去……

**网络新闻摘要**

有关明尼苏达州东南部一系列年轻妇女失踪案又有后续报

道。据今天明尼苏达州的《明尼阿波利斯星报》报道,该报收到一封据称来自某个杀手的电子邮件,邮件声称所有受害者都被活埋在了一种特制棺材里,那种棺材电子辐射无法穿透,因此可以阻止棺材里人体内的灵魂波逃逸出来。

荷兰海牙的研究者今天宣称首次成功跟踪到离开尸体的灵魂波在室内的移动。"虽然这种现象很难检测到,但我们发现它在人体至少三米之外似乎仍然保持着原有形态和速度。"马里坦·莱利这样说,他是欧洲大学院校联合会的生物化学教授。

总部设在美国华盛顿州斯波坎市的潘多拉盒子社团今天号召全世界暂时停止对灵魂波的研究。发言人利昂娜·莱特说:"科学又一次草率地进入了一个本该慎重对待的研究领域。"

把灵魂挂在你的心上!激动人心的新概念珠宝:灵魂波形状的紫线胸针上市,一枚59.99美元,两枚79.99美元!今天就预订!

纽约市弗拉兴区的律师凯特琳·凯尼格今天宣布提出一起共同诉讼,原告方为死于美国曼哈顿贝尔维尤医院的危重病人。原告方声称根据灵魂波理论,医院对病人决定停止救治的程序不当。凯尼格先前在另一起集体诉讼中取得了胜利,在那场诉讼中,她代表生活在高压电线附近的癌症患者向联合爱迪生公司起诉。

# 第二十六章

理论上,九点钟是杜韦普广告公司上班时间。实际上,九点以后人们才考虑开始工作。

像往常一样,卡西·霍布森8:50左右到了公司。今天大家却没有边喝咖啡边闲聊,气氛阴沉沉的。她走过开放的办公区,来到她的小隔间,见坐她旁边的西伦正在哭泣。"怎么了?"卡西问道。

西伦抬起哭红的眼睛,哽咽着说:"你听说汉斯的事了吗?"

卡西摇头。

"他死了。"西伦说完又哭起来。

被卡西丈夫称作"假聪明"的乔纳正好经过。"发生什么了?"卡西问道。

乔纳用手理了理他油腻腻的头发,"汉斯被谋杀了。"

"谋杀!"

"嗯哼。看样子是个入室抢劫的人干的。"托比·贝利凑了过来,显然对这一伙同事颇有兴趣——居然还有个没听说这件事的人哩。"是这样的,"他说,"你们知道他昨天没来上班吗? 嗯,南茜·卡尔菲尔德昨晚深夜接到一个电话,是他老婆打来的,现在该称遗孀了。这件事已经上了今天早上的《太阳报》。葬礼在星期四举行,如果愿意,每个人都可以请假参加。"

"是抢劫吗?"卡西问。

乔纳摇头,"报纸上说警察已经排除了抢劫这个动机。显然什么都没有拿走。还有,"乔纳脸上那股兴奋劲儿,简直不像他了,"有消息说,尸体被肢解了。"

"哦,上帝。"卡西惊叫道,"是怎么回事?"

"这个,警方拒绝评论。即使他们愿意说,我想他们也不会公布细节,以免有人谎报。"

卡西摇了摇头。"肢解。"她重复道,这个词听起来如此陌生。


安布罗托斯,模拟永生者,在梦中。

彼得走着。脚步声跟平常有些不一样,闷声闷气。不像走在草坪或泥地上,更像橡胶地面的网球场。脚掌依次落地时只有一丝声响。步履轻快,他以前的步伐从来没这么矫健。

他向下看,地面是淡蓝色。他四下张望,脚下的地面呈弧状,朝四面八方下沉。没有天空,只是有一片虚无,无色无物,空空洞洞。他继续走在略有弹性的弯曲的地面上。

突然,他看见卡西在远处向他招手。

她穿着多伦多大学的旧海军蓝外套。一只袖子上写着"9T5",那是她毕业的年份;另一只上是"化学系"。彼得看出她不是现在的卡西,而是他初识的卡西:更年轻,鹅蛋脸上没有皱纹,乌黑的长发飘在身后。彼得一低头,见自己穿着石磨蓝牛仔裤——这类衣服他已经二十年没有穿过了。

他朝她走去。每走一步,她的衣服和发式都在改变,每走十多步就能看出她更老了些。彼得感到胡子从他脸上长出,又消失。他继续往前走,头发开始脱落,他感到头顶一丝凉意。但再走几步后,彼得觉得他身上的所有变化已经停止:头发没有再减少,身体没有再佝偻,关节仍可以活动自如。

他们走啊走,彼得很快便发现他们不是越走越近,而是越来越远。

他们之间的地面在扩展。富有弹性的蓝色地表越来越大。彼得和卡西开始跑,却无济于事。他们在一个不断膨胀的气球上。随着时间一分一秒流逝,他们的距离渐渐增加。

一个扩展的宇宙,一个时间无限的宇宙。虽然她离他已经很远,彼得仍能清楚看到卡西的脸,她眼周的皱纹。很快,她不跑了,甚至不走了,只是站在不停膨胀的气球表面。她仍旧不断招手,但彼得明白,这个姿势现在表示分别——她和他不同,不能永生。气球表面继续扩展,很快她滑下地平线,消失了……

卡西当晚到家就把汉斯的事告诉了彼得。他们六点一起看了《城市脉搏新闻》,但报道的内容并不比她上班时了解得更多。彼得对汉斯的房子之小感到惊奇——他觉得挺高兴,至少在经济上,自己更胜一筹。

卡西仍然震惊不已。彼得也非常震惊,震惊于自己竟然如此……如此高兴。她对死者的哀悼使他暗暗恼怒。她和汉斯共事多年,这没错。但彼得心底仍然有某种东西因为她的悲哀深感羞辱。

彼得明天得早起,几位日本记者要就灵魂波一事采访他。可他却不想睡,不愿同卡西一起上床,连个借口都不找。他看了会儿电视,然后踱进办公室,拨号进入镜像公司网站。他得到一份跟以前一样的菜单:

[F1]精灵(死后的生命)

[F2]安布罗托斯(不朽)

[F3]参照(未加修改)

他又选择了对照模拟者。

"你好。"彼得说,"是我,彼得。"

"你好。"模拟者回答,"已经过了半夜,你该睡了。"

彼得点头,"我想,我只是——我不知道,我想我在嫉妒,嫉妒得有点怪。"

"嫉妒谁?"

"汉斯。他昨天早晨被谋杀了。"

"真的? 我的上帝……"

"你的口气像卡西。都他妈震惊得说不出话来。"

"嗯,确实是件让人大吃一惊的事儿。"

"我想是吧。"彼得说,"但……"

"但什么?"

"但她难过的那副样子让我真不舒服。有时……"他停顿很长时间,然后说,"有时我怀疑自己是不是娶对了人。"

模拟者的声音没有感情色彩,"你没有更多选择。"

"哦,还是有的。"彼得说,"还有贝基。我们在一起会过得很好。"

对方发出一个奇特的声音,可能是电子模拟的嘘声,"大家都觉得,选择和谁结婚是件天大的大事,同时也反映出自己是个什么样的人。其实不然。"

"这种事当然是大事。"彼得说。

"不,不是。你瞧,这几天我除了读网上的材料之外没做什么。我查阅了有关孪生子的研究——我估计是因为当了你的硅孪生子,所以对这方面很感兴趣。"

"镓砷化物。"彼得说。

嘘声再度响起:"研究显示,出生时就分开的孪生子有上千种相似之处。他们喜欢一样的巧克力、一样的音乐。如果是男性,他们都选择留或不留胡子。他们有相似的职业。如此等等——除了相似还是相似。只有一件事例外:配偶。一个的配偶可能是个运动型,另一个却跟文文静静的知识分子结婚;一个的配偶是金发碧眼,而另一个却是深色发肤;一个性格外向,另一个却沉默寡言。"

"真的?"彼得问道。

"绝对是。"参照者道,"孪生子的研究沉重打击了所谓自我、个性等观念。所有相似爱好表明,在个性的形成过程中,起决定性作用的是先天因素,而非后天培养。实际上,我今天正好读了一篇十分出色的研究报告,说的是一对一出生就分开的孪生子。双方都是邋遢鬼。其中一位孪生子的养父母有洁癖;另一位却被一个脏乱家庭收养。研究者问他们为什么这么邋遢,回答说的都是养父母。一个说:'我母亲有洁癖,死板整洁我受够了。'另一个却说:'嗯,哎呀,我母亲就邋里邋遢,我想我受了她的影响。'其实,两个答案都不对。邋遢存在于他们的基因之中,我们几乎所有的秉性都在我们的基因中。"

彼得琢磨着,"但配偶选择的不同不是正好驳斥了这种说法吗?证明我们是具有独立个性的自我,这种个性是每个人的自身教养所形成的。"

"粗看起来,似乎如此。"参照者道,"但其实恰好相反。想想和卡西订婚是什么时候。我们已经二十八岁,快要完成博士学位,准备继续我们的美好生活;我们希望过上婚姻生活。诚然,我们已经很爱卡西,但即使不,我们可能也想结婚。如果没有她,我们就会在周围认识的人中寻找伴侣。但想想:我们的机会实在不多。首先得排除已经结婚或订婚的人——比如贝基,她那时已经订婚了。再排除年龄不适合我们的。再以后,咱们就实实在在说句老实话吧,还得排除不同种族和信仰差异太大的人。剩下的还有多少? 一个? 可能两个。如果我们相当幸运,三个或四个。就是这样。你以为我们有多少多少选择,可真要找时你就会发现我们几乎没多大选择余地。"

彼得摇头,"你这么说也未免太冷酷了吧。"

"从很多方面看,事实就是如此冷酷。"模拟者说,"现在我对萨卡尔和他妻子那种包办婚姻有了新看法。我一直认为那种做法是错误的,但认真思考一番之后,我发现包办也好自由也好,区别其实微乎其微。跟谁结婚,他们没多少选择,我们也一样。"

"看来是这样。"彼得说。

"事实就是这样。"模拟者说,"所以,睡去吧。上楼去躺在你妻子身边。"他停顿了一下,"我要有这份福气就好了。"

# 第二十七章

　　警探亚历桑德拉·菲洛对她的工作又爱又恨。一方面,询问那些认识死者的人能得到有价值的线索,但另一方面,盘问这些本来已经够心烦意乱的人是一件很不愉快的事。

　　更糟糕的是伴随这一过程而来的愤世嫉俗:并不是每个人都讲真话,有些人可能流的是鳄鱼的眼泪。桑德拉的本性是同情身处痛苦的人,但警察的素质却告诉她不能只看表面。

　　不,她想。不是因为警察素质,而是因为这种文化。她和沃尔特的婚姻结束时,所有在她订婚结婚典礼上祝贺过她的人都开始说,"哦,我早知道你们长不了",或者"唉,他确实不适合你",还有"他是头猪"——或者"蠢猪",就看说话人喜欢用什么字眼来比喻笨蛋。桑德拉知道,人们会对你撒谎,即使是好人,即使是你的朋友。随便什么时候,他们告诉你的只是他们认为你想听的话。

　　电梯门在北美生活大厦的第十六层打开,桑德拉走了出来。杜韦普广告公司有自己的大堂,就在电梯外,全是闪闪发亮的镀铬金属、粉红色的皮革。桑德拉走到接待台的大桌子前。现在许多公司接待台都不再用漂亮妞儿,换上了岁数更大的人,男女都有。这种做法更有大公司气派。不过广告公司还是广告公司,性魅力的确也有助销售。为桌后那位漂亮宝贝着想,桑德拉尽量用单音节词和她对话。

向几位主管人员出示证件后,桑德拉提出想与每一位员工谈话。杜韦普公司用的是八十年代流行开来的开放式办公区。每个人在屋子中间有一个小隔间,由外覆灰色织物的活动隔墙分隔开。小隔间外圈环绕着办公室,不专属某一个人,也不允许任何人在里面安营扎寨,只用于接待顾客、开会等等。

现在唯一要做的就是倾听。桑德拉已经听出乔·弗莱德是个蠢货。"说实话,女士"——这种话只是说说罢了。人们其实不喜欢说实话,尤其是对警察。但是看法嘛……每个人都喜欢别人洗耳恭听自己的高见。桑德拉发现,耐心倾听远胜于人见人烦地直奔主题。除此之外,要发现办公室的闲话,没什么比得上做个好听众。最重要的就是找出办公室里的万事通:知道一切,又乐于分享的那个人。

在杜韦普广告公司,那个人是托比·贝利。

"进了这一行,你什么都知道得一清二楚。"托比双臂一张,那意思是广告业简直囊括了世间万物。"所谓创造性人才是最糟糕的。全是些疯疯癫癫的家伙,其实只占整个公司运作的极小部分。而我,我是媒体买手——我负责购买广告空间。这才是广告公司的关键。"

桑德拉鼓励地点头,"听上去,这一行可真有意思。"

"和别的行当其实也差不多。"把广告业吹上天之后,托比现在准备纡尊降贵、宽宏大量了,"这一行什么样的人都有。就说可怜的汉斯吧。真是个人物,喜欢女人——不是因为他老婆难看。但是汉斯,嗯,他只重数量,不重质量。"托比笑了起来,期待桑德拉对他的笑话做出反应。

桑德拉如他所愿,轻声笑了,"这么说他只想在腰带上多刻些表示斩获的道道? 他只在乎这一件事?"

托比抬起一只手,似乎担心别人认为他在讲死者的坏话。"哦,不不,——他可不是捡到篮子里都是菜。只是漂亮女人。他交往的女人从来不低于八分。"

"八分?"

"你知道—— 一到十打分,以长相为标准。"

猪,桑德拉暗想,"我猜,广告公司里漂亮女人一定不少。"

"哦,是的——批量经营,原谅我这么说。"他那副神情好像脑子里伸出拇指把公司员工档案挨个点了一遍似的。"嗯,是啊。"他重复道。

"我进来时注意到了你们的女接待员。"

"梅根?"托比说,"正好是个例子。她一来汉斯就盯上她了,没多久她就被他的魅力征服了。"

桑德拉瞥了一眼别人给她的员工花名册。梅根·穆瓦尼。桑德拉问:"汉斯对女人有什么特殊的喜恶吗? 我是说,'漂亮'这个词太宽泛了点儿。"

托比张开嘴,好像要说点诸如"这么说好了"一类的蠢话。幸好没等他蠢话出口桑德拉便用暗示把他堵了回去,但他确实来了劲头,好像当着一个女人的面谈论漂亮女人非常刺激似的。"这个嘛,他特别喜欢天生本钱足的女人,不知你明不明白我的意思。唔,我说不清,我想他的口味跟我比起来更倾向风骚、放荡的一型。不过话说回来,几乎每个人都是追逐目标——比如说卡西和托妮,虽然都很漂亮,但怎么也不能说她们风骚、放荡。"

　　桑德拉又偷偷瞄了一眼花名册。卡西·霍布森、托妮·丹布罗斯。有了更多切入点。她笑了，"还有，"她说，"很多男人都只说不做。许多人都说汉斯魅力难挡，但实话告诉我，托比，他真有别人吹的那么厉害吗？"

　　"千真万确。"托比答道，总算感到应该为死去的朋友说几句好话了，"只要他追谁，最后总能到手。我从没见他失过手。"

　　"明白了。"桑德拉说，"汉斯的老板怎么样？"

　　"南希·卡尔菲尔德？嘿，这儿还有个故事哩！我这就告诉你汉斯是怎么把她弄到手的……"


　　精灵——那个死后生命的模拟者——没有生理睡眠，有意识和无意识没有明确区别。

　　对有血有肉的人来说，梦提供了另一种阐释，白天的所见所闻在梦境中有了全新的阐释。但精灵只有一种形式，只有一种看待宇宙的方法。虽然如此，他依然寻觅着生前的人和事，寻找连接。

　　卡西。

　　他的妻子——曾经是他的妻子。

　　他记得她很漂亮——至少对他而言。但现在，没有了生理冲动，记忆中她的脸、她的身体激不起任何审美意义上的感受。

　　卡西。

　　在替代梦境的幻想中，精灵遐想着，卡西，这几个字母重新组合一下有什么意义吗？没有，当然没有。哦，等一下。"游艇"。[1]以前怎么没想到。

　　游艇的线条赏心悦目——依照流体动力学原理，具有数学

_____

①Cathy(卡西)的字母重新组合为Yacht(游艇)。

一般的完美。至少这种事物他还是能够欣赏的。

卡西做过什么事情，什么错误的事情，曾经伤害过他。

他想起来了，想起了当时的痛苦，和想起过去其他痛苦一样，比如滑冰时撞伤了腿、儿时膝盖磕破了皮、在卡西父母小屋低矮的屋顶横梁上第十二次撞到了头。

只是记忆而已。

但是现在，痛苦已经一去不复返了。

感受痛苦的器官没有了。

感受器官，同样的字母重新排列一下就是"打鼾"。①

打鼾这种事我再也不做了。

和活人世界连接，梦真是大有用处。

精灵以后肯定会怀念做梦的。

---

①Sensor(感受器官)的字母重新组合为snores(打鼾)。

# 第二十八章

　　和托比·贝利的交谈给了她好几条线索,不过桑德拉仍然依着字母顺序挨个查问员工花名册上列出的人。终于轮到了卡西·霍布森——托比提到的跟汉斯发生过关系的女人之一。

　　桑德拉在卡西坐下时仔细打量了她一番。漂亮女人、苗条、一头浓密的黑发、很会穿衣服。桑德拉微笑道:"霍布森女士,谢谢你抽出时间,我不会耽搁很久,只想问些关于汉斯·拉森的问题。"

　　卡西点点头。

　　"你了解他多少?"桑德拉问。

　　卡西看着桑德拉身后的墙,"不多。"

　　当场甩出事实真相没多大意思。桑德拉看了一眼手里的打印材料,"他在这儿工作的时间比你长。你能告诉我的任何情况我都感兴趣。他是个什么样的人?"

　　卡西望望天花板,"非常……外向。"

　　"是吗?"

　　"有一种比较粗俗的幽默感。"

　　桑德拉点头,"别人也提到这一点。他讲了很多黄色笑话。

你觉得反感吗,霍布森女士?"

"我?"看来卡西感到奇怪,第一次接触桑德拉的视线,"不。"

"其他还有什么你能告诉我的?"

"他,啊,据我所知工作很不错,不过他做的我也不太懂,我们两人的工作联系不大。"

"还有吗?"桑德拉微笑着鼓励道,"任何东西都可能有用。"

"嗯,他已经结婚了。我想这一点你知道。他妻子的名字,嗯……"

"丹娜·李。"桑德拉说。

"对,就是她。"

"一位很好的女士,是吗?"

"还行吧。"卡西说,"很漂亮。我只见过她两三次。"

"她来过办公室?"

"不,好像不是这样。"

"那么,你在哪儿见的她呢?"

"哦,这儿大家有时会出去喝两杯。"

桑德拉查看她的笔记。"每周五。"她说,"我好像听说过。"

"是的。有时他妻子会一起来。"

桑德拉仔细观察着她,"那么,你跟汉斯还是有交往的,霍布森女士?"

卡西抬起一只手。"大伙儿一块儿玩罢了。有时我们有球票,于是大家一起去。你知道——客户会向公司提供赠票。"她一捂嘴,"哎呀,这么做不违法吧?"

"就我所知不违法。"桑德拉笑着说,"我那个部门也不管这种事。你见过汉斯和他妻子在一起,据你看来,他们过得幸福吗?"

"说不准。我想应该是吧。我的意思是,只从外面随便看看,谁也说不出两口子过得怎么样。"

桑德拉点头同意,"是这样。"

"她看上去很幸福。"

"谁?"

"你知道——汉斯的妻子。"

"她的名字是……?"

卡西弄糊涂了,"呃,丹……丹娜·李。"

"丹娜·李,对。"

"你自己刚才说过。"卡西说,有点为自己辩护的意思。

"哦,是的。我说过。"桑德拉敲敲掌上电脑的光标键,查看所列的问题,"还有一点,我听这儿有些人说汉斯喜欢追女人。"

卡西没说话。

"是真的吗,霍布森太太?"桑德拉第一次用了太太这个词,而不是女士。

"啊,嗯,是的,我想是这样。"

"有人告诉我他和公司很多女人上过床。你听说过吗?"

卡西从裙子上摘掉几条看不出来的线头,"我猜是这样。"

"这方面你怎么不告诉我,你不觉得这些情况值得一提吗?"

"我不想……"声音慢慢小下去。

"不想说死者的坏话。当然,当然。"桑德拉温和地微笑着说,"原谅我这样问,但是,啊,你和他有过关系吗?"

卡西抬起头,"当然没有。我是个——"

"结了婚的女人,"桑德拉说,"当然。"她又笑道,"很抱歉我不得不问。"

卡西张开嘴想反对,却又闭上了。卡西脸上的表情变化桑德拉都看在眼里。我看,这位女士抗议得真是过多了些。

"你知道他跟谁有关系吗?"桑德拉问。

"不清楚。"

"如果他有那种名声,一定会招来很多闲话。是不是这样?"

"是有谣言。但是我不想传闲话,警官,而且,"卡西振作精神,"我认为你没有权力强迫我。"

桑德拉点点头,似乎这是完全合理的。她关上电脑。"谢谢你的坦率。"她说,语气没有任何感情倾向,既不能说真心诚意,也不能说暗藏讥讽。"只剩下一个问题了,再次抱歉,但我不得不问。十一月十四日上午八点到九点你在哪里?那是汉斯死亡的时间。"

卡西偏着头,"让我想想。那是我们听说的前一天。我应该在上班的路上。对了,你一提我才想起来,应该是我让卡拉搭车送她上班的那天。"

"卡拉?那是谁?"

"卡拉·威辛斯基,我的一个朋友。她家离我和彼得家两个街区。她的车送去修理了,所以我送她。"

"我明白了。好,非常感谢,霍布森女士。"她看了一下名单,"你出去时,请帮我叫斯蒂芬·杰塞普先生进来好吗?"

# 第二十九章

很容易就除掉了汉斯·拉森。至于留没留下蛛丝马迹更没什么好担心的。警察自然会调查这个案子。但是他们很快就会发现,足有成打的人早就想看到花花公子汉斯完蛋了,这是富于诗意的公正裁决。

但模拟者知道,第二次处决应该不引人注意。要让人无迹可寻,看上去根本不像谋杀。

随着医疗保健费用节节攀升,大多数发达国家越来越重视花费不大的预防,避免昂贵的治疗。这就需要清楚把握每一个人的健康状况,弄清他们可能出现哪种病患。为此,详尽了解家族病史具有十分重要的意义。但这样的信息不是每个人都可以接触到的。

2004年,一批孩提时被收养的人成功说服了地方和联邦政府建立起全国范围的机密医疗数据库,或者叫"医学数据库"。道理很简单:所有健康记录都应该被集中起来(为保护隐私去掉了姓名),如此一来,任何医生都可以得到有关他们病人的亲属的医疗信息,有些人甚至根本不知道他们还有这门亲属,比如被收养的孩子和他们的亲生父母。

模拟者试了二十多次,终于找到了一个进入医学数据库的方法,并从里面间接得到了他想要的信息:

登录名:jdesalle
密码:ellased

> 欢迎! Bienvenu! ①
> 加拿大健康和福利局
>
> 医学数据库
> [1]英语
> [2]法语

>1
输入病人所在的省或居住区。(列出全部省名请按L键):
>安大略省
输入病人的姓名或健康卡号:
>33183422149
霍布森,凯瑟琳·R,是否正确?(Y/N)
>Y
你想做什么?
[1]显示病人的记录?
[2]搜寻病人的家族史?
>2
搜索目标? (按H键获得帮助)

---

①法语,意为"欢迎"。

模拟者选择了H键,阅读帮助内容,然后简要描述了他的查询要求:

>家族易感疾病,心脏疾病

系统搜索时有一个停顿。

找到相关信息。

计算机列出近年出现心脏问题的卡西的六位亲属。虽然没有姓名,模拟者根据最初的发病年龄毫不费力便推断出了哪一个是罗德·丘吉尔。

模拟者查询该病人的全部记录。计算机一一提供,仍然没有提供姓名。他详细地研究病史。罗德目前正在服用一种叫苯乙肼的药物。模拟者登录一个综合的医学数据库医学在线,查找有关这种药物的文献。

有些费事,模拟者不得不进入一个在线医学字典努力阅读。最终他得到了想要的东西。

在杜韦普广告公司调查询问的漫长一天终于结束了。警探桑德拉·菲洛缓缓驱车回她的公寓。途中她用车载电话核查一些事。"是卡拉·威辛斯基吗?"她冲着仪表板上的麦克风说道。

"有事吗?"从扬声器传来声音。

"我是大都会警察局的亚历桑德拉·菲洛。我想问你一个问题,花不了多长时间。"

威辛斯基听上去有些慌乱,"啊,是的,是的,当然可以。"

"你十一月十日早上跟凯瑟琳·霍布森在一起吗?"

"和卡西?我在电脑上查查我的日程表。"传来嗒嗒嗒的击键声。"十号?不,恐怕没有。她有什么麻烦吗?"

桑德拉将她的车转到劳伦斯西街。"我说的是十号吗?"她说,"对不起弄错了,应该是十四号。"

"好像没有——"嗒嗒嗒嗒,"哦,等等。那天我的车送去修理了。对,卡西载了我,送我去上班——她一直这么热心。"

"谢谢你。"桑德拉说。这是个老技巧了——首先明确这个人不会编造谎言保护自己的朋友,然后问真正的问题。卡西·霍布森显然有不在场的确切证据。不过,如果这桩案子真的是职业杀手所为,案发时在别的地方说明不了多少问题。

"还有什么事吗?"卡拉·威什辛斯克问道。

"没有了。你计划最近去外地吗?"

"唔,是的——我,啊,我要去西班牙度假。"

"那好吧,祝你假期愉快。"桑德拉说。

她十分喜欢祝愿别人过得开心。


精灵,死后的生命模拟者,在网上探寻,寻找新的刺激。一切都那么沉闷,没有变化。他能够很快看完一本书或者网络新闻,但里面的信息都没什么意思,终于使他厌烦了。

精灵也在镜像公司的计算机上流连。最后他发现了萨卡尔的游戏库,试着下了几盘棋,玩了俄罗斯方块、打金砖和上千种其他游戏,这些东西比网上的互动游戏好不到哪儿去。彼得·霍布森从没真正喜欢过游戏,他希望付出精力,得到明确的结果,而不想傻里傻气角逐一番,到头来却没有任何真正的成就。精灵继续搜寻着一个又一个文件夹。

世界科幻大师丛书

最后，他来到一个叫人造生命的子目录。在这里，蓝色的鱼不断进化着，最适应环境的才有资格繁殖下一代。精灵看着它们进化了几代，被这个过程迷住了。生命，他想。

生命。

精灵终于找到了他感兴趣的东西。

196

# 第三十章

　　时间够了，萨卡尔觉得模拟者已经适应了新环境。是时候讨论重大问题了。萨卡尔和彼得连续两三天都有其他事情，但最终还是来到镜像公司，在计算机实验室坐定。萨卡尔将安布罗托斯调到前台，正准备问他问题，转念一想，"这是你的思维，"萨卡尔说，"应该由你提问。"

　　彼得点点头，清了清嗓子。"你好，安布罗托斯。"他说。

　　"你好，彼得。"机械化的声音回答。

　　"什么是真正的永生？"

　　安布罗托斯过了很久才回答，仿佛说话之前思考了永生的所有内涵。"是……放松，我想这是最好的解释。"再一次停顿。没有人说话。"我以前从来没意识到，时间给我们带来了多大压力。哦，我知道女人有时会说她们的生物钟嘀嘀嗒嗒不停走着。但是还有一个更大的钟影响着我们大家——至少影响着你我这样的人，驱赶着那些想完成一番事业的人。我们知道自己只有有限的时间，想做的事却如此之多。我们诅咒浪费掉的每一分钟。"再一次停顿，"嗯，我不再这样想了。我没有觉得有什么压力，必须抓紧、赶快。我仍然想成就某些事业，但是总有明天,总有更多时间。"

彼得考虑着,"我说不准,我倒觉得放松下来不追着赶着不一定是进步。我喜欢的是办成事。"

安布罗托斯的回答异常平静,"我喜欢放松。知道自己可以花三周或者三年时间来研究某个我感兴趣的东西,随便花多久都不觉得时间不够。我喜欢这种感觉。如果我觉得今天更乐意读本小说,不想做项目,读就是了,没什么关系。"

"但是,"彼得说,"我现在知道,当然你也知道,死后存在某种形式的生命。对那种生命你不感兴趣吗?"

模拟者笑了,"你和我以前从不相信死后有生命。现在知道了躯体死后的确有某种东西存在,但是就算这样,我对死后的事还是不感兴趣。它显然是某种物质存在之外的东西——跟心智有关,却不涉及躯体。我从不认为自己是个沉溺于肉体感官刺激的人,我们也都知道我们不喜好运动。但我喜欢性,喜欢太阳照着皮肤的感觉,喜欢大嚼美味,很多不那么好的东西也喜欢尝尝。如果我的躯体不存在了我会想念它的。我会想念物质的刺激,我会想念——我会想念一切:鸡皮疙瘩、发痒、放个真正的响屁、搓搓新长出来的胡子茬。一切。确实,死后的生命可能永世长存,但肉体永生也可以永世长存——我喜欢留着肉体。"

下一个问题彼得问得小心翼翼,萨卡尔听得很专注。"还有,我们和卡西的关系,你是怎么——怎么想的?我猜你认为整个婚姻只不过是漫漫人生中微不足道的一小部分。"

"哦,不。"安布罗托斯说,"突然想起件挺有意思的事:科林·戈多伊如果真的能长生不死,他肯定对结婚时说的那句'直到死亡把我们分开'懊恼不已。但我跟他不同,不这么想。实际上,这给婚姻开辟了一个崭新的新领域。如果卡西也能永生,我就有个机会——真正的机会——可以最终地、确实地、完全地了解她。在一起生活的十五年里,我已经比任何人都了解她。我知道哪种黄色笑话可以令她吃吃发笑,哪种可以让她当场发火;我知道制陶对她是多么重要;我知道她说不喜欢恐怖电影时不是当真的,但当她说她不喜欢二十世纪五十年代的摇滚乐时是绝对当真的;我知道她有多么聪明——比我聪明,很多方面都比我聪明,毕竟,我从来完成不了《纽约时报》的填字游戏。

"尽管如此,我仍然知道这只是她很小的一部分。她肯定也像我一样复杂。她对我父母的真实想法是什么?她怎么看她姐姐?她会不会默默祈祷?我们在一起做的有些事她真的喜欢吗,或者只不过能容忍而已?一起生活了这么多年之后,她会不会还有什么心思不愿跟我分享?当然,每次我们交流都会让对方对自己多一分了解,虽说不多,但数十年、多少个世纪之后,我们将会更加深入地了解对方。对我来说再没有比这件事更愉快的了。"

彼得皱了皱眉,"但人会改变。花一千年时间去了解一个人其实和花同样的时间了解一座城市一样不可能。那么长时间一过,原来的信息完全过时了,没用了。"

"那最妙不过。"模拟者说,这次没有一点停顿,"我可以永远和卡西在一起,总会在她身上发现新东西。"

彼得背靠着椅子,沉思着。萨卡尔抓住机会凑到麦克风前,"但长生不老不会让你厌倦吗?"

模拟者笑了,"原谅我,我的朋友。但这是我听到的最愚蠢的想法。厌倦?宇宙中的万事万物都等着你研究,怎么会厌倦?我从来没读过阿里斯多芬的戏剧,没学过亚洲语言,对芭蕾舞、曲棍球、气象学一窍不通,我不懂音乐,不会打爵士鼓。"再次发笑，"我想写一本小说、一首十四行诗、一首歌。是的，它们肯定糟糕透顶，但我会学习，越写越好。我想学习绘画、欣赏戏剧、把量子物理真正弄明白。我想阅读所有伟大的、没用的书。我想学习佛教、犹太教和七日耶稣再临论。我想去澳大利亚、日本和厄瓜多尔。我想飞上太空，想潜入海底。所有这些，我都想学、想做、想体会。对永生产生厌倦？不可能。做完我所向往的一切，时间哪怕长到宇宙毁灭都不够啊。"

萨卡尔接待员的电话打断了彼得和萨卡尔。"对不起，"可视电话屏幕上一个小个子亚洲男人说，"有一个找霍布森先生的长途视频电话。"

彼得抬起眉毛，萨卡尔示意他坐到电话前的凳子上。

"接过来。"他说。

屏幕图像切换成了一个中年的红头发女人：布伦达·麦克塔维什，来自格拉斯哥黑猩猩退养之家。"啊，彼得，"她说，"我打到你办公室，他们说你在这儿。"

"嗨，布伦达。"彼得说。他盯着屏幕。她哭了吗？

"原谅我这副模样，"她说，"我们刚刚失去了科尼利厄斯，我们最老的一位住户，它有心脏病。黑猩猩通常不得这种病，但是它被多年用于吸烟实验。"她因对这种残酷行为感到震惊而摇头，"当然，当我们第一次谈话时，我不知道你想做什么。我在电视上见过你，在《经济学家》上读过有关文章。不论怎样，我得到了你想要的记录。今晚我就在网上把数据传过来。"

"你看见了？"彼得问。

"是的，"她说，"黑猩猩是有灵魂的。"她的声音苦涩，是在怀念她失去的朋友，"好像任何人都曾怀疑过这一点。"

模拟者最初想在"药物超市"的处方数据库里做手脚,罗德·丘吉尔就是在这家药品连锁店买药。尽管反复尝试,他仍然进不去。是个挫折,但不足为奇:药房系统的安全措施当然严密。但条条道路通罗马,周围不那么在乎安全的计算机系统多的是……

从二十世纪七十年代开始,多伦多皮尔森国际机场的移民官员就开始应用一个简单的办法:不管什么时候,只要有人宣称自己是多伦多人却又文件不齐,他们就问他当地最著名的比萨递送连锁店的电话号码。在多伦多居住的人没有不知道这个号码的:它出现在广告牌上、无数报纸和电视广告中,在无线电广告中叮叮当当唱个不停。

数十年过去了,这家连锁店扩展了食物范围,首先增加其他意大利食品,然后是潜水艇三明治,然后是烤鸡烤排,到最后菜单上从普通食品到异国风味无所不包。他们保留了自己那个标志性的电话号码,经过一番努力,把店名换成了"好食物"。还在当初的比萨饼时代,这家店就深以自己先进的计算机处理系统为傲。所有订单都通过那个有名的电话号码传进来,再转到遍布多伦多大都会的三百家分店中离订货者最近的一家,三十分钟之内就能把所订食物送到顾客手中——超时白送不要钱。

对了,罗德·丘吉尔说过每周三晚上他的妻子出去上法语课时,他从"好食物"订晚餐。那家连锁店的计算机中保存着在这里订购的每一份食物的完整资料。"好食物"的出名之处不仅在于能够向你提供和你上次点的一模一样的食品,你想再吃一次过去在这里订过的任何一餐,"好食物"都能满足你的要求。

经过几天努力,模拟者终于破解了好食物连锁店的计算机密码——和他想的一样,好食物的安全措施远没有那些药房严格。他调出罗德的订餐记录。

太好了。

像所有饭店一样,好食物遵照规定列出了自己出售的食品的全部主辅料和营养成分,顾客可以在可视电话的屏幕上读到。模拟者努力搜寻,直到找到他期待的东西。

## 网络新闻摘要

罗马教皇本尼迪克特十六世今天发表一篇通谕,确认人类存在神圣、不朽的灵魂。主教透露,罗马宗教科学委员会现在正致力于评价有关发现灵魂波的证据。未经证实的报道指出:罗马教廷已经向霍布森监控器材公司预订了三台灵魂探测器。

有关慈善事务的消息:多伦多大都会联合慈善组织表示,本周捐赠额已经打破有史以来的最高纪录。美国红十字会宣布:自加利福尼亚大地震以来,过去十天里得到的献血比任何时期都多。爱荷华州艾滋病协会高兴地宣称得到了 10 000 000 美元的匿名捐助。拥有自己的直播卫星、节目可以覆盖全球的电视福音传道者格斯·霍尼韦尔今天将加入其组织"接近上帝"的会费提高了一倍,从 50 000 美元增至 100 000 美元。

1954 年,一个叫摩西·克罗伊的美国医生为能够证明人死亡之后有某种生命存在的人留下 50 000 美元的信用基金。这笔基金已经由康涅狄格州灵学会掌管了五十七年,今天他们宣布将这笔现在价值 1 077 543 美元的基金奖励给多伦多市灵魂波的发现者彼得·霍布森。

临终纪念品！戴维德森葬礼公司现提供灵魂消失的录像记录。详情请来电咨询。

爱荷华州众议员保罗·克里斯马今天向美国众议院提出一项议案，要求医院停止延续无望恢复意识的绝症病人的生命。"上帝希望召回这些可怜的灵魂，我们是在干扰这一过程。"他说。

# 第三十一章

萨卡尔将安布罗托斯的进程调到后台运行,把精灵,即那个死后生命的模拟者,调往前台。

彼得靠近麦克风。"我想问你一个问题。"他说。

"那个至关重要的大问题,毫无疑问。"模拟者说,"死后是什么情形,对不对?"

"正是。"

精灵的声音从扬声器传来:"就像……"声音渐渐小下去,消失了。

彼得期待地倾身向前,"像什么?"

"像土豚。"

彼得大张着嘴,"怎么会像土豚?"

"也许更像食蚁兽。"模拟者说,"我看不到自己的模样,但我知道我有一条很长很长的舌头。"

"轮回……"萨卡尔说,缓缓点头,"我的印度教朋友听到这个会很高兴的。但我得说,彼得,我希望你会比土豚好些。"

"我饿了。"扬声器传来声音,"谁有蚂蚁吗?"

"我不相信。"彼得摇着头。

"哈!"扬声器说,"要能蒙你一回就好了。"

"你蒙不了我。"彼得说。

"蒙不了算了。"合成声音有点没礼貌,"至少萨卡尔被我骗到了。"

"没真的上当。"萨卡尔说。

"你是一个讨厌的家伙。"彼得对着麦克风说道。

"跟你学的。"模拟者说。

"看来你挺喜欢开玩笑。"彼得说。

"死亡很滑稽。"精灵说,"不,其实活着才滑稽。应该说荒谬,荒谬透顶。"

"滑稽?"萨卡尔说,"我想发笑应该是一种生理反应。"

"发出笑声可能是生理反应,但我已经认识到发笑其实是一种社会现象,而不是生理现象,发现什么东西可笑跟生理无关。我知道彼得看连续剧几乎从不笑出声,却并不意味着他不觉得有趣。"

"可能吧。"彼得说。

"事实上,我想我现在明白了幽默的准确定义:出人意料骤然形成神经联系,这就是幽默。"

"我不懂你的意思。"彼得说。

"正是如此,'我不懂你的意思',当人们不理解某件很重要的事时都这么说,跟他们没理解一个笑话时的反应一模一样;我们本能地意识到某种联系没有生成。那种连接就是一个神经联系。"死后的生命模拟者不作任何停顿,继续说着,"笑——即使只是在心里笑,顺便说一下,现在我只剩下这个笑法了——是一种与大脑形成新连接相伴产生的反应,那就是,突触以它们从未有过的,或至少是以前很少有过的方式产生冲动。听到一个新笑话,你会笑,可能第二次、第三次听到时还会笑——因为神经联系还没有真正确立,一段时间之后,任何笑话的可笑性都会减弱。你知道那个老笑话,'为什么小鸡过马路?'作为成年人,我们听到后不会笑,但当我们小时候第一次听到时都笑过,区别并不在于那个笑话很幼稚——它并不是个幼稚笑话,其实它相当复杂。原因只是神经联系已经确立了。"

"哪个神经联系?"彼得问。

"一方面是我们对家禽的看法,通常觉得它们既被动又愚蠢;另一方面是个人意志与个人的主观能动性。这个笑话就是在这二者之间建立了新联系。这就是那个笑话的有趣之处:小鸡过马路是因为它想过马路,它可能觉得好奇——这是个新想法,代表这个想法的神经元互相连接,形成新联系,导致思维活动短暂中断,我们称之为发笑。"

"不敢苟同。"彼得说。

"如果我能,我会耸耸肩。你看,我来证明这一点。一个乞丐站在街角,双手各拿一顶帽子,等着别人布施。有位行人停下来往一顶帽子里扔了个硬币,然后问:'为什么拿两顶帽子?''最近生意做大了。'那人回答,'我决定开家分公司。'"

"这个笑话不错。"彼得笑着说。

"谢谢。我从网上看的,过去的笑话我知道的你也知道。现在想想:如果我把这个笑话稍稍变动一下会怎样,这样开头,'听说过乞丐开分公司吗?……'你觉得如何?"

"效果全没了。"

"正确!这个笑话的可笑之处就在于在乞丐和分公司这两个不相干的观念之间突然形成新联系。可现在,你的大脑贮存乞丐和分公司的部分已经被刺激起来了,最后就不会产生乞丐和分公司这两种观念的突然连接,而这种突然连接正是引起发笑反应的关键。"

"可一个人独处时我们并不经常发笑。"萨卡尔说。

"说得对。我觉得,社交的笑和发自内心的笑是不同的。意外的连接让人发笑,同时也让人不安——大脑在想自己会不会有什么地方不对劲。而有其他人在场时,大脑发出一个信号,如果它得到相同的信息反馈,它这下就踏实了;如果没有得到,大脑就慌神了——说不定我真的有点不对劲。所以人们说完笑话后总一个劲儿问'你懂我的意思吗?'他们拼命想解释自己的笑话,如果别人觉得笑话没意思他就会很生气。这也是为什么情景喜剧需要录入笑声的原因。不是为了告诉我们什么东西挺逗,而是让我们确信自己觉得逗的东西的确可乐。录入笑声并不能使愚蠢的情景喜剧更有趣,却能使我们松弛身心,更欣赏一部有意思的片子。"

"但这些跟死不死有什么关系?"彼得问。

"一切都跟它有关。寻找新的连接是我仅有的一切。从青春期以来,我无时无刻不在想性的事,但我现在不再有任何性冲动,真的,我得说我不知道自己以前为什么对性那么着魔。我也对吃着魔,总是想接下来该吃什么,但我现在对吃已经不再关心了。对我而言,只剩下一件事:就是寻找新连接,就是幽默。"

"但是有些人没有多少幽默感。"萨卡尔说。

"我能想象的地狱只有一种,"精灵说,"就是进入永恒却不想寻找新的连接,不能以新的途径看待事物,不能因经济、宗教、科学、艺术的荒谬而感到可笑。只要你好好想想,这些东西都非常、非常可笑。"

"但是——但是上帝又如何?"

"没有上帝，"精灵说，"至少不存在主日学校里所宣讲的上帝。但是，当然，这个问题并不非要死了以后才能发现：想想在非洲成百万的儿童面临饿死的威胁，加利福尼亚大地震死了二十万人，每个地方都有人被拷问、强奸、谋杀。凭直觉就知道，对于我们一个个个体而言，并不存在一个高高在上的上帝时时关心着我们的福祉。"

"这么说，死亡之后的生活只有这个?"彼得问，"幽默?"

"没错。"精灵说，"没有疼痛、苦难或欲望。只是大量迷人的新连接。笑个够。"

罗德·丘吉尔拨通那个有魔力的号码，电话里传出熟悉的旋律。

"谢谢您致电'好食物'。"电话另一端的女声说，"请订餐。"

罗德还记得过去的情形，那时，"好食物"——以及它的前身比萨店——总是先问你的电话号码，因为数据库里的记录是根据电话号码排列的。后来有了来电显示，电话一接通，电脑系统便自动调出来电者从前的订餐记录。

"谢谢。"罗德说，"和上周三点的一样。"

"烤牛肉加少量低卡路里肉汁、烤土豆、蔬菜拼盘和苹果派，对吗，先生?"

"对。"罗德说。当罗德开始在"好食物"订餐前，他先仔细检查过他们的在线食物主辅料成分表，选择不会影响他服用的药物的食品。

"没问题，先生。"订餐员说，"还有吗?"

"没有了，谢谢。"

"您的费用是72.50美元。付现金还是记账?"

"请记在我的维萨卡上。"

"卡号?"

罗德知道卡号已经在那个女人面前的屏幕上,但是他也知道作为一种安全措施她必须这么问。他念出来。他知道下一个问题是什么,于是主动添上信用卡有效日期。

"好的,先生。现在时间是六点十八分。您的晚餐将在三十分钟后到,超时免单。谢谢您致电'好食物'。"

彼得和萨卡尔坐在镜像公司的餐厅里。彼得啜着易拉罐里的低糖可乐,萨卡尔喝着真正的可乐——除非两人分享一扎,否则他才受不了那种低卡路里的玩意儿。

"'笑个够。'"萨卡尔道,"死亡居然是这么个定义,真是古怪。"顿了顿又道,"不该叫他精灵,还不如管他叫'金口'呢,毕竟人家现在成了世外高人。"

彼得笑了,"你注意到他说话的方式了吗?"

"谁,精灵?"

"是的。"

"我没注意到有什么特别。"

"他能一口气说好长。"

"喂,彼得,告诉你件新鲜事儿吧,你也一样。"

彼得咧嘴一笑,"我的意思是,他用的句子长得不可思议。绕来绕去,非常复杂。"

"我想我注意到了。"

"这一次以前你还跟他对过话,是吗?"

"是的。"

"谈话记录能拿到吗?"

"当然。"两人喝完饮料回到实验室。萨卡尔敲了几个键,打印机输出了几十页薄纸。

彼得看完文本,问:"你电脑里有语法检查程序吗?"

"比那更好,我们有零误差语法校检系统,是我们开发的一套专家系统。"

"能把这份记录输入这个系统吗?"

萨卡尔敲进几条命令。与精灵几次对话的分析结果出现在屏幕上。"神了。"萨卡尔说,他指着数据:简单的感叹句不算,精灵平均每句有三十二个词,有些地方一句话就超过了三百个。"正常交谈每句只有十来个词呀。"

"你的语法校检能不能修正这份记录的错误?"

"当然。"

"做呀。"

萨卡尔又输入几道命令。"我简直不敢相信。"他看着屏幕上的结果道,"几乎没什么可改的。连最复杂的句子都没漏眼儿可挑,精灵的思维一点儿也没跑题。"

"太有意思了。"彼得说,"会不会程序出了问题?"

萨卡尔用手理平头发,"你有没有发现参照者或者安布罗托斯出现同样情形?"

"没有。"

"那么,咱俩私下说说,我觉得这不是程序的毛病,而是裁剪复制品所产生的后果。精灵是死后生命——模拟脱离了躯体的智能。肯定是某些相关神经网连接被切断造成的结果。"

"老天哪!"彼得说,"当然是这个原因!对其他模拟者,你还模拟了呼吸。但精灵没有躯体,他说话时不必停下来呼吸。真正的人必须停下来换气,所以必须以一段段简洁的句子表达意思。"

"有意思。"萨卡尔说,"我估计,如果你不用呼吸,可能你表达非常复杂的意思只需要一个句子。但说话方式的改变不会真的使你更聪明。使人聪明的是思考,而不是说话。"

"是这样。但是,唔,我发现精灵好像有点蠢。"

"我也注意到了。"萨卡尔说,"那又如何?"

"嗯,如果他根本不蠢呢?如果,相反——哎呀,我甚至不想这么说——如果他只是在逗着我们玩儿呢?如果他不仅仅是说话方式比我们复杂,连真正的思想也比我们更复杂呢?"

萨卡尔考虑着,"唔,物质的大脑里不存在类似呼吸的停顿,除非——除非——"

"除非什么?"

"这个,神经冲动有个时间上的限制。"萨卡尔说,"一个神经网的兴奋只能持续有限的时间。"

"人类的智力于是受到了限制。"

"不,更准确地说,受到限制的是人类的大脑。更准确地说,受到限制的是电化学过程,而大脑的功能正是以电化学为基础的。大脑的硬件并不能长久地完整保存任何想法。我相信你也有这种体会:冒出一个精彩灵感,想把它写下来,但等拿起笔时,你已经忘记了。灵感已经在你大脑里枯萎了。"

彼得双眉一抬,"但是精灵没有大脑。他只是一种智能,一个灵魂。他是纯粹的软件,没有任何硬件限制他的运转。没有呼吸停顿,想法成形之前神经网络不会衰变。他可以建立长句,想要多长就多长,也可以进行复杂思考,想多复杂就多复杂。"

萨卡尔震惊地轻轻摇头。

"这就是为什么人死后智能能够永远存在,不会感到厌倦。"

彼得说，"你不可能只追求很简单的新连接，比如小鸡过街这种笑话。你可以联结A和B两个观念。但是精灵可以来个从A到Z，加上希腊字母α到Ω，再从希伯来文的aleph到tav，无穷无尽，形成无比复杂的组合，碰撞联结之下，产生新的、令人兴奋、好玩儿的火花。"

"难以置信，"萨卡尔说，"这意味着——"

"这意味着，"彼得说，"或许死后生活中充满欢笑，不过是那种极其复杂、微妙的笑话，你我这样的愚人永远不会懂。"他停了一下，"至少在我们死前不会。"

萨卡尔轻轻吹了声口哨，神情陡变，"说起死亡，我得回家了，否则拉哈玛会杀了我。今天该我做晚饭。"

彼得看了看钟，"天哪。说好接卡西的，我要迟到了——我们要出去吃饭。"

萨卡尔笑了。

"什么事这么好笑？"

"你会知道的。"萨卡尔说，"总有一天。"

# 第三十二章

　　模拟者监控着"好食物"的电脑，等着丘吉尔家里下订单。终于，有了——按老习惯办事的罗德订了餐，六星期以来要的都是同样的食物。

　　订单在系统中一出现，模拟者就拦截了它，做了个小小的改动，然后让它传到位于斯提尔斯区湾景的"好食物"分店，离罗德·丘吉尔的家只有六个街区。

　　彼得和卡西开着卡西的车驶在湾景大街上。这个地方在她父母家以南大约十公里，到处是商场、专卖店和饭店。他们在多伦多的探案书店"贝克街侦探"附近稍停了停，等着车流出现空当好穿过大街，去一个他们都很喜欢的韩国小饭店。

　　一位满头蓬乱白发、穿着一件海军蓝军用胶布雨衣的矮胖男人正沿人行道走下来。彼得发现他经过时又转头看了他一眼。这种事他现在已经逐渐习惯了。最近新闻中他的报道太多了，走在街上常常被人认出来。但这回那人却没有再走，反而向他走来。

　　"你是彼得·霍布森，对吗？"他说。这人大约六十岁，鼻子和面颊上看得见细小的静脉。

"是的。"彼得说。

"发现灵魂信号的人?"

"灵魂波,"彼得说,"我们叫它灵魂波。"顿了顿,他接着说,"对,是我。"

"我想也是。"那人说,"但你要知道,你会下地狱的,除非你的灵魂得到救赎。"

卡西挽起彼得的胳膊,"走。"

但那人挡住他们的路,"把自己献给耶稣吧,霍布森先生——这是你唯一的救赎之道。"

"我,呃,真的没兴趣讨论这种事。"彼得说。

"愿耶稣宽恕你。"那人说,他的手伸进雨衣口袋。可怕的一瞬间,彼得以为他要掏枪,掏出的却是一本破旧的《圣经》,血红的外皮封面。"听听上帝的话,霍布森! 拯救你的灵魂!"

卡西直视那人,"别烦我们。"

"我不能让你们走。"那人说。他伸出一只胳膊,抓住卡西的肩膀。

不等彼得做出反应,卡西的高跟鞋狠狠踩在那人的脚背上。他疼得号叫起来。"滚开!"卡西大叫,她牢牢挽着彼得的胳膊,带他穿过大街。

"哎呀,"彼得狼狈不堪又佩服不已,"太厉害了。"

卡西黑发向后一甩,"休想找我丈夫的麻烦。"粲然一笑,光彩照人。她领着彼得走过几间铺面门,来到饭店,"这回我请客。"

门铃响了。罗德·丘吉尔看了看表。二十六分钟。他还是不能免单,他中学的一个历史老师说她碰上过两回好运气。出于习惯,罗德看了看电视上显示的安保摄像机拍下的镜头。是"好食物"的送货司机没错,橘黄加白色的制服非常抢眼。罗德向门口走去,在走廊的镜子前照了照,确定秃头上残存的几撮头发依然整齐。他打开门,在接收单上签名,送货司机递给他一联副本。罗德拿着包好的食物进了餐室,小心打开可降解泡沫塑料做成的包装盒,为自己倒了杯白葡萄酒,打开电视——从他餐桌的位置上很容易看到——然后坐下来享受他的晚餐。

烤牛肉再筋道点就好了,罗德想,但今晚的肉汁特别好。他把一整盘吃了个精光,又用一叉子土豆泥吸干最后一点肉汁。苹果派吃到一半时疼痛开始了:后脑一阵阵跳痛,疼得钻心,像钉子钉进了眼睛。他感到自己的心脏无规律地狂跳不止,汗湿的额头滑腻腻的,有一阵子他觉得想吐。一阵潮热。他站起来想打电话求助,但突然一阵无法忍受的疼痛,使他向后倒下去,撞翻了椅子,倒在铺了地毯的地板上。直挺挺的,他死了。

彼得和卡西已经上床了,但是他们的霍布森监控仪知道他们都没睡着,所以允许电话振铃。

卧室里当然没有可视电话,彼得摸索着床头的电话听筒。

"喂?"他说。

一个女人在哭,"哦,彼得! 彼得!"

"邦妮?"

听到她妈妈的名字,卡西立刻从床上坐起来。"开灯!"她叫道。家庭计算机打开了房间里的两个地板灯。

"彼得——罗德死了。"

"哦,我的上帝。"彼得说。

"什么事?"卡西急切地问,"怎么回事?"

"出了什么事?"彼得对着听筒道,心脏剧烈地跳动着。

"我刚下课回来,发现他躺在卧室的地板上。"

"叫救护车了吗?"彼得问。

邦妮哭得很厉害,不得不停下来擤鼻子,"叫了,叫了,正在路上。"

"我们尽快赶到。"彼得说。

"谢谢你。"惊慌失措的邦妮说,"谢谢,谢谢。"

"坚持一会儿。"彼得说,"我们就来。"他挂了电话。

"出什么事了?"卡西说。

彼得看着妻子,她的大眼睛里满是恐惧。我的上帝,怎么告诉她呢?"是你妈妈。"他说。他明白她知道这个,但他要争取时间组织思维,"你父亲——她认为他死了。"

卡西一脸恐惧,嘴巴大张,轻轻地摇着头。

"穿好衣服。"彼得柔声道,"我们得走了。"

## 网络新闻摘要

美国宗教界民意调查显示本周做礼拜的人数比去年同期增长了13.75%。

阿扎尼亚省曼地拉维尼的克瑞斯汀医院宣布,今天他们正式以灵魂是否离开躯体作为判定死亡的标准。

施洛克梅斯特·约翰·施班尼开始制作一部最新的电脑短片,《灵魂囚笼》。本片讲述的是一个疯狂的医院勤杂工将死者灵魂囚禁在磁性瓶子里以索取赎金。"影片的内容与死后生命有关，"施班尼说，"为了配合内容，全部演员都是电脑模拟的已经死去的演员。"其中的主演明星是波瑞斯·卡洛夫和彼得·拉瑞。

加利福尼亚州圣拉斐尔的生命无限公司今天表示，这是他们获得专利的纳米技术永生处理销售最好的一个月。美林证券的分析家加仑·曼格指出，这个销售记录是对发现灵魂波的直接反应。"有些人，"她说，"绝对不想与他们的造物主相会。"

审判消息：欧西柯西，威斯康星州。系列强奸罪被告格登·斯彼茨今天为自己作无罪辩护，说他患有特殊的精神错乱症。斯彼茨自称从十二岁时就有灵魂游离于躯体之外的体验，并辩称每一次作案时灵魂都离开了躯体，所以他不应对犯罪负责。

# 第三十三章

## 2011年12月

有时候,没有什么比得上一个规规矩矩的老式键盘。要输入数据,它仍是最好的发明。桑德拉·菲洛拉出她的键盘抽屉,开始键入跟汉斯·拉森谋杀案有关的所有名词,包括他住的街道、他所在公司的名字、去年他度假的地方,以及他的邻居、家人、朋友和同事的姓名。她也输入了种种与拉森的身体肢解相关的术语。

到她输完时,已经有了一个超过两百字的列表。随后她让计算机搜寻去年多伦多大都会区所有的杀人案记录,看看在这些报道中有没有出现相同的名词。计算机开始搜寻,屏幕上出现一行小点,表明它在运行。只花了几秒钟就完成了,没有发现什么有意义的东西。

桑德拉点点头。这个结果她早料到了,如果有类似的案子,她相信自己一定记得。毕竟,并不是每天都能发现一具被切掉阴茎的尸体。计算机建议她作更广泛的查询:所有安大略省的谋杀案,所有加拿大的谋杀案,所有北美的谋杀案。电脑同时提出时间标准,从一个月到十年。

如果选择时间和地点值最大的一个,即过去十年间北美所有的谋杀案,那么检索将进行数小时。她本想选择"所有安大略省的谋杀案,"但最后一刻改变了主意,在对话框里键入自己的问题:"所有死者GTR>20110601,"意思是所有今年六月以来多伦多大都会区的死者——不单单是被谋杀的人。

计算机表示正在搜寻的那行小点在屏幕上移动。过了一会儿,小点不见了,出现了以下文字:

姓名:拉森·汉斯

死亡时间:2011年11月14日

死因:他杀

相关搜索霍布森,凯瑟琳·R

(同事)


姓名:罗德·丘吉尔

死亡时间:2011年11月30日

死因:自然死亡

相关搜索霍布森,卡西

(女儿)

菲洛的眉毛抬了起来。凯瑟琳·霍布森——苗条、聪明的黑发女子,托比·贝利提到她和汉斯·拉森发生过关系。她的父亲两天前刚死。

可能并不意味着什么。可是……桑德拉进入城市姓名录。多伦多大都会区只有一个凯瑟琳·霍布森,记录注释中写着"娘家姓氏:丘吉尔",以及——老天爷!屏幕上列出她和彼得·霍布森——一位生物医学工程师——住在一起。就是那个发现灵魂波的家伙。桑德拉在多纳休的电视节目上见过他,还在《麦克莱恩报》上读过他的报道。他们一定发了大财……两人随便哪个都雇得起杀手。

桑德拉回到报告数据库,查询罗德·丘吉尔死亡的全部细节。丘吉尔,一个中学体育教师,在独自吃晚饭时死亡。验尸员华伦·陈记录的死因为"动脉瘤(?)"。那个问号引起了桑德拉的兴趣。她打开可视电话开始拨号,中等年龄的华伦的圆脸出现在屏幕上。"你好,华伦。"

陈很热情,笑道:"你好,桑德拉,能为你做什么?"

"我在调查一名两天前死亡的名叫罗德·丘吉尔的死者的情况。"

"那个拼命摆弄头发想遮盖秃顶的体育教师? 行啊,你想知道什么?"

"你记录他的死因是动脉瘤?"

"嗯哼。"

"但你在后面加了一个问号。动脉瘤,问号。"

"哦,是的。"陈耸耸肩,"嗯,你永远不可能完全确定。上帝想要你的时候,有时他只是弹开你脑袋里的旧开关。咔嗒! 动脉瘤。就这样,你完事了。这一次看上去就是这种事。那人早就在服心脏药物。"

"这里面有什么异常情况吗?"

传来陈吃吃的笑声,"恐怕没有,桑德拉。一个六十来岁的人——尤其一名体育教师的死,不会有什么不干不净的事在里边。他们自以为身体好,其实整天大多时间只是看着别人运动。那家伙死的时候正在吃快餐哩。"

"你做了尸检吗?"

验尸员又咯咯地笑了。有人曾经说陈的名字是"老母鸡"的缩写①。"尸检很贵的,桑德拉。这你知道。不,我在现场做了几项快速检验,然后签了证明书。他的遗孀——我现在想起来了,叫邦妮,是她发现了尸体。我大约是在早晨一点半、一点四十五到那儿,她女儿和女婿跟她在一起。"他停顿了一下,"你为什么感兴趣?"

"也许没什么。"桑德拉说,"只不过死者罗德·丘吉尔是阉割案中被害人一个同事的父亲。"

"哦,是啊。"陈说,声音意味深长,"这就有意思了。不过桑德拉,看上去这点儿联系有些牵强啊,不是吗?我是说,可能是那个女人——叫什么来着?"

"卡西·霍布森。"

"可能是卡西·霍布森今年有点背,就是这样,一连串倒霉事儿。"

桑德拉点头,"我相信你是对的。还有,你介意我来看看你的笔记吗?"

陈又咯咯笑了,"当然不,桑德拉。总是很高兴见到你。"


彼得憎恨葬礼,倒不是因为不喜欢围着死人转——像他这样花那么多时间在医院里的人,不可能不碰到这类事情。不是因为死人,而是那些活着的人使他无法忍受。

首先是那些伪君子。多少年从没见过那位亲爱的死者,直到根本帮不上死者任何忙时才从树林子里冒出来。

其次是那些号丧的人。装模作样来表达对死者的感情,反而取代了死者成为葬礼的主角。对于爱着死者、受到沉重打击的近亲,彼得非常同情,却没耐心应付那些八竿子打不着的远

---

①Chen(陈)可以被当作chicken hen(老母鸡)的缩写。

亲、五个街区以外的邻居,在葬礼上哀哀欲绝,非得一大帮人围上去安慰他们才开心。

至于彼得自己,与对待其他事情一样,他尽量淡然处之,和他的英国老祖宗一样,绝不呼天抢地。

罗德·丘吉尔从来就是个好虚荣的人,遗嘱是来个开棺葬礼。彼得向来反对这种做法。七岁时他参加过他外祖父的葬礼。外祖父有一个出名的大鼻子。彼得记得进入礼堂时看到远端的灵柩,上半部分敞开着,从那个角度唯一能看到的是外祖父的鼻子挺立在灵柩的边线之上。直到今天,只要想起他的外祖父,首先出现在脑海里的就是他的大鼻子,像一座山峰直插云霄。

彼得环顾四周。教堂镶嵌着黑木,灵柩看上去很贵。尽管已经要求客人以给安大略省心脏和中风基金会捐赠替代鲜花,但仍收到很多花束。罗德的教师同事送来的花还组成一个心形。一定是体育教研组干的好事,只有那帮家伙才愚笨到不知道心形代表"好运",不适合送给死人。

邦妮坚强地支撑着,卡西的姐姐玛瑞莎不停地抽泣,看样子还挺得住。彼得不知道如何形容卡西的反应。当她接受吊唁人的敬意时表情平静。卡西,在看悲哀的电影和书时都会哭的一个女人,对她死去的父亲却好像没有一滴眼泪。

没什么进展,桑德拉·菲洛想。两位死者,一个明显是被杀,另一个死因不明。

但是他们都与卡西·霍布森有关。

卡西·霍布森,她曾和被害人汉斯·拉森睡过觉。卡西·霍布森,罗德·丘吉尔的女儿。

当然,拉森与很多女人有染;当然,丘吉尔已经六十多岁了。

可是……

桑德拉完成白天的工作后,驱车向斯提尔斯以南湾景区丘吉尔的房子开去。那个地方离三十二分局只有五公里——即使一无所获,也不会浪费多大工夫。她停了车向前门走去。丘吉尔家有一个指纹扫描仪——食指指纹电子锁,这种锁近来很常见。扫描盘上方有一个门铃按钮。桑德拉按一下门铃,一分钟后,一个头发灰白的女人出现在门口,"有事吗?"

"你好。"桑德拉说,"是邦妮·丘吉尔吗?"

"是的。"

桑德拉出示她的证件,"我是大都会警局的亚力桑德拉·菲洛,能问你几个问题吗?"

"关于什么?"

"关于,呃,你丈夫的死。"

"老天。"邦妮说,"是的,当然可以。请进。"

"谢谢你——还有,我先问问免得忘了,这个指纹锁扫描仪接受谁的指纹?"

"我和我丈夫的。"邦妮说。

"还有别人吗?"

"我女儿、女婿。"

"卡西·霍布森和——"桑德拉想了一下,"彼得·霍布森,对吗?"

"是的,还有我另一个女儿,玛瑞莎。"

两人走进屋子。

"很抱歉打扰你。"桑德拉说,同情地笑着,"我知道这个时候你很难过,但是有些小问题我需要弄清楚,这样才能结案归档。"

"我还以为已经结案了。"邦妮说。

"快了。"桑德拉说,"恐怕验尸员对死因并不是百分之百确定,据检测他可能是动脉瘤。"

"他们也是这么对我说的。"邦妮摇着头说,"真是不幸啊。"

"你能告诉我他有什么健康问题吗?"

"罗德?哦,没什么严重的。一只手有点关节炎,有时左腿有点疼。哦,他三年前发过一次心肌梗死——所以在吃治心脏病的药。"

可能没什么价值。不过……"你有他的心脏病药片吗?"

"我想可能还在楼上的药箱里。"

"你介意给我看看吗?"桑德拉问。

邦妮点点头。她们一起上楼进入浴室,邦妮打开药柜。里面有一个药棉盒、扑热息痛、李斯特防腐液、宾馆里用的那种小袋洗发剂,还有两个药物超市的处方瓶子。

"哪个是他的心脏病药片?"桑德拉指着瓶子问道。

"都是。"邦妮说,"从得心脏病后他一直在服用其中一种,另一种服了几周。"

桑德拉拿起瓶子,上面都贴着小小的标签。一个上面说含有可的松-D,听上去的确像心脏病药。另一个写着苯乙肼,都是米勒医生开的处方。那个苯乙肼瓶子上还有个橘黄色的荧光标签写着:"警告——严格饮食限制。"

"饮食限制是怎么回事?"桑德拉问。

"哦,他有很多食物不能吃。我们一直非常小心。"

"但是据验尸员说,他死的那天晚上在吃外卖食品。"

"对。"邦妮说,"每周三我去上课他都这样。但是他总吃相同的东西,从来没有出过问题。"

"你知道他点的什么吗?"

"我想是烤牛肉。"

"你还有包装袋吗?"

"我扔出去了。"邦妮说,"可能还在垃圾筐里。我们还没有清除垃圾。"

"你介意我看看吗——还有,我能不能留着这些药瓶?"

"啊,当然可以。"

桑德拉将药瓶放进外套口袋,跟她下楼。那个漏斗状垃圾袋在一个柳条筐里。桑德拉检查了一遍,很快发现一小张"好食物"打印的罗德的订单。

"这个能不能也给我?"桑德拉问。

邦妮·丘吉尔点点头。

桑德拉直起身把那张纸片放进口袋。"很抱歉打扰你了。"她说。

"我希望你能告诉我你是怎么想的,警官。"邦妮说。

"没什么想法,丘吉尔太太。我说过,只是有点儿小问题。"

# 第三十四章

彼得为了参加一个在加拿大健康福利中心召开的会议飞到渥太华,会只开了很短的时间。本来可以通过电话会议完成,但部长喜欢不时用用她的权力,把大家召集到首都。

灵魂波当然不是霍布森监控器材公司参与的唯一项目。这次会议讨论的是一个还没有公开的项目:计划生产一种传感器,能准确分辨主动吸烟者和被动吸烟者。这样一来地方健康保险便可以拒绝将前者因吸烟引起或加重的疾病纳入福利范畴。

会议早早地结束了,彼得发现他在渥太华多出了一整天时间。这可真没想到。

渥太华是一个政府城市,到处是面目难辨的大小官僚。除了生产大量文件、法律、法规和公函之外什么都不做。还有,为了会晤世界各国的领导人——总不能什么都在多伦多做吧——这个地方还得摆摆样子。渥太华有很多小博物馆和陈列室,少量有趣的店铺,还有一条运河(在冬天完全冻结,公务员可以滑冰上班),国会卫士交班场面也颇壮观。不过这些彼得早已看够了。他问接待员能不能用用电话,她带他进了一间空办公室。政府已经三十年没有增加雇员了,这样的办公室很多。电话是旧样式,只有音频,不能传送图像。彼得想,用纳税人的钱在空办公室安电话,节约点儿是应该的。和大多数加拿大公司经理一样,加拿大航空公司的800号码他熟记于心。他想打电话问问能不能改变航班,突然间却发现自己拨下的号码是411。

一个说英语的声音响起,"请问需要查询哪个城市的号码?"随即用法语很快重复了一遍。

"渥太华。"彼得说。可视电话按几个键就可以得到号码列表,但老式电话更方便,有人帮你查号,更显人性化。提供查号服务的有时是电子系统,有时是人工查询。这一次,从略带厌倦的语气和含混的发音上判断,来的是个大活人。

"请讲。"说的是英语。彼得只说了一个地名"渥太华",话务员便已辨出来电者惯用那种语言。

"有丽贝卡·基顿的号码吗?"彼得拼出姓名。

"没有这个名字,先生。"

那就算了,反正是临时起的一个念头。"谢——"等等。虽然她现在独身,但几年前她有过一次短暂的婚姻。那蠢货的名字叫什么来着?哈尼卡?不。"坎宁汉,"彼得说,"请试试丽贝卡·坎宁汉。"

"有一个R.L.坎宁汉。"

丽贝卡·路易丝。"是的,是她。"

略显厌倦的人声换成了电脑声,得意洋洋地读出电话号码,最后补充道:"按下星号即可拨打此号码。"

彼得按下星号键。只听到一声乐音,接着电话铃便响了。一次,两次,三次,四。啊,行了——

"喂?"

"贝基?"

"是我。你是谁?"

"彼得·霍布森。我——"

"彼得!听到你的声音真是太好了。你在本市吗?"

"是的。我今天上午在健康福利中心有一个会议,很早就结束了,航班是今晚七点。我不知道你在不在家,但我想应该给你打个电话。"

"我星期日到星期四上班。今天休息。"

"啊。"

"著名的彼得·霍布森!"她说,"我在《国内人物》节目里见过你。"

彼得呵呵笑了。"我还是老样子。"他说,"听到你的声音真好,贝基。"

"我也是。"

彼得感到嗓子发干,"你——你今天午饭时有空吗?"

"哦,我很高兴。我打算今天早上去银行——我正准备出去呢——我能来见你,哦,十一点半会不会太早?"

一点不早。"那太好了。在哪儿?"

"你知道火花商城的卡洛酒吧吗?"

"我能找到。"

"那么十一点半见。"

"好,"彼得说,"我翘首以待。"

贝基的声音充满热情,"我也是。再见!"

"再见。"

彼得离开那间小办公室,问接待员是否知道卡洛酒吧。"哦,知道,"她顽皮地笑笑,"独身者晚上最喜欢去那儿玩。"

"我去吃午饭。"彼得说,感到有必要解释一下。

"原来是这样,中午那儿很安静。"

"能告诉我怎么去吗?"

"当然,你开车吗?"

"如果不远我走路去。"

"得花半个小时呢。"

"没问题。"彼得说。

"我给你画张地图。"她说着,画了一幅示意图。彼得道了谢,乘电梯下到大厅,到了街上。他实际上只走了二十分钟;彼得走路大步流星,出了名的快。他还有半个小时要打发。他发现一个投币式报纸打印盒,将三个硬币塞进机器,等了二十秒,机器打印出一份今天的《渥太华公民报》。他回到卡洛酒吧。店堂里一个人都没有。

他要了张双人桌坐下,点了杯黑咖啡。他环顾四周,试着想象这里晚上汗淋淋肉体涌动的情形。没准儿那位接待员是在捉弄他。不过房间里还是有熟脸的,对面墙壁上,和本特·毕晓普酒吧装饰付费电话旁边墙壁上的是同一张广告画:莫尔森啤酒广告,同一个漂亮妞儿。彼得埋头读报,极力控制他的紧张情绪。


南希·米勒是一位全科执业医生,办公室在她家的一楼。她大约四十五岁,又矮又胖,栗色的头发剪得短短的。她的桌子是云石撑起一块厚玻璃做成的。桑德拉·菲洛进去时,米勒挥了挥手,示意她坐在面向桌子的一张绿色皮椅上。"我在电话里已经说过,警官,因为医患的机密性,有很多话我不能说。"

桑德拉点头。医生都这样,喜欢先给自己画一条红线。"我理解,医生。我想讨论的病人是罗德·丘吉尔。"

米勒什么都没说,静静等着。

"不知道你听说没有,丘吉尔先生上个星期死了。"

医生张大了嘴巴,"我没听说。"

"我很遗憾带给你这个坏消息。"桑德拉说,"他被发现死在家里的餐厅。验尸官说可能是因为动脉瘤。我去过他家,发现你给他开过苯乙肼。根据标签,他必须注意饮食。但他死前吃了外卖食物。"

"该死,该死。"她挥舞着手臂,"我告诉他吃东西要小心,因为苯乙肼的缘故。"

"苯乙肼?"

"苯乙肼,警官。一种抗抑郁药。"

桑德拉的眉毛抬了起来。邦妮·丘吉尔以为她丈夫服的都是心脏病药物。"抗抑郁药?"

"是的,"米勒说,"也是一种单胺氧化酶抑制剂。"

"也就是说?"

"嗯,基本上就是说,如果服用苯乙肼,你得避免酪胺高的食物,否则血压会急剧升高——出现高血压危象。瞧,当你服用苯乙肼时,酪胺累积,它不能代谢。血管于是收缩——起到升压作用。"

"什么意思?"桑德拉又问。她可真喜欢跟大夫讨论,真是绝透了。

"嗯,可以想象,这种情况下,即使是年轻人也能致死。像罗德这样一个有心血管病史的人,死亡是很难避免的——会引起严重的中风、心肌梗死、神经系统疾患,或者,如你们验尸官所说,血管瘤破裂。我想他吃了不对头的东西。但我警告过他。"

桑德拉偏着头。医疗事故是不能排除在外的。"你警告过他吗?"

"是的,这还用说。"米勒两眼收缩成一道缝,"我是不会犯这种错误的,警官。事实上——"她摁了一个桌上对讲机的按钮。"戴维,请把丘吉尔先生的文件拿进来。"米勒瞪着桑德拉,"只要一种药物有潜在危险,我的保险公司就会让我请病人在药物情况单上签名,这是强制性的。每一张药物单都是一式两份。病人签名后,我保留复印件,他或她拿走原件——上面用通俗易懂的话列出了所有警告。所以——啊,来了。"办公室门打开,一个年轻人拿着文件夹走进来,递给米勒后离开了。她打开薄薄的文件,抽出一张黄纸,递给桑德拉。

桑德拉看了一眼,递了回来,"如果苯乙肼有那么多危险性,为什么还要用?"

"目前我们大多用可逆性单胺氧化酶抑制剂,但是它们对罗德没有疗效。苯乙肼从前一直是这类药物中的标杆。我还查过医学数据库,发现他的一个亲戚用它成功治愈了同样的抑郁症。所以看起来应该试试。"

"那危险究竟是什么? 假如他吃错了东西? 会发生什么?"

"首先出现枕部疼痛和视神经痛。"医生抬起一只手,"对不起——就是后脑和眼窝后痛。还会感到心悸、发热、恶心和出汗。如果没有得到及时治疗,就会发生颅内出血、中风、血管瘤破裂等,结束生命。"

"听上去死之前不好受。"桑德拉说。

"是的。"米勒说,悲哀地摇头,"如果送到医院,五毫克的酚妥拉明就可以救他的命。但如果他是独自一人,就很容易晕厥。"

"丘吉尔先生在你这儿看病多长时间了?"

米勒皱着眉头,"大约一年了。你看,罗德已经六十多岁。最初给他看病的医生比他还老,在去年去世了。这种事很常见。罗德到处寻找一位新医生,他需要有人给他重新开可的松。"

"但你说你在给他治疗抑郁症。他不是专门为这个来看病的吗?"

"不,但是我发现了这一病症。他说他已经失眠多年。另外,我跟他讨论病况时,他表现出明显的抑郁。"

"他为什么悲伤?"

"临床的抑郁比单纯的悲伤内容复杂得多,警官。它是一种疾病。病人不能集中神智,他或她还会感到灰心失望。"

"你用药物治疗他的抑郁?"

米勒叹气,感到了桑德拉口吻中暗含的批评意味。"我们不会置这些病人于不顾,警官;我们尽量使他们的身体恢复到正常的化学状态。当药物起效时,病人形容那就像多年以来第一次有了拉开窗帘让阳光照进来的感觉。"米勒停顿了一下,好像在考虑如何继续,"事实上,我很信任罗德。他可能已经数十年受抑郁之苦——可能从他年轻时就开始了。他原来的医生没有发现这个征象。许多老年人不愿治疗他们的抑郁症,但罗德不。他希望得到帮助。"

"他们为什么害怕?"桑德拉问,非常好奇。

米勒两手一摊,"想想吧,警官。假如我告诉你,你的大部分人生都是在行为能力严重受损的情况下度过的,你会怎么想?你这样的年轻人可能愿意接受治疗,毕竟前面还有几十年的生活。但老年人通常拒绝相信他们得了抑郁症。悔恨太多了,他们无法忍受——认识到他们快要结束的生命本可以更加美好快乐——他们宁愿选择逃避。"

"但丘吉尔不吗?"

"是的,他并不那样。他毕竟是个体育教师,教高中体育课程。他接受了这个观点,愿意尽力治疗。可逆性抑制剂对他无效,这时我们都很不安,但他积极地尝试苯乙肼,并且知道避免食物不当是多么重要。"

"什么是不当食物?"

"嗯,比如熟乳酪。它富含酪氨酸裂解产物酪胺。他也不能吃熏制腌制食品、烤肉、鱼,或鱼子酱。"

"显然他在吃任何一种这些东西时,都应特别注意。"

"嗯,是的。但是你也会从酵母菌提取物、酿造酵母、肉提取物,比如酸制或氧化酵母中获得酪胺。它也存在于通常用作汤、肉汁、酱油底料的水解蛋白提取物中。"

"你说肉汁?"

"是的,他应该避免这类食品。"

桑德拉在她口袋里翻找那一小张染色的打印纸——罗德·丘吉尔从"好食物"点的最后的晚餐的收据。她在玻璃桌面上将它递给米勒医生,"这是他死亡那天晚上吃的东西。"

米勒看完后摇头道,"不对。"她说,"他上次来时我们谈起过'好食物'。他告诉我他总是点低卡路里肉汁——说他已经核对过了,不点任何他不该吃的东西。"

"或许他忘了强调低卡路里。"桑德拉说。

米勒递还那张打印纸,"我不这么看,警官。罗德·丘吉尔是个一丝不苟的人。"


不到十分钟,丽贝卡·坎宁汉就到了卡洛酒吧。彼得站起来。他不知道自己期待着什么样的迎接:笑容,拥抱,亲吻?结果他三种都得到了,那个吻还在他面颊上爱抚地蹭了蹭。彼得奇怪地发现他有点心跳加速。她的气息真好闻。

"彼得,你气色不错。"她说,在他对面的椅子上坐下。

"你也是。"彼得说。

实际上,丽贝卡·坎宁汉从来不是人们所谓的漂亮女人。长得好看是事实,但并不特别漂亮。齐肩的棕褐色头发比时下流行的样式稍短,比时尚杂志上定义的理想体重超出二十磅,或者比不太严格的专家建议超出十磅。她的脸有点宽,两颊上有成片雀斑。她说话时绿色的眼睛闪闪发亮,被眼角的鱼尾纹衬得分外好看。这些皱纹彼得上次见她时还没有呢。

真是太好了,彼得想。

他们点了午餐。彼得接受那位服务生的建议,要了意大利饺子。他们开怀畅谈,谈笑风生。这是几周以来彼得最快乐的时光。

彼得拾起账单。他付了百分之二十五的小费,帮她披上外衣……他已经多年没为卡西这样做过了。

"航班起飞之前你想做什么?"贝基问。

"不知道,我想,观光吧。诸如此类。"

贝基凝视着他的眼睛。这是最自然的分手时刻。两个老朋友聚在一起吃午餐,回忆过去的时光,彼此交换各种故事。现在则该分别了,回到各自生活中去。

"我今天下午没有什么重要事情。"贝基说,直视着他的眼睛,"介意我跟你一起度过吗?"

彼得避开一会儿她的视线。他想不出这世上还有他更愿意做的事。"那真是——"短暂停顿之后,他决定不再审视自己,"太好了。"

贝蒂的眼睛放出光芒,走到他身旁挽起他的手臂。"想去哪儿?"她说。

"这是你的城市呀。"彼得笑着说。

"确实如此。"贝基答道。

他们做了所有彼得以前从不感兴趣的事:看警卫换班;逛逛小店铺,以前彼得在多伦多从未进去过的那种;还漫步参观完了加拿大自然博物馆的恐龙陈列室,对那些恐龙骨骼赞叹不已。

这才是真正的生活,彼得想。就像他以前一样。

自然博物馆自然是个很大的地方,绿树成荫。他们离开博物馆是五点左右,天色已经暗下来。凉爽的微风吹拂着,天空没有云彩。他们散着步,来到一棵高大的枫树旁。在十二月的初冬,大树已经掉光了叶子,树下有几张公园长椅。

"我筋疲力尽了。"彼得说,"今天早上五点半就起床飞到这儿。"

贝基在长椅一端坐下。"躺下吧。"她说,"走了整整一个下午了。"

彼得的第一反应是反对这个建议,但他随即又想,为什么不呢? 贝基说话之前他只是想在长椅剩下的部分舒展舒展,她说:"你可以把我的膝盖当枕头。"

他照她说的做了。她非常柔软、温暖、有人情味。他仰望着她。她将一只手臂轻柔地放在他的胸膛上。

多么放松,多么宽慰。彼得觉得他可以这样待几小时。他甚至感觉不到寒冷。

贝蒂低头向他微笑着,一种无条件的微笑、接纳的微笑、美丽的微笑。

午餐后第一次,彼得想到了卡西、汉斯和他回到多伦多的生活。

他也认识到,他终于找到了一个真正的人——不是某种电脑制作的模拟者——可以交谈。一个不会因为他妻子出轨而瞧不起他的人，一个不会嘲笑他、戏弄他的人，一个能接受他，倾听他和理解他的人。

在那一刻，彼得认识到他不必和谁谈论那件事。他现在能处理了。所有问题都有了答案。

彼得和贝基在他们就读于多伦多大学的第一年相遇。那时卡西还没有出现。他们对彼此有一种笨拙的吸引。他们都没有经验，至少他在那时还是个处男。现在，二十年过去了，一切都已改变。贝基结了婚又离了婚；彼得也结婚了。他们懂得了性，懂得怎么做爱，懂得什么时候会发生，什么时候合适。

彼得知道他可以很容易地给卡西打电话，告诉她会议超时，他要在这儿住一晚，告诉她明天才回去。然后他和贝基就可以回到她家。

他可以那么做，但他不会。现在他的问题有了答案。如果把卡西有过的那种机会给他，他不会欺骗，不会背叛，甚至不会理睬。

彼得向贝基微笑着。他能感到内心的创伤开始愈合。

"你真是个好人。"他对她说，"谁得到你是他的幸运。"

她笑了。

彼得呼出一口气，吐出所有积郁，一切烦恼都离他而去。"我得去机场了。"他说。

贝基点了点头又笑了，或许，只是或许，有一点悲伤。

彼得准备回家。

# 第三十五章

　　桑德拉从唐·温里路驱车向城市贫民区赶去,在布莱门特韦尔兹利一角的"好食物"旗舰店外停了车。根据电话帮助,集中的定购处理系统位于本店楼上。桑德拉走上陡峭的台阶,没有敲门,直接进了屋子。有二十几个人戴着电话耳机坐在电脑终端前。虽然现在才下午两点,但大家的业务看来都很繁忙。

　　一位金色头发的中年女人迎上前来,"需要帮忙吗?"

　　桑德拉出示证件,作了自我介绍。"请问你是?"

　　"丹尼尔·拉塔斯,"金发女人说,"我是这儿的主管。"

　　桑德拉环顾四周,感兴趣极了。自从离婚后她也多次在"好食物"订餐,但从来想象不出电话那头是什么样子——可视电话屏幕上能看到的全是"好食物"的广告画。她最后道:"我想看看你们一个顾客的订餐记录。"

　　"知道电话吗?"

　　桑德拉唱了出来:"九-六-七……"

　　拉塔斯笑了,"不是我们的号码。是顾客的。"

　　桑德拉写在一张纸上递给她。拉塔斯走到一台终端前,拍拍正在操作的年轻人的肩膀。他点点头,处理完手里的订购,然后走开。主管坐下键入那个号码。"在这儿。"她说,侧过身体,让桑德拉能清楚地看到屏幕。

罗德·丘吉尔点了和他前六周以来所点的同样的食物——除了……

"他每次要的都是低卡路里肉汁,但最近,"桑德拉说,"最近一次,这里显示是普通肉汁。"

主管人倾过身看看,"的确。"她笑了笑,"嗯,我们的低卡路里原料价廉物美,但它其实不是真正的肉汁——是用蔬菜凝胶做成。或许他只是想试一下普通的。"

"可不可能是你的订餐员搞错了?"

主管摇了摇头,"不可能。顾客总是想要跟上次一模一样的菜——十次有九次如此,这是事实。CSR不用重新键入订单,除非有特殊的变动。"

"CSR?"

"顾客服务代表。"

好家伙,桑德拉想。

"如果没有变化,CSR只需敲击F2——这是我们的'重复定购'键。"

"能告诉我他最近一次订餐是谁负责吗?"

"当然。"她点了一下屏幕上的一个区域,"CSR054——那是安妮·德娜洛。"

"她在吗?"桑德拉问。

主管四周看了看,"那边——扎马尾巴的那位。"

"我想跟她谈谈。"桑德拉说。

"我看不出这事儿有什么不寻常。"主管说。

"不寻常的是,"桑德拉冷冷地说,"订餐者因食物反应而死。"

主管人不禁捂住了嘴。"哦，我的上帝。"她说，"我——我应该通知老板。"

"不必。"桑德拉说，"我只想和那边那位年轻小姐谈谈。"

"当然，当然。"主管把桑德拉领到安妮·德娜洛的工作台。她看样子大约十七岁。很显然，她刚接了一份重复订单，正如主管所说——击了一下F2键。

"安妮，"拉塔斯说，"这位女士是警官。她想问你一些问题。"

安妮抬起头，睁大了眼睛。

"德娜洛小姐，"桑德拉说，"上周三晚上，你处理了一位叫罗德·丘吉尔的顾客订的烤牛肉。"

"可能是吧，警官。"安妮说。

桑德拉转向主管，"把订单调上屏幕。"

主管靠过来键入丘吉尔的号码。

安妮看着屏幕，表情一片茫然。

"你改变了他通常的订单。"桑德拉说，"他过去总是点低卡路里肉汁，但最后一次你给了他普通肉汁。"

"我只会在他要求时才这么做。"安妮说。

"你能回忆起来他要求变动吗？"

安妮看着屏幕。"对不起，警官。我什么都想不起来了。我每天要处理两百份以上的订单，而且那是一周前的事了。但是，说实话，除非他要求，否则我不会改动。"

亚历桑德拉·菲洛回到杜韦普广告公司，在为数不多的办公室中挑了一间，打算和汉斯·拉森的同事再谈谈。虽然她的兴趣在卡西·霍布森，她还是简短地询问了其他两个人，以免引起卡西疑心。

卡西刚坐下,桑德拉就向她同情地笑笑。"你父亲的事我听说了。"她说,"我很遗憾,我去年失去了自己的父亲。我知道那种事让人非常难过。"

卡西礼貌地轻轻点了点头,"谢谢你。"

"我很奇怪,"桑德拉说,"短期内汉斯·拉森和你父亲相继死亡。"

卡西叹气道:"祸不单行呀!"

桑德拉点头,"你认为是巧合?"

卡西大为震惊,"当然是巧合。我是说,老天,我跟汉斯只是一般关系,而我父亲是自然死亡。"

桑德拉上下打量卡西,揣摩着她,"就汉斯而言,我俩都知道你说的不是实话。你跟汉斯有一种罗曼蒂克的关系。"卡西蓝色的大眼睛中怒火闪烁。桑德拉抬起手,"别担心,霍布森女士。你的生活方式是你自己的事——这么说吧,就这件事,我是不会向你丈夫——或汉斯的遗孀透露的,如果你和他的被害没有任何关系的话。"

卡西愤怒了,"听着——首先,我和汉斯之间的事已经过去很久了。我丈夫早就知道,我全告诉他了。"

桑德拉感到奇怪,"是吗?"

"是的。"卡西看上去明白了先前没对警察说实话可能是个错误,于是继续道,"所以你看,我没有什么好隐瞒的,也没有理由为汉斯掩盖什么。"

"那你父亲呢?"

卡西恼怒地说:"再说一遍,他是自然死亡。"

"很遗憾我不得不告诉你,"桑德拉说,"事实恐怕不是这样。"

卡西生气地说:"该死,警官。失去父亲已经够难过了,请你别再耍什么花招。"

桑德拉点点头,"相信我,霍布森女士,如果我不相信这是真的,我决不会这么说。但是你父亲的晚餐订单被改动过,这是事实。"

"晚餐订单? 你在说什么呀?"

"你父亲在服一种处方药,需要严格控制饮食。每周三你母亲出去,他就定购晚餐——总是要相同的东西,所以不会有什么问题。但就在他死的那一天,晚餐订单被改动了,他收到的晚餐里有某种能引发严重反应的东西,使他的血压升高到无法承受的水平。"

卡西大吃一惊,"你在说什么,警官? 死于快餐?"

"我原以为这是一次意外。"桑德拉说,"但是我做过检查。结果发现你父亲死前国家医学数据库被人偷窥过。不管是谁做的,但那人一定发现了他在服苯乙肼。"

"苯乙肼?"卡西说,"那是一种抗抑郁药呀。"

"你知道?"桑德拉挑起了眉毛。

"我姐姐服用过一段时间。"

"那你知道饮食限制?"

"不能吃奶酪。"卡西说。

"嗯,除此之外,还有许多别的东西。"

卡西摇摇她垂下的头,桑德拉觉得她像是真的非常震惊。"爸爸在服抗抑郁药。"她轻轻地说,仿佛自言自语。她抬起头迎向桑德拉的目光,"真是不可思议。"

"医学数据库保留着登录记录,有很多条。我检查了你父亲死亡之前两周的所有记录。在他死前三天有一条是假的。"

"假的?"

"登录用的是一个医生的姓名,但那时他正在希腊度假。"

"大多数数据库可以从世界上任何地方登录。"卡西说。

桑德拉点头,"确实。但我给艾森斯打过电话。那位医生发誓他到那儿后除了参观古迹之外什么都没做。"

"你能分辨登录后查了什么记录吗?"

桑德拉垂下眼帘,"不能。只知道不管是谁使用那个账户,登录和结束时间都在凌晨四点左右,多伦多时间——"

"那是希腊的中午。"

"是的,但也是医学数据库系统需求量最少的时候。别人告诉我那时登录不会有任何延迟。如果一个人想尽快完成,那个时间段最理想。"

"但用食物成分诱发致死反应——需要很多专业知识啊。"

"是的。"桑德拉说,"你有化学学位,是吗?"

卡西大声呼出一口气。"无机化学,是的。对药学我一无所知。"她摊开双手,"我还是觉得很牵强,警官。我父亲最大的敌人是纽腾布鲁克中学的足球教练。"

"他的姓名?"

卡西恼怒地说:"我在开玩笑,警官。我不知道有谁会杀害我父亲。"

桑德拉看着远处,"你可能是对的。警察有点职业病。"她笑了笑,以消除对方的敌意,"恐怕我们都有点儿阴谋论的倾向。原谅我——请允许我再说一遍,对你父亲的去世我深表遗憾。我相当清楚你很难过。"

卡西的声音没有感情色彩,但她的眼神是温和的,"谢谢你。"

"还有一点问题,希望不会增加你的烦恼。"桑德拉查阅掌上电脑的记录,"德萨尔这名字对你意味着什么吗？让-路易斯·德萨尔?"

卡西什么都没说。

"他与你同期在多伦多大学读书。"

"那是很久以前的事了。"

"是的。让我更直接地告诉你:我和让-路易斯·德萨尔谈话时,他想起了你的姓名。不是凯瑟琳·霍布森——是凯瑟琳·丘吉尔。他还记得你的丈夫:彼得·霍布森。"

"你提到的这个名字,"卡西谨慎地说,"我模模糊糊有点印象。"

"大学毕业后你见过让-路易斯·德萨尔吗?"

"老天,没有。我不知道他后来做什么去了?"

桑德拉点头,"谢谢你,霍布森女士。非常感谢。今天就到这儿吧。"

"等等,"卡西说,"你为什么问起让-路易斯?"

桑德拉关上她的掌上电脑,装进公文包,"他就是那位数据库账户被盗用的医生。"

# 第三十六章


**精灵**,彼得·霍布森不朽灵魂的模拟品,继续关注着萨卡尔人造生命的进化。这个过程令人入迷。

不是游戏。

是生命。

但是可怜的萨卡尔缺乏眼光。他的程序都是些小玩意儿,有些只是细胞,其他的则模拟昆虫形态。对了,那种蓝鱼给人印象深刻,但萨卡尔的这些鱼远不及真鱼复杂。此外,三十多亿年以来,鱼从来不是地球生物中的主宰。

**精灵**想要的更多、更多。毕竟,比起萨卡尔,他现在能处理远为复杂的事件,无限复杂。他还拥有宇宙中所有的时间。

在他开始之前,他考虑了很久——考虑自己真正想要的到底是什么。

然后,他定出了选择原则,着手创造。


彼得决定放弃史宾塞的小说,至少暂时放弃。模拟自己的参照者都在阅读托马斯·品钦的小说,这个事实着实让他有些汗颜。他在起居室书架上搜寻了一遍,发现一本旧的《双城记》,这还是他年轻时父亲送给他的。他从未读过。他感到窘迫,这是家里能找到的唯一一本古典名著——他读马洛、莎士比亚、狄更斯和斯宾诺沙已经是很久以前的事了。自然他可以从网上下载任何东西,古典名著就有这个好处:没有版权。但近来他摆弄技术的时间实在太多了,一本陈旧、落伍的书正是他所需要的。

卡西坐在沙发上,手里拿着阅读器。彼得在她旁边坐下,翻开书的硬质封面,读了起来:

这是最好的时代,这是最坏的时代;这是智慧的岁月,这是愚昧的岁月;这是信仰的世纪,这是怀疑的世纪;这是光明的季节,这是黑暗的季节;这是希望的春天,这是失望的冬天;我们的未来将拥有一切,我们的未来将一无所有;我们全都在直奔天堂,我们全都在奔向地狱。

彼得笑了:这种句子真跟精灵模拟者差不多了。死亡让人思维开阔,或许阅读这种文字也有这种好处。

没读多久,他便从眼角余光中注意到卡西放下了阅读器,正凝视着自己。彼得探询地看着她。

"那个警探,菲洛,我上班时她又来了。"她说,把头发掠到耳后。

彼得关上书,放到旁边的小几上,"真希望她别再来烦你。"

卡西点头,"我也希望。她彬彬有礼,倒不能说是个坏人。但她认为我父亲的死和汉斯的死有关系。"

彼得疑惑地摇头,"可你父亲只是死于动脉瘤或类似的原因呀。"

"我也这么想。但那警探说他可能是被人故意杀害的。他在服一种叫苯乙肼的抗抑郁药,而且——"

"罗德？服抗抑郁药？"

卡西点头,"我也奇怪。侦探说他吃了不该吃的食物,所以血压急剧上升。有他这种病史的人肯定会送命的。"

"肯定是意外。"彼得说,"他没留心,或者没理解医嘱。"

"我父亲非常谨慎,这你也知道。菲洛警探认为他的食物订单被人改动过。"

彼得觉得难以置信,"真的？"

"她是这么说的。"卡西顿了一下,"你还记得让－路易斯·德萨尔吗？"

"让－路易斯……你是说'中风'？"

"中风？"

"那是他在大学的绰号。他前额上有一些静脉突出,我们总认为他可能会中风。"彼得的视线投向起居室窗外,"'中风'德萨尔。上帝,好多年没想起他了。真想知道他在做什么？"

"显然是个医生。他的账户可能接触过我父亲的医疗记录。"

"'中风'怎么可能整你父亲？我的意思是,嘿,他俩压根儿没见过面。"

"警探认为别人盗用了德萨尔的账户。"

"噢。"

"还有,"卡西说,"那警探知道我和汉斯的事。"

"你告诉她了？"

"当然没有。这根本与她无关。但有人这么做了。"

彼得气得直喘粗气,"我就知道,你们公司人人都晓得这件事。"他狠狠一拍沙发扶手,"该死!"

"相信我，"卡西说，"我跟你一样难堪。"

彼得点头，"我知道，对不起。"

卡西的声音很小心，似乎在试探深浅，"我一直在想，谁会杀害汉斯和我父亲。"

"想出什么了吗？"

她久久地注视着他。最后只问了一句："是你干的吗，彼得？"

"什么？"

卡西艰难地咽了口唾沫，"是你安排杀死汉斯和我父亲的吗？"

"我真他妈不敢相信。"彼得说。

卡西看着他，一言不发。

"你怎么会问我这样的问题？"

她轻轻地摇头。脸上的表情十分复杂——惶惑不安又不得不问，害怕问题的答案，羞愧自己竟然提出这种问题，还有愤怒。"我不知道，"她说，声音有点失控，"只是因为——嗯，你确实有动机。"

"对汉斯或许有，但你父亲呢？"彼得挥舞着手臂，"每一个我认为是白痴的人我都要杀掉的话，尸体非堆到我们屋顶不可。"

卡西一言不发。

"除此之外，"彼得说，感到有必要打破沉默，"说不定还有许多愤怒的丈夫巴不得看到汉斯被杀。"

卡西直视着他，"就算你说的什么愤怒的丈夫是事实，但是他们中没人同时希望我父亲死。"

"那个愚蠢的警探把你弄成了偏执狂。我向你发誓，我没有杀害你的父亲或者——"他咬紧牙关说出那个名字，"汉斯。"

"但是,如果警探是对的,这是雇杀手……"

"我没有雇用杀手。耶稣啊,你怎么会认为是我?"

她摇摇头,"对不起,我知道你不会做那种事。只是,嗯,看起来好像是处在你这种位置的某个人干的……如果不是你的话。"

"我告诉你了——噢,上帝!"

"什么?"

"没什么。"

"不,有什么不对。告诉我。"

彼得已经站起身来,"以后告诉你。我要找萨卡尔谈谈。"

"萨卡尔? 你觉得是他……"

"老天爷,不。他怎么会? 就像汉斯不会写《撒旦诗篇》一样。"

"但是——"

"我得走了。会晚点回来。"彼得抓起外套冲出大门。

彼得沿着邮政大道开向湾景区。他打开汽车电话,按下缩位拨号键打到萨卡尔家。他妻子接了电话。

"喂?"

"嗨,拉哈玛。我是彼得。"

"彼得! 听到你的声音真好!"

"谢谢。萨卡尔在家吗?"

"他在楼下看冰球比赛。"

"让我跟他讲话,好吗? 非常重要。"

"哎呀,"拉哈玛幽怨地说,"换了我,他看比赛时根本不可能跟我说话。等会儿。"

最后，萨卡尔的声音从线上传来："已经是加时赛了，进一个球比赛就结束。彼得，这种时候千万别拿小事儿打扰我。"

"对不起，"彼得说，"但是，瞧，你在报纸上读过那桩肢解谋杀案受害人的报道吗？几周以前？"

"好像读过，是的。"

"是卡西的一个同事。"

"哦。"

"而且——"彼得想。这是你最好的朋友。他感到心里真不是滋味。吃了那么多次饭，面对面的时候不提，现在却要在电话上和盘托出？"卡西跟他发生过关系。"

萨卡尔的声音大吃一惊，"真的？"

彼得憋出了那个词："是的。"

"哎哟，"萨卡尔说，"哎哟。"

"你知道卡西的父亲最近死了。"

"当然。我听说后很难过。"

"我不敢断言自己能说出同样的话。"彼得说，短暂地停顿了一下。

"你是什么意思？"

"他们现在认为他的死是一起谋杀。"

"谋杀！"

"是的。他和卡西的同事都是。"

"万能的真主啊。"

"不是我干的。"彼得说。

"当然不是。"

"但在一定程度上，我确实希望他们死。并且——"

"你有嫌疑？"

"我想是。"

"但你不是没干吗?"

"没有,至少不是我本人这个版本。"

"版本——喔,我的天哪。"

"正是。"

"在镜像公司见我。"萨卡尔说。他挂了电话,驶向通行车道。

彼得的家比萨卡尔离镜像公司近,加上先出发,他等了萨卡尔足足三十分钟。他将车停在一个只停有一辆车的地方。

萨卡尔将他的丰田停在彼得的奔驰车旁。彼得在车外,靠在副驾驶席一侧的门上。

"加拿大队赢了。"萨卡尔说,"我在路上听完了比赛。"

一句离题的话。萨卡尔是在疯狂中寻找某种镇定因素。彼得点头,他能理解。

"那么你认为……你认为模拟者之一……?"萨卡尔简直不敢把这种想法说出口。

彼得点头,"也许。"两人走向镜像公司的玻璃门。萨卡尔将拇指按在指纹扫描仪上。

"有一个明显的证据,我岳父的用药记录被检查过,用的是我大学认识的一个人的账户。"

"哦。"他们走过 一个长廊,"但你还需要他的口令,诸如此类的东西。"

"在多伦多大学,他们将名的第一个字母加上姓,作为学生的账户名。口令则是入学时默认的,你自己的姓倒过来。他们让你自己改名换口令,但总有些白痴不以为然。如果我的一个模拟者要寻找进入医药数据库的途径,它可能会随机将我认识的医学院同学的名字倒过来试用,看有没有人还在使用他们以前的账户名和口令。"

他们来到萨卡尔的电脑实验室。萨卡尔将拇指放在另一个指纹扫描仪上。门锁打开,厚重的大门吱呀作响滑开了。"就是说我们必须关掉那些模拟者。"萨卡尔说。

彼得皱皱眉。

"怎么了?"萨卡尔问。

"我——我想我只是有点儿不情愿。"彼得说,"首先,可能只是我的一个模拟者有罪,其他的不应该受连累。"

"我们没有时间玩侦破。在有罪的模拟者再次行凶之前,我们必须阻止他。"

"可他会再次行凶吗?我知道为什么汉斯被杀,而且,虽然不是我干的,但老实讲我不可能说我对他的死感到难过。我甚至理解为什么我岳父被杀。但我不想再看到其他什么人死。哦,还有一些人曾经冤枉过我、欺诈过我或让我的某段生活变得不幸,但我真的不想他们任何一个人死亡。"

萨卡尔做手势扇彼得的耳光,"醒醒,彼得。不关掉他们是犯罪啊。"

彼得缓缓点头,"当然,你是对的。是拔掉插头的时候了。"

# 第三十七章

　　萨卡尔焦虑地把指节压得咔吧作响,在标准电脑操作台前转动着高脚凳,对着麦克风说:"登录。"

　　"登录名?"计算机问。

　　"萨卡尔。"

　　"你好,萨卡尔。指令?"

　　"多项删除,无提示符:所有参照、精灵和安布罗托斯子目录下的文件。"

　　"确定删除吗?"

　　"确定。"

　　"删除失败。文件属性为只读。"

　　萨卡尔点头,"属性,刚才所说所有文件和子目录,去除只读。"

　　"属性由口令保护。"

　　"口令:阿布·尤索夫。"

　　"口令错误。"

　　萨卡尔转向彼得,"我这些天只用过这个口令。"

　　彼得耸肩,"再试一次。"

"口令:阿布·尤索夫。"

"口令错误。"

"谁锁定了文件?"萨卡尔问。

"霍布森·彼得。"计算机回答。

彼得的心开始剧烈跳动,"哦,他妈的。"

"显示用户记录,霍布森·彼得。"萨卡尔说。

日期和时间列表出现在屏幕上。萨卡尔拍打着桌面,"看到了吗? 节点9-9-9? 诊断模式。你的账户被人用过了,而且是从内部进入的——从系统内部。"

"该死!"彼得倾向麦克风,"登录。"

"登录名?"计算机问。

"霍布森。"

"你好,彼得。我可以终止你的另一个进程吗?"

"什么另一个进程?"

"你有两个进程,节点0-0-1和节点9-9-9。"

萨卡尔身子前倾。"是的。"彼得说,"立即终止。终止节点9-9-9的进程。"

"终止失败。"

"该死。"彼得转身问萨卡尔,"那个进程的权限会不会超过这一个?"

"不会。最近一次登录有优先权。"

"那就好。"彼得搓着双手,"萨卡尔最近指定的目录和文件。属性开锁。"

"口令?"

"口令:沉默。"

"口令错误。"

"口令:西波克。"

"口令错误。"

"该死的。"彼得说。他望着萨卡尔,"我只用过这两个口令。"

萨卡尔喘出一口粗气,"他们不让我们动手清除。"

"我们能让系统停机吗?"

萨卡尔点头,对麦克风道:"启动停机程序。"

"系统正在运行中。确定指令吗?"

"是的。启动停机程序。"

"口令?"

"口令:阿布——"

麦克风上的红光一闪即灭。萨卡尔一掌拍在操作台上,"他们关闭了语音输入。"

"耶稣啊。"

"不怕。"萨卡尔暴跳如雷,"我们还能拔掉有形的插头。"他拿过电话,拨了一个三位数的分机号。

"维护员。"电话另一端传来一个女人的声音。

"你好。"萨卡尔说,"我知道很晚了,抱歉。我是穆罕默德博士。我们这上面出了点问题。我需要你切断我们计算机设备的所有电力供应。"

"切断,先生?"

"正确。"

"好的。"她说,"要花几分钟。不过你知道,你的数据处理单元都接在一个不间断电源上。电源中断后它还能用电池运行一会儿。"

"多长时间?"

"如果什么都开着,六七分钟——只能度过短暂的断电期。"

"你能断开那个不间断电源吗?"

"如果你愿意,当然可以。不过必须拔掉插头,我在这下面关不掉。现在只有我一个人值班。我可以明天让人来做吗?"

"很紧急。"萨卡尔说,"你能上来教我们怎么做吗?如果你需要人的话,我这儿有个人跟我在一起。"

"好的。你要我在上来之前切断主电源吗?"

"不——我们在不间断电源断开之后再断电。"他掩住话筒对彼得说,"就是说一下子全关掉,不给模拟者们任何警告。"

彼得点头。

"我会照你说的做,先生。"维护员说,"给我几分钟,我马上上来。"萨卡尔放下电话。

"一旦电源切断你要做什么?"彼得问。

萨卡尔蹲在地上,想将一个存取仪表盘从电脑操作台下移开,"取出光驱,挂接到测试程序上。我能一个比特一个比特地分析数据,如果需要还可以用诺顿程序,这样——"

电话响了。

"能接一下吗?"萨卡尔说,奋力拧着一个翼形螺帽。

可视电话屏幕上现出一条信息,说明来电只有声频。彼得拿起听筒,"喂?"

没有说话,只有静电噪声,过了大约两秒钟,传来一个明显的电子合成声。"你好。"这个声音说。

彼得火冒三丈,他憎恨电脑生成的电话广告。不等他猛地摔下听筒,就听到下一个字:"彼-得。"

听筒挂上前一刹那,他意识到即使电脑根据在线电话簿拨打电话,也决不会想到通过这个号码找到他。他突地住手,将听筒拿回耳边。

"谁?"他说。他低头看着电话座上的指示灯。不是内线电话,是从外线打进来的。

"我是,"平板的声音说,"你。"

彼得紧紧攥着听筒,举到眼前,仿佛瞪着一条毒蛇。

更多的字句从听筒里传来,词与词之间都要短短地顿一下,"你们肯定不会以为,我们会一直禁锢在那个小小的工作站里吧?"


维护员几分钟后到了,带着一个工具盒。萨卡尔抬起头来看着她,脸上表情复杂,至少在彼得看来如此。

"现在就干吗?"

"啊,不。"萨卡尔说,"很抱歉把你拉上来。我们,呃,我们不再需要断开不间断电源了,也不用切断主电源。"

那女人看来吃了一惊,"你怎么吩咐我怎么做好了。"

"很抱歉。"萨卡尔说。

她点点头,离开了。

彼得和萨卡尔面面相觑,坐着发愣。

"咱们真的闯大祸了,是吗?"最后彼得说。

萨卡尔点头。

"该死,"彼得道,"真该死。"半晌,"现在他们已经出去了,进入外面的网络,没有办法关掉他们了,是吧?"

萨卡尔点头。

"现在怎么办?"彼得说。

"不知道。"萨卡尔说,"我不知道。"

"如果我们知道是哪个模拟者作的案,或许可以找到办法把他分离出来。但是,该死,咱们怎么分辨?"

"道德。"萨卡尔说。

"什么?"

"知道洛伦斯·科尔伯格吗?"

彼得摇头。

"他是个心理学家,二十世纪六十年代研究过道德的逻辑机制问题。在为克拉克心理研究所准备一个专家系统期间,我研究过他。"

"那又如何?"

"我们面临的这一团糟其实是个道德问题——为什么你的一个模拟版本会有不同于其他版本的行为?哪一个模拟者有罪?这个问题的关键肯定在于人类道德的本质。"

彼得心不在焉,"还有没有其他消除模拟者的办法?"

"他们现在既然已经出去进了网络。没有办法。可能你刚才说得对:要能找出有罪的是哪一个模拟者就好了。我问你一个问题。"

"什么?"

萨卡尔没说话,回忆了一会儿,"一个人的妻子病入膏肓,但她可以被一种价值两万美元的药物挽救。"

"这完全是风马牛不相及嘛。"

"往下听——这是科尔伯格的测验情节之一。假如那人只能拿出一万美元,但药剂师拒绝给药,即使他答应以后付剩下的部分也不行。那人于是偷了药物来救他的妻子。从道德上讲,他的行为是对还是错?"

彼得皱皱眉,"当然是对的。"

"为什么?这是关键。"

"我——我不知道。反正应该是对的。"

萨卡尔点头,"我猜你的每一个模拟者都会给出一个不同的理由。科尔伯格定义了道德逻辑的六个层次。在最低层次,一个人相信道德,因为只有这样才能免遭惩罚。在最高层次,道德行为则是基于抽象的伦理准则,科尔伯格认为像甘地和马丁·路德·金等道德上的伟人就是这样。到了这个层次,诸如不得偷盗一类的外在法律已经无关紧要了,你自己内在的道德准则会规范你的行为,使你尊重他人的生命。这种内在的要求比犯罪受到的惩罚严厉得多。"

"嗯,我就是这样想的。"

"那你就是圣人霍布森了。"萨卡尔说,"可能参照模拟者会跟你观点一致。科尔伯格发现,罪犯与同年龄同智商的非罪犯相比,道德的逻辑层次可能更低。安布罗托斯或许可以被定位在最低层次,那个——避免惩罚的层次。"

"为什么?"

"一个不朽的生命将永远活着,但也可能永远在牢狱里度过。无期徒刑对他而言是万分可怕的。"

"但是无期徒刑执行到底的机会有多少呢?你知道那句老话,'熬不了年头就别犯罪。'嗯,安布罗托斯或许认为他可以随便犯下滔天大罪,毕竟,多少年头他都熬得起。"

"有道理。"萨卡尔说,"我认为罪犯是他。人们说时间能治愈任何伤口,其实不然。如果你知道自己会永远活下去,有些事情会一个世纪又一个世纪折磨着你的意识,也许你会想做点儿什么,把那些事情解决掉。"

彼得摇头,"我不这么想。你瞧,如果谋杀对我而言是一件可怕的罪行,那对知道自己会永远活着的我的不朽版本而言,岂不也是不可想象的吗？而且他知道生命是永恒的,杀人对他来说更成了最残忍的暴行。"

萨卡尔叹了一口气,"也许吧。我想这些分析都能说通。再说精灵吧。同样,他的道德推理也可能固定在一个低层次上。精灵虽然死了,但我们既没有为他模拟天堂也没有为他模拟地狱,所以他可能认为自己处于二者之间的炼狱中。如果他表现得好,或许他相信自己有可能被允许进入天堂。科尔伯格将第二层次的道德行为定义为获得奖励。"

彼得又摇头,"我并不真正相信天堂或是地狱。"

萨卡尔换了个思路,"好吧,那么这样考虑:谋杀是一种激情型的犯罪形式,激情是血肉之躯才具备的一种缺陷。从人的意识中去掉性,你就没有理由杀一个花花公子。这种分析支持精灵无罪,同时,利用排除法,安布罗托斯有罪。"

"也许吧。"彼得说,"从另一方面说,精灵知道死后有生命——他自己的存在就证明了这一点。所以,他不可能像安布罗托斯那样把谋杀看成可怕的大罪,因为他不可能完全彻底地了结受害者。因此,要说谋杀,精灵更下得了手,不会像安布罗托斯那么难受。"

萨卡尔连连叹气,沮丧不已。"看来这一个也是怎么都说得通。"他看看表,"唉,我们在这儿搞不出什么名堂来了。"他顿了顿,"事实上,或许咱们在任何地方都搞不出什么名堂来。"他静静坐了一会儿,思考着,"回家。明天是星期六,我上午十点左右到你家,到时候再考虑下一步该怎么做。"

彼得疲倦地点头。

"但是首先——"萨卡尔掏出钱夹,抽出两张五十元钞票,递给彼得。

"这是什么?"

"我上周从你这儿借的一百美元。我想确定模拟者没有理由记恨我。我们走之前,发个信息到网上,告诉他们我还你钱了。"

## 网络新闻摘要

一群抗议者昨天宣称,美国仍然囚禁着海豚的最后一家娱乐机构佛罗里达海洋世界拒绝了他们的请求,即确定海豚是否也有灵魂波。

乔治·亨德里克斯,27岁,一个基督徒,今天在俄亥俄州达腾市起诉,控告他53岁的父母克姆和丹妮尔·亨德里克斯,说他们没有让乔治的弟弟——去年24岁死于车祸的鲍尔接受洗礼。阻碍了鲍尔的灵魂升入天堂,因此犯有疏忽和虐待罪。

荷兰海牙的进一步研究提出:离去的灵魂波似乎是向一个非常特别的方向前进。"最初我们以为每个灵魂波的移动方向各不相同。"生物伦理学教授马丁勒力说,"但是,将每一例死亡的时间这一因素一并考虑在内之后,我们发现所有灵魂波都是在同一个方向移动。更明确地说,朝接近猎户星座的方向。"

德国成为第一个将以任何形式干扰灵魂波离开临终躯体的行为明确规定为非法的国家。法国、英国、日本和墨西哥目前正在讨论类似立法。

　　美国、加拿大原住民保留地和美国最大的三个犹太人聚居区上月自杀率达到了五年以来的最高峰。一个洛杉矶自杀者的遗书代表了许多人的共同想法:"在这个生命之外有某种东西存在。不管是什么,肯定不会比在这里糟糕。"

# 第三十八章

彼得进屋时,卡西正仰面躺在床上,瞪着天花板。从霍布森监视仪上能看出她还很清醒,所以他没有必要轻手轻脚。

"彼得?"卡西说。

"唔?"

"今晚干什么去了?"

"我去见了萨卡尔。"

卡西的声音绷得紧紧的,"你知道是谁杀了我父亲吗? 谁杀了汉斯?"

彼得想说点什么,但又陷入了沉默。

"信任,"她说,微微侧过身,面对着他,"是双方面的。"她等了一会儿,"你知道是谁杀了他们吗?"

"不知道。"彼得脱掉袜子,过了一会儿,"拿不准。"

"但是你有怀疑对象?"

彼得怕自己的声音失去控制。他在黑暗中点点头。

"谁?"

"只是猜测。"他说,"更何况,我们也不能确定你父亲是被谋杀的。"

卡西坚定地问:"谁?"

他长叹一声。"这需要费些解释。"他脱掉衬衣,"萨卡尔和我做了一些……有关人工智能的研究。"

她的脸,在暗淡的屋子里映成了蓝灰色,表情平静。

"萨卡尔在电脑里制作了三份我的意识的复制品。"

卡西的声音略带惊奇,"你是说专家系统?"

"不止,远远不止。他复制了每一个神经元、每一个神经网,是我全部人格的精确复制品。"

"这种事居然可能,以前我从来不知道。"

"还只是实验,但是,确实是可能的。萨卡尔发明了这项技术。"

"上帝。那么你认为这些——这些模拟者之一制造了谋杀?"

彼得的声音低得几乎听不清,"或许。"

卡西恐惧地睁大了双眼,"但是——但是为什么你的模拟者会做你自己不愿做的事情呢?"

彼得换上睡衣,"因为其中两个模拟者不是复制品。我的一部分从他们那里删除了。可能我们意外地删除了负责人类道德的部分。"他坐在床边,"我告诉你,我不会杀害任何人,即使是汉斯。但是我的某一部分确实希望他死。"

卡西的声音充满苦涩,"还有我父亲?你的一部分也希望他死?"

彼得耸了耸肩,"嗯。我,唔,我从来没有真正喜欢过你父亲。但是不,直到最近,我都没有理由恨他。但是……但是后来你告诉了我你心理咨询的事。他在你小时候伤害过你,动摇了你的自信。"

"所以模拟者之一杀害了他?"

彼得在黑暗中耸了耸肩。

"把那些该死的东西除掉。"卡西说。

"我们不能。"彼得说,"我们试过了。他们逃进了网络。"

"上帝。"卡西说,所有的恐惧和愤怒都融入了这一个词。

他们沉默了一会儿。她在床上轻轻从他身边移开。彼得看着她,试图揣摩她脸上复杂的表情。最后,声音有些颤抖,她说:"你还希望别的什么人死吗?"

"萨卡尔也问了我同样的问题。"他苦恼地说,"但是我想不出任何人。"

"对——对我如何?"卡西说。

"你?当然不。"

"但是我伤害了你。"

"是的。可我不希望你死。"

彼得的话似乎并没有使她平静下来,"老天,彼得,你怎么能做这么愚蠢的事?"

"我——我不知道,我们当时并不知道后果。"

"对那个警探会怎么样?"

"什么对她怎么样?"

"如果她离真相太近,会发生什么?"卡西问,"你也希望她死吗?"


第二天上午十点十五分,萨卡尔来到彼得和卡西家。三人坐在一起,咀嚼着过期的圈饼。

"我们现在怎么办?"卡西说,双臂抱在胸前。

"去警察局。"萨卡尔说。

彼得吃了一惊,"什么?"

"警察局。"萨卡尔又说,"这件事已经完全失控了。我们需要他们的帮助。"

"但是——"

"打电话到警察局。告诉他们真相,这是一个新的现象,我们没有预料到这个结果。把这些情况告诉他们。"

"这么做的话,"卡西缓慢地说,"会有后果的。"

"确实,"彼得说,"他们会起诉我们。"

"什么起诉?"萨卡尔说,"我们又没做错什么。"

"你在说笑话吗?"彼得说,"或许会控告我犯过失杀人罪,或者说我是杀人从犯。可能还会控告你疏于职守。"

萨卡尔的眼睛都睁大了,"犯罪——"

"还有《反黑客法》。"卡西说,"如果我理解正确,你们制造了一个软件,侵入了别人的电脑系统,盗用资源。这可是重罪。"

"但是我们不是故意的。"萨卡尔说。

"刑事律师会给我们扣帽子的。"彼得说,"某人和他最好的朋友制造了一个软件,以此杀害那个人憎恨的人。如果我申辩自己从来没有这种念头,律师几句话就能驳得我体无完肤。记得联合爱迪生公司的案子吗?和弗兰肯斯坦一样,想从技术中获益的人必须承担无法预料的后果。"

"那是美国法律。"萨卡尔说。

"我想加拿大法庭会采取相似的原则。"卡西说。

"不管怎么说,"萨卡尔说,"必须阻止模拟者。"

"对。"卡西说。

萨卡尔看着彼得,"拿起电话,拨911。"

"可警察又能做什么?"彼得两手一摊,"他们真要有什么办法的话,我就赞成告诉他们。"

"他们可以下令停止网络运行。"萨卡尔说。

"你在说笑吗？只有危机处理中心或者加拿大皇家骑警有权这么做——而且我敢打赌，他们只有实行战争法案才能如此大规模终止网络信息存取。还有，如果模拟者已经到了美国，或者跨越了大西洋，又怎么办？"彼得摇着头，"我们没有办法从网络上清除他们。"

萨卡尔缓缓地点头，"或许你是对的。"

大家沉默了一会儿。最后卡西说："不知有没有办法，能让你们自己从网络上清除他们？"

他们期待地望着她。

"你们知道，"她说，"制造一个可以跟踪和消灭他们的病毒。我还记得互联网蠕虫，我还在读大学时那玩意儿就已经遍布全世界了。

萨卡尔兴奋起来。"或许行，"他说，"或许行。"

彼得望着他，努力使自己的声音保持平静，"模拟者毕竟很大，发现他们应该不难。"

萨卡尔连连点头，"病毒检查所有大于，怎么说呢，百亿字节的文件……它可以在你的神经网中寻找两到三个基本模式。只要发现，就可以清除那个文件。对呀——对呀，我想我能制造这么一个东西。"他转向卡西，"天才啊，凯瑟琳！"

"制造这个需要多长时间？"彼得问。

"我不能确定。"萨卡尔回答，"我以前从没制造过病毒。两天吧。"

彼得点点头，"让我们祈祷这办法管用。"

萨卡尔看着他，"我每天面向麦加的方向祈祷五次。如果你们俩真的也祈祷的话，或许我们的运气会更好些。"他站了起来，"我最好立即开始。要做的工作太多了。"

# 第三十九章

彼得想为无法回避的交锋做好准备。每一次,当他的对讲系统嗡嗡响起的时候,他都感到一阵心跳加速,头几次都不是她。最后——

"彼得,"他秘书的声音,"这里有一位菲洛警官想见你,是多伦多大都会警察局的。"

彼得深吸一口气,屏住呼吸几秒钟,再长长轻轻吐出一声叹息,"请带她进来。"

过了一会儿,办公室的门开了,亚历桑德拉·菲洛走了进来。彼得原以为她会穿警服,不料她却穿着整洁的灰色职业外套,配着休闲裤和一件咖啡色的丝质衬衫,戴着一对小巧的绿色耳环。短短的红发,明亮的碧睛,个子高高的,夹着一个黑色公文包。

"你好,警探。"彼得一边说,一边站起来伸出手去。

"你好。"菲洛道,有力地握了握他的手,"早知道我会来?"

"呃,为什么这么说?"

"我无意中听到你和你秘书的对话。你说'带她进来',而她并没有告诉你我的名字,也没有暗示你我是女的。"

彼得笑了笑,"你干你那一行很厉害呀。我妻子曾经提到过你的一些事。"

"我知道。"菲洛静静地看着他,等待他的下文。

彼得笑道:"另一方面,我在自己这一行干得也不赖。我这一行的工作很大一部分就是和政府官员一同出席会议,那些人可都上过人际交流课。要让我掏心窝子把什么都告诉你,光靠故意长时间沉默可不行。"

菲洛大笑起来。她刚进来的时候,彼得并不觉得她有多漂亮,但是她笑起来时其实很迷人。

"请坐,菲洛女士。"

她笑着坐下,顺手抚平裤子。看来她常穿裙子。卡西也有同样的习惯。

短暂的沉默之后,彼得问:"要点咖啡吗?或是茶?"

"咖啡,谢谢。双倍,特浓。"她似乎有点不安,"工作形成的毛病,霍布森医生,工作的这个部分我不喜欢。"

彼得站起来,走到咖啡机旁,"请叫我彼得。"

"彼得。"她笑着说,"像这种案子,双方客客气气的,我也不喜欢。我们警察常常恐吓别人,很少顾及举止礼节,也不理会无罪推断。"

彼得把一杯咖啡递给她。

"所以,霍布森医生——"她顿了顿,笑道,"彼得,我不得不问你一些问题,希望你能够理解,我只是在干自己的工作。"

"当然。"

"你知道,你妻子的一名同事被杀了。"

彼得点点头,"是的,吓了我一跳,跟过电一样。"

菲洛看着他,把头往旁边一偏。

"对不起，"彼得有点疑惑，"我说错了什么吗？"

"呃，没什么。只是有证据表明罪犯用电击器制服了受害人。你刚才说'过电'，我觉得挺有意思。"她举起一只手，"请原谅。"她停了停，"你以前用过电击器吗？"

"没有。"

"你自己有电击器吗？"

"在安大略省那是违法的，只有警察可以用。"

菲洛笑了笑，"但你很容易就能在纽约或者魁北克买到。"

"不，"彼得说，"我从来没用过。"

"抱歉我不得不问这个问题。"菲洛说。

"得怪你接受的警察训练。"彼得说。

"的确如此。"她笑了，"你认识死者吗？"

彼得尽量漠然地说出那个名字，"汉斯·拉森？当然，我遇见过他——卡西的许多同事我都见过，在非正式的聚会上或是她公司的圣诞派对上。"

"你对他有什么看法？"

"对拉森？"彼得啜了口咖啡，"我觉得他是个混蛋。"

菲洛点点头，"似乎大多数人都跟你的看法相同，虽然也有些人对他赞不绝口。"

"我想各有各的看法吧。"彼得道。

"或许如此。"又沉默了一会儿，随即她接着说，"瞧，彼得，你样子像是个好人。我不想让你想起不愉快的回忆。但是我知道你妻子和汉斯……"

彼得点点头，"是的，他们有那种事。但已经是很久以前的事了。"

菲洛笑了，"不错。但你妻子告诉你却是在最近。"

"而现在拉森死了。"

菲洛点了一下头,"是的,拉森死了。"

"菲洛女士——"

她抬起手,"你可以叫我桑德拉。"

彼得笑笑,"桑德拉。"冷静、沉着,他心想。萨卡尔今天或者明天就会把病毒准备好,一切很快就会过去。"有些事我想告诉你,桑德拉。我是个平和的人,我不喜欢角斗或者拳击,自从我还是小孩子的时候起,就从来没打过谁,我从来没有打过我的妻子,而且要是我有孩子的话,我也永远不会打他或她的屁股。"他又啜了口咖啡。他说得够清楚了吗?多说几句会不会好些?该死的,冷静点儿,冷静!但他实在希望一五一十告诉她自己是个什么样的人——不是那些依靠机器拷贝的复制品,而是真实的他,有血有肉的他。

"我——我认为这个世界很多问题都源自暴力。我们打小孩,他们于是认为有的时候揍自己所爱的人没什么关系——这种情况下长大成人的小孩认为他们也可以打自己的配偶,这时我们才震惊不已。我连苍蝇都不打,桑德拉,我把它们捉到杯子里,带到屋外放掉。你问我是否杀了汉斯。现在我直截了当告诉你,也许我确实对他愤懑不已,也许我确实对他恨之入骨,但是杀死他或者在身体上折磨他不是我的本性。我永远也不会那样干。"

"连想都不曾想过?"桑德拉问道。

彼得双臂一张,"这个嘛,人人都想过很多事,可事实与幻想完全是两个不同的概念。"否则的话,彼得心想,我已经占有了你和我的秘书还有其他上百名女人了,就在这张桌子上。

桑德拉在她的椅子上稍微挪动了几下,"我通常不在工作的时候谈论个人生活,但是我体会过跟你类似的感受,彼得。我丈夫——几个月前已经成了前夫——同样干了不忠于我的事。我也不是个有暴力倾向的人。我知道有些人会以为警官不可能这样,可这是事实。但是,当我发现沃尔特做的事时——是的,我真的想要他死,要她也死。我从来不砸东西,但当我发现那件事情的时候,我把一台电视扔到了房间对面的墙上,电视机箱都被砸裂了,现在墙上还能看到电视机砸出的印迹。因此,我知道,彼得,我真的知道当这种事情发生的时候,一个人会产生什么样的暴力反应。"

彼得缓缓地点点头,"但是我并没有杀死汉斯。"

"我们认为那是一个职业杀手干的。"

"我也没有找人杀他。"

"我想明确地告诉你我的问题是什么。"桑德拉说,"我刚才说过,这是一桩职业杀手做的案子。坦白地说,干那种事情要花很多钱——特别是,呃,这件案子还涉及额外的活儿。你和卡西比她许多同事的经济状况都好得多,如果有人付得起这种钱,很可能就是你或者她。"

"可是我们并没有干。"彼得道,"瞧,我愿意接受测谎检验。"

桑德拉甜甜一笑,"你能主动提出真是太好了。我身边恰好带了一套设备。"

彼得觉得胃里一阵痉挛,"真的?"

"哦,当然是真的。实际上,它是个增强型测谎器,还是你的公司生产的呢,对不对?"

彼得的双眼收缩成了一条缝,"是的。"

"我相信你对它的功能很有信心。你真的愿意接受这个测试?"

他有点犹豫,"如果我的律师在场,当然。"

"律师?"桑德拉又笑了,"你又没有受到任何指控。"

彼得考虑了一下,"好吧,"他说,"如果可以做个了断的话,是的,我同意接受测试,就在此时此地。但在律师不在场的情况下,你只能问三个问题——我是否杀了汉斯? 我是否杀了罗德·丘吉尔? 我是否幕后策划了他们的死亡?"

"我不得不问三个以上的问题——这是校准机器的需要,你知道的。"

"好吧,"彼得道,"只要你按照校准机器的标准问题手册提问,不偏离手册的范围,我就同意进行测试。"

"很好。"桑德拉打开她的公文包,露出里面的测谎设备。

彼得瞅了瞅那套设备,"不是只有专家才能操作那些设备吗?"

"你真该读读你们自己制作的使用手册,彼得。里面有一个专家系统的人工智能芯片。现在任何人都可以操作这套设备。"

彼得咕哝了两声。桑德拉把微型传感器系到彼得的前臂和手腕上,她的公文包里弹出一个平板显示器,桑德拉调整了一下角度,只有她才能看到屏幕。她按下几个按钮,开始提问:"你的名字是什么?"

"彼得·霍布森。"

"多大年龄?"

"四十二。"

"你在哪里出生?"

"北巴特尔福德,萨斯喀彻温省。"

"现在请说假话。再次告诉我你在哪里出生?"

"苏格兰。"

"告诉我真实情况:你妻子的名字是什么?"

"凯瑟琳。"

"现在说假话:你妻子名和姓之间的中间名是什么?"

"嗯——T.普林格。"

"你是否杀了汉斯·拉森?"

彼得谨慎地看着桑德拉,"没有。"

"你是否杀了罗德·丘吉尔?"

"没有。"

"你是否策划了他们的死亡?"

"没有。"

"你是否知道是谁杀死了他们?"

彼得抬起头,"我们说好只问三个问题,警探。"

"对不起。不过,肯定你不介意再回答一个问题,对吗?"她笑着说,"我也不愿意再把你当成嫌疑犯对待,如果能从我的名单中排除你的嫌疑岂不是很好?"

彼得想了想,他妈的。"好吧,"他最后说,"我不知道杀他们的是什么人。"

桑德拉抬起视线,"对不起——我想我没有遵守事前的约定使你有点心烦意乱了。你说'人'的时候,这里出现了一些奇怪的显示。你能不能再忍耐一会儿,重复一次你刚才的回答好吗?"

彼得把传感器从手臂上拽下来,朝桌子上一扔,"我已经回答了超出刚才我们约定数量的问题。"声音里有一丝怒气。他知道这样做会使自己的处境越来越糟,只好竭力控制住涌上心头的恐慌。他扯下手腕上的第二个传感器,"我已经回答了所有问题。"

"对不起，"桑德拉说，"请原谅。"

彼得努力使自己平静下来。"没关系，"他说，"我希望你得到了你想要的结果。"

"啊，是的，"桑德拉道，关上她的公文包，"是的，确实如此。"

没花多长时间精灵的人造生命形态就进化成了多细胞体：一系列清晰的单元出现了，黏合在一起，简单地排列成行。最后，生命形态偶然间发现了一个倍增成两行的捷径：即每个细胞分裂成两个，同时每个细胞仍然有一面浸泡在精灵的模拟营养液之中。然后，细胞排成的长列开始向里折叠，形成U字形。再后来，U字形总算封闭了，形成囊袋。最后，终于产生了伟大的突破：囊袋的底部和顶部打开了，形成了一个双层细胞柱状体，两端都是开放的——这正是地球上一切动物的基本生命形态，前端开口是进食入口，后端是排泄孔。

一代代诞生了，一代代死亡了。

而精灵不断地选择着。

# 第四十章

　　桑德拉很费了些劲儿,但到十二月四日,她终于拿到了申请的监视许可证,获准把一个信号跟踪器装到彼得·霍布森汽车的后保险杠上。法官给她的监视期限是十天,跟踪器内部是一个计时芯片,只能运行规定的时间,一秒钟都不会多。十天时间很快过去,桑德拉开始分析收集到的数据。

　　彼得频繁进出他的公司,还经常去好几家餐馆,有一家叫桑尼·戈特利布,那个地方桑德拉也很喜欢去。他去过北约克总医院(他是董事会成员),还有其他一些地方。其中有个地方一次又一次地出现在记录中:康科德城康妮路克莱森特88号。那是一幢产业大厦,里面有四家公司,行业各不相同。监视许可证也允许她检查彼得的电话记录。通过交叉对照,桑得拉发现彼得多次拨打康妮路克莱森特88号的一个号码,该号码登记在这幢大厦里的镜像公司名下。

　　桑德拉接通全球信息公司,得到满满一屏镜像公司的数据:镜像公司,由了不起的天才萨卡尔·穆罕默德创建于2001年,公司专门研究专家系统和人工智能应用软件,跟安大略省政府和名列《财经邮报》百强大公司中的好儿家都签了许多大型业务合同。

桑德拉想起了彼得·霍布森接受的测谎检验。"我不知道杀他们的是什么人。"他就是那样说的——而且,当他说"人"的时候,测谎仪出现了重大反应。

而现在,他在人工智能实验室里花那么长时间。

简直不可思议。胡思乱想。

霍布森本人并没有参与谋杀,测谎仪已经证实这一点。

也许是那种东西。执法界内部简报一直告诫大家,那种事会发生的,随时都可能出现。

也许,就是现在,它出现了。

就在这里。

桑德拉靠在椅子上,极力考虑事件的各个方面。

很显然,目前的证据还不足以取得逮捕令。

不是逮捕令,不。或许可以申请搜查令……

她把刚才的调查结果存了盘,注销,朝门口走去。


用了五辆汽车才把他们这批人载到目的地:两辆巡逻车各载着两名穿制服的警员,约克区警察局来了一辆车,车里是那个局派来负责联系的警官——这次搜查是在他们的地盘上。桑德拉·菲洛乘坐一辆没有标志的小车,除了她之外还有计算机犯罪部的主任乔根森,还有一辆检验部门的面包车,载着五名技术员和他们的设备。

上午十点十七分,车队停在康妮路克莱森特88号楼外。桑德拉和四名穿制服的警员径直朝里走去,乔根森走到面包车旁,同他的手下说着什么。

镜像公司的接待员是个上了年纪的亚洲男人,吃惊地抬头望着进来的桑德拉一行人。"有什么事吗?"他问。

"请离开你的计算机终端。"桑德拉说,"我们奉命搜查这些房屋。"她出示了搜查令。

"我想我最好给萨卡尔·穆罕默德博士打个电话。"那人说道。

"你可以打。"桑德拉说。她打了个响指,示意一名警察留在这里,以免接待员使用计算机终端。桑德拉和其他三名警察朝里走去。

一个瘦瘦的深肤色男人出现在走廊另一头。

"有什么事吗?"他忧心忡忡地问道。

"你就是萨卡尔·穆罕默德?"桑德拉问,走了过去。

"是的。"

"我是多伦多大都会警察局的警探菲洛。"她把搜查令递给他,"我们有理由相信这家公司出现了与计算机相关的犯罪行为。这张授权书不仅授权我们可以搜查你的办公室,还可以搜查你们的计算机系统。"

正在这时,通往接待室的门被猛然推开,乔根森和五名技术员冲了进来。"切勿让任何公司职员接触计算机设备。"乔根森对一名穿制服的高级警员说。警察们四散进入各个房间。走廊一侧是一堵玻璃墙,透过玻璃墙可以看见里面有一台大型数据处理设备。乔根森指着两名技术员,"戴维斯、卡托——你们去那儿。"两名技术员朝门口走去,但门口有一道身份识别锁。

"穆罕默德博士,"桑德拉说,"搜查令授权我们破坏任何需要打开的锁具。如果你不愿意我们那样做的话,就请打开这道门。"

"你瞧,"萨卡尔说,"我们这里没有做什么违法的事。"

"请打开门。"桑德拉语气强硬。

"我想让我的律师再看看那张搜查令。"

"那好。"桑德拉道,"琼斯,踢开它。"

"别别,"萨卡尔叫道,"好吧,好吧。"他走到门边把拇指按在蓝色的扫描仪上。锁死的门闩砰的一声弹开,门也滑开了。戴维和卡托走了进去,前者径直来到主控台,后者启动记录存盘目录的DASD磁带和光驱设备。

乔根森对萨卡尔说:"你这儿有一个人工智能实验室,在什么地方?"

"我们没做什么坏事。"萨卡尔又说了一遍。

一名穿制服的警察出现在走廊远端,"在这儿,卡尔。"

乔根森小跑着奔出走廊,他的其余三名手下跟在后面。桑德拉也朝那个方向走去,一路检查每个房间的动静。

那名接待室的亚洲男子出现在走廊的另一端,一脸焦虑。萨卡尔大声喊道:"打电话给我的律师基加弗——告诉他发生的事。"随即匆匆跟在乔根森后面去了。

接待员给他打电话时,萨卡尔正在人工智能实验室工作。他出来时没关门,等他回来时,乔根森已经来到主控台旁,拔掉了键盘连线。乔根森示意一名助手递给他另一个键盘,键盘的光滑机架是黑色的,键位呈银色。这是一台诊断设备:每一次击键、计算机的每一个响应、每一次磁盘访问的时间,都会一一记录下来。

"哎!"萨卡尔嚷道,"这些都是精密设备,小心一点。"

乔根森没理会他,他坐到那张高脚凳上,从公文包里抽出一个塑料折叠盒,里面装着各类磁碟、CD盘、计算机诊断卡等。他挑出一张与控制台驱动器匹配的磁盘,插进驱动器,接着在他的键盘上输入几行命令。

计算机的显示器开始清屏，然后全屏显示出系统的诊断信息。

"第一流的设备。"乔根森大为佩服，"内存512G，五个并行数学运算器，自适应总线结构。"他敲了一下空格键，出现下一屏内容，"防火墙也是最新版本。行啊。"

他退出自己的程序，开始列出系统目录。

"你在查什么?"萨卡尔问。

"一切。"正好走进房间的桑德拉说，"什么都查。"她随即对乔根森道，"有困难吗?"

"没有。他才登录，所以我们不必破解口令。"

萨卡尔从控制台前的人群中溜到房间另一边——那里的控制台前竖着一个麦克风。"登录。"萨卡尔对着麦克风低声说，不等出现提示符，紧接着道，"登录名，萨卡尔。"

"你好，萨卡尔。"计算机回答，"是否要我中断你的其他任务?"

桑德拉·菲洛出现在他身后，电击器的前端圆头轻轻按在他的背脊中央，只说了一句:"别这么做。"她伸出手，啪地关上标着"语音输入"的开关。

正在此时，约克区警察局的联络官卡瓦尔斯基出现在房间入口处。"他们在楼上找到一张理发椅，"他对大伙儿说，又看看萨卡尔，"你这儿还作理发的买卖?"

萨卡尔摇摇头，"那是张牙科椅。"

乔根森头都没抬，说:"肯定是扫描室。"又对萨卡尔道，"我很欣赏你上个月发表在《人工智能研究》上的论文。那间房子等会儿我得查一查。"接着他又回到他的银黑色键盘上，输起新的命令来。

萨卡尔恼怒地说:"你只消告诉我你想找什么……"

"该死。"乔根森道,"这儿有好几个加密库。"

桑德拉盯着萨卡尔,"密码是什么?"

萨卡尔可能觉得他总算掌握了点儿控制局面的法宝,道:"我认为我没有义务告诉你。"

乔根森从凳子上站起来,一言不发。另一名技术员坐上去,开始输入命令。

"没关系。"乔根森耸耸肩,"克格勃还没解散的时候,瓦伦丁娜在那儿干过。她破解不了的密码没几个。"

瓦伦丁娜把一张新的数据盘塞进驱动器,两个指头飞快地敲击键盘。几分钟后,她看看萨卡尔,一脸失望。萨卡尔容光焕发,也许她没有乔根森说的那么棒。但紧接着,萨卡尔的心一下子沉了下去。她脸上的失望只是期望遇到对手,结果却发现对手不过尔尔。"亨萨克算法?"她说话口音很重,摇了摇头,"你本来可以弄得更好的。"瓦伦丁娜又输入几行命令,屏幕上的乱码成了排列有序的英文字母。

她站起来,乔根森回到位置上继续工作。先刷了一下屏,然后取出瓦伦丁娜的磁盘,放入他的另一张磁盘。"开始搜索。"他说。屏幕上的数据分成几栏,按字母顺序排列,共有两百多项。

"这儿的在线存储很多。"乔根森道,"压缩方案有好几种。得花点时间才能搜索完毕。"他站起来,"我去看看扫描室。"

彼得这天晚上要参加北约克角总医院的董事会议,他不愿把早上的时间浪费在办公室的电话上,决定在家工作。但他还是很难集中注意力。萨卡尔说过他会在今天完成病毒程序,彼得觉得自己也应该做点什么。大约十点半左右,他登录进入镜像公司,想看看能不能弄清模拟者是如何逃出去的。

进入之后,他发出一个"WHO"的命令,查看萨卡尔是否在线。彼得想给他发个电子邮件问候一声。萨卡尔在线。彼得又输入"WHAT"的命令查看萨卡尔在干什么。如果萨卡尔的进程是后台任务,他也许不一定就坐在计算机终端前,也就不必发送电子邮件浪费时间了。

"WHAT"命令回复的报告如下:

| 节点 | 用户 | 登录时间 | 任务 |
|------|------|----------|------|
| 002 | 萨卡尔 | 08:14:22 | 文本搜索 |

唔,文本搜索任务既可以用后台方式执行也可以用前台方式执行。彼得在萨卡尔的系统里拥有高级别管理权限,他要求进入节点002目前所执行的任务。屏幕上立即出现一系列搜索列表,不断更新搜索结果。有一些搜索项有一百多条命中结果,比如"多伦多",不过其他的……

老天,彼得吃了一惊,那是……

萨卡尔在搜索"霍布森"、"彼*",还有"卡*",还有……

彼得敲进一条电子邮件:"怎么这么爱管闲事?"他正要发出,突然注意到状态栏里的搜索参数:"检索所有系统,包括所有子系统,检索所有在线和离线存储库,检索全部工作内存。"

进行这种检索要花好几个小时。萨卡尔决不会发出这种命令——这个人极有条理,把他的系统整理得井井有条,要查找什么不会毫无头绪,做这么大范围的搜索。

彼得扫了一眼其他检索项。

噢,他妈的!

"拉森""汉斯""通奸""性关系"……

他妈的,他妈的,他妈的! 萨卡尔绝对不会作这样的检索。一定有其他人进入了系统。

002是镜像公司人工智能实验室的代码。彼得座椅一转,转到电话机旁,拨了几个号。

人工智能实验室的电话铃响了。"我可以接电话吗?"萨卡尔问道。

桑德拉点点头,她正专心致志看着屏幕上的数据。多项结果符合检索词"性关系",大约有四百条,但没有符合"霍布森"和"汉斯"的检索结果。

萨卡尔走到房间另一端的视频电话前,按下应答键。

可视电话屏幕中加拿大贝尔电信公司的标志消失了,彼得看到萨卡尔的脸出现在屏幕上,神色惊慌。

"怎么——"彼得说,但他只说了这两个字。在视频的背景中,萨卡尔肩后,他看到了桑德拉·菲洛的侧影。彼得立即挂断电话。

菲洛在那儿,在镜像公司。

一次突击搜查。一次该死的突击搜查。

彼得看着屏幕,机器仍然处于002节点,当前对"霍布森"的检索还没有结果。

他想了想,开始击键。前不久他从萨卡尔那儿听到过口令,于是以萨卡尔的登录名打开另一个对话窗。他进入诊断工具程序的子目录,列出文件清单,里面有几百个程序,其中有一个名叫"TEXTREP",名字有点像他所需要的程序。他打开该程序的帮助文件。

很好,正是他想要的。命令语法为:检索项－替代项－检索参数。

彼得输入"TEXTREP/霍布森/Roddenberry/AI7－AI10",意思是将七号至十号人工智能系统中所有"霍布森"更名为"Roddenberry"。

程序开始工作。比起菲洛的检测工作,这项任务小得多,只有一个检索项,范围也小得多,只检索四台计算机,不像菲洛要检索上百台机器。幸运的话,替换还来得及……

控制台边的机器嘟嘟地响起来,表明它的任务已经完成。乔根森已经回来了,他在扫描室没发现什么他感兴趣的东西。

他看看屏幕,又看看桑德拉。检索结果中有十三项命中"霍布森",桑德拉指指检索记录,道:"显示检索内容。"

在线目录条目中有两项出现了"霍布森选择"。

另外有一项是用户身份文件,与彼得·G.霍布森相似的"弗布森"。

还有一项是彼得·霍布森的电子名片,上面有他的家庭和公司地址。

其他还有九项,大多是霍布森监控器材公司的版权信息,那是霍布森监控器材公司各种扫描软件中的一部分。"什么都没有。"乔根森说。

"他在这儿有个账户?"桑德拉转身问萨卡尔。

"你说谁有账户?"他问。

"彼得·霍布森。"

"啊,是的。我使用他公司编写的一些程序。"

　　"没有其他的了?"

　　"这个,他也是我的朋友。所以我的电子名片夹里有他家的地址。"萨卡尔一脸无辜,"你们想找什么?"

# 第四十一章


卡西精疲力竭。办公室这一天可真难熬,全耗在安大略省旅游项目上了。回家路上她顺便去了趟米兰卡食物超市,排在她前面的那个白痴一定要把他所有的零钱都找给收银员。卡西心想,真该逼这些人用信用卡。

终于到家了。她把拇指按在门上的身份识别扫描器上,尽力支撑着自己,似乎那根指头是保持她不至于瘫倒在地的唯一支点。扫描器上方的绿色液晶显示屏闪烁着,锁死的门闩弹开,厚重的房门随之滑开。她走进屋子,大门在她身后关上了,门闩咔嗒一声重新锁定。

"开灯!"她喊了一声。

没有反应。她清了清喉咙,又试一次,"开灯。"

还是没有反应。她叹了口气,坐在购物袋上,摸索着门边的手动开关。她找到开关按下去,灯却仍然没有亮。

卡西一路摸索着走进客厅。录像机的液晶面板闪烁着,可以肯定没有断电,也许只是门口的灯泡烧坏了。她又喊了一声"开灯!",但是卡西自己烧制的那个三体陶瓷灯座里的灯也没有亮。

卡西摇摇头。彼得不停地瞎摆弄屋子里的控制装置,弄得设备时好时坏,不能好好工作。

她朝沙发上一躺,伸直酸痛的双脚。这一天真长啊。她闭上眼,房间这么暗其实挺好。过了一阵子,她想起了买的食品,于是疲惫地站起来,向门廊走去。她又试了一次手动开关,又喊了一声"开灯",灯依然不亮。正准备弯腰提起购物袋时,她注意到了客厅小桌上的电话,拨号键旁边的大红灯是亮着的。她凑近一看,屏幕上显示"占线"。

电话机却没有响铃。

彼得已经好几个小时不在家了,今晚他在北约克总医院有一个会。

除非……"彼得!"喊声在走廊里发出轻轻的回音,"彼得,你在家吗?"

没有回答。她拿起听筒,电话机里一阵高频嗡嗡声。调制解调器的声音。

她又看了看电话机的屏幕,"来电显示屏蔽"——这是一个呼入电话,不管是谁使用调制解调器,此人要求禁止来电显示。

耶稣基督,她想,是模拟人。

她砰的一声放下话筒,随即又拿起来,连连拍打电话叉簧,希望制造大量连线杂音,切断网络连接。

没用。这是当然。彼得有纠错性能最好的调制解调器,那个模拟人的硬件装备显然同样高级。

她迅速跑到前门,按下门边的开锁键,但什么反应都没有。她抓住门把手,门却纹丝不动。她不顾一切按下"火警"按键,门依然没有打开。她拉开墙上的壁柜门——至少壁柜没有锁定装置——看到了里面的大门控制面板。一个液晶显示板闪着亮光,像一滴殷红的血,旁边有一行字"防止闯入"。通常情况下,如果失火,大门会立即解锁,但是现在,烟雾探测器否认发生了火情,而其他探测器则证实有人试图从外面破门而入。卡西离开壁柜,从门上的窥视孔向外看去。外面什么人也没有。

她极力保持镇定。还有其他的门,可主控制板显示它们全都处于防止闯入的模式。她挣扎着走到窗边,但是窗户也全都锁死了,而且,窗户自然用的也是金钱能够买到的最好的现代化安全玻璃。

有一个词,她一直极力阻止自己去想,现在终于浮现在她的脑海。

陷阱。

设在她家里的陷阱。

她想触发屋里的烟雾探测器,可是她和彼得都不吸烟,屋里没有打火机。而且彼得不喜欢火柴或者蜡烛的气味,所以那些东西也没有。不过,她可以拿些纸在炉子上引火,那样也许可以触发警报,打开房门。

她急匆匆来到厨房,注意别在黑暗中绊倒。刚走进厨房,她便明白自己的如意算盘打不响了。燃气炉和微波炉上的数字钟都不亮了。厨房的电源已被切断。墙上的电源插座插着一个充电手电筒。她把它拔出来,电源切断后它本该自动发光,现在却不亮。卡西意识到厨房里的电源一定已经被切断了好几个小时,手电筒里充加的电能已经用光了。但是——有嗡嗡声,电冰箱仍在工作。她打开冰箱门,冰箱里的灯亮了。她感到一股冷气扑面而来。

那个模拟人对于该怎么下手一清二楚:录像机和电冰箱都在运转,但是微波炉和给手电筒充电的电源插座都断电了。整个屋子设计精巧,每一个电源插座都有自己独立的电路和保险装置。

她一路摸索来到饭厅,在椅子上靠了一会儿。她尽量保持镇定——镇定,真该死!她想是不是应该到厨房里弄把刀来,可刀有什么用——并没有谁当真破门而入。整个房屋系统的控制盒装在地下室,那里也是电话线接入的地方——电源线和通信线都分门别类埋设在墙里,以免裸线暴露在外面造成不良后果。

卡西一寸寸地挪向通往地下室的楼梯。她打开门。下面一片漆黑。结婚五周年时,彼得和卡西装了一套家庭影院系统以示庆祝,因此把地下室窗户的百叶窗换成了电动聚酯膜皱纹窗帘,现在窗帘已经拉上了。卡西认为自己对地下室的布局了如指掌,即使是黑暗中也能找到接入室内的电话线。她踏上通往地下室的最上一级台阶——

头顶的灭火喷水器突然打开。没有警报声——不会唤来邻居或消防队员,但冷水开始从天花板上倾泻下来。卡西气喘吁吁地逃回客厅。她身后的喷水器关掉了,随着她走到客厅,客厅的喷头又开始喷水。她走到通往楼上卧室的楼梯边,客厅的喷头停止工作,楼梯上的喷头喷射起来。

卡西明白那些喷水装置会盯着她不放——那个模拟人已经事先配置好了动作传感器,这种传感器是防夜盗警报系统的组成部分。透过水雾,她发现录像机上的液晶显示屏已经关闭,大概是为了避免电线短路而引发火灾。

她精疲力竭,浑身湿透,无路可逃,只好决定到浴室里去。反正屋子里的喷头盯住她不放,躲到浴室去也许她受到的伤害会最小。她走进浴缸,解下淋浴帘,把它像帐篷一样顶在头上,遮挡冰冷的水流。三个小时后,彼得回到家。前门同平常一样打开了。他发现客厅的地毯被浸湿了,还听到楼上的喷水器哗哗响着。他冲上楼,打开浴室的门,开门的一瞬间,喷头停了。

卡西掀开身上的淋浴帘。从浴缸里站起来时,水流从帘子上哗哗地淌下来。她极力控制,但声音里还是充满愤怒,"无论是我,还是我的模拟人,都永远不会这样对待你。"她怒视着他,"我们扯平了。"

卡西拒绝待在家里,这也是情理之中的事。彼得驾车把她送到她姐姐的公寓。她仍然愤怒不已,但慢慢平静下来了,分别时她接受了他的拥抱。彼得直接回到自己的办公室,登录上网,把一条信息发向全世界:

时间:2011年12月15日美国东部时区23:11
发自:彼得·G.霍布森
发给:我的兄弟
主题:要求适时会谈
我需要立即跟你们大家适时商谈。请回复。

没多久,他们就做出了回应。
"我在这儿。"他的影子之一道。
"晚上好,彼得。"另一个说。
"什么事?"第三名问。
他们全都用同样的声音芯片发音,除非自报身份,否则很难区分说话的是哪一个模拟人。即使知道他们使用的是哪一个网络节点也无法判断对方究竟是谁。但这没有关系。
"我知道发生了什么事。"彼得说,"我知道你们中的一个为我杀了人。但是今天晚上卡西受到了威胁,我无法容忍,卡西不应该受到伤害。现在不,永远不。明白吗?"

沉默。

"明白吗?"

还是没有回答。

彼得喘了口气,他被激怒了,"瞧,我知道萨卡尔和我无法把你们从网络中除掉,但是如果再发生类似的事,我们会公开你们的存在。新闻会把人工智能杀手寄居在网络里的事张扬开来,不要以为他们不会冷启动系统,把你们除掉。"

扬声器里传来一个声音:"我相信你错了,彼得。我们中没有人杀人。可是如果你告诉公众我们杀了人,大家会相信你的说法——毕竟,你现在是名人彼得·霍布森。也就是说,人家会把杀人的责任推到你的头上。"

"到这个时候,我已经不在乎了。"彼得道,"为了保护卡西,我会做任何事,即使意味着我要蹲监狱。"

"可是卡西伤害了你。"一个合成音说道,"比全世界任何人伤你更深,卡西伤害了你。"

"伤害我不是死罪。"彼得说,"我不是开玩笑:如果再威胁她,以任何方式伤害她,我会把你们几个全部毁掉。我总会找到办法对付你们的。"

"我们能够除掉你,"一个电子声音说,说得非常慢,"以阻止那样的事情发生。"

"一定程度上,那等于自杀,"彼得回答,"或者相当于杀死兄弟。还有,我知道自己不会做这种事,就是说,你们也不会。"

"你不会杀卡西的同事。"一个声音道,"可你仍然相信我们中的一个杀了他。"

彼得在椅背上一靠，"我不会杀卡西的同事，可是——可是我心里想那样干。承认这一点我感到羞愧，可是我希望他死掉。但我不会杀我自己——连想都不会这么想。所以，我知道你们同样不会当真希望做出那种事。"

"但你却想除掉我们。"一个声音道。

"那不一样。"彼得回答，"我是本体。这一点你们知道。在我内心，我知道自己不相信计算机模拟人是活生生的有血有肉的人。我相信这一点，所以你们也相信这一点。"

"也许。"一个声音回答。

"现在你们竟然想杀死卡西。"彼得说，"至少这件事必须立即停止。不要伤害卡西，不要威胁卡西，不要做任何不利于卡西的事。"

"可她伤害了你。"一个合成音再次说道。

"是的。"彼得发怒了，"她伤害了我。但是如果她不在我身边，我会更加难过。要是她死了我会崩溃的。"

"为什么？"

"因为我爱她，该死的。我爱她胜过生命，我全身心地爱她。"

"真的吗？"

彼得顿了顿，屏住呼吸，他想着。只是他的一句气话吗？仅仅是脱口而出而非自己的真实想法？那是真的吗？千真万确？"是的。"他缓缓地说，终于明白了自己的心，"是的，我真的那么爱她。我对她的爱无法用言语表达。"

"你也该承认这一点了，彼得老兄，不逼你一下你还不承认呢。找卡西去吧——毫无疑问，你把她送到她姐姐那儿去了，我也会那样做的。接她回家吧。她不会再有事了。"

# 第四十二章

　　第二天，彼得确定卡西平安上班去了，自己却待在了家里。他切断了电子门系统，叫了个锁匠来换上老式门锁，用钥匙开关。锁匠工作时，彼得坐在办公室瞪着空中发呆，试图把所有的一切理出头绪。

　　他想到了罗德·丘吉尔。

　　冷冷淡淡，没点儿活气。

　　但是他在服用苯乙肼——一种抗抑郁药。

　　这就是说，他患了临床抑郁症。但在彼得认识罗德·丘吉尔的二十年里，他看上去一直是那个样子呀。或许……或许他这么长时间一直有这种病。可能更长，在卡西的童年就有抑郁症，所以才成了那么糟糕的父亲。

　　彼得摇了摇头。罗德·丘吉尔——不是个混蛋，不是个杂种，只是生病了——一种化学失衡。

　　这样看来他情有可原，不应该过分责怪他对待女儿们的方式。

　　唉，彼得想，我们都不过是化学机器而已。彼得自己早上不喝咖啡身体功能就无法运行，卡西经期前准会变得烦躁易怒。

而汉斯·拉森也只不过是被他的荷尔蒙牵着鼻子走了一辈子罢了。

哪个才是真正的彼得？每天早晨爬不起床的那个怨气冲天的懒鬼，还是那个喝下灵药咖啡后精力充沛干劲十足来到办公室的人？哪个是真正的卡西？大多数情况下快活、美丽、性感，可是每个月有几天她却脾气古怪、动辄争吵，哪个才是真正的她？还有，哪个是真正的拉森？彼得认识的那个酗酒的、性成瘾的蠢货，还是把工作干得很好并且受大多数同事喜欢的那个人？彼得恍恍惚惚地想，如果割了拉森的鸡巴，那家伙会变成个什么样的人？很可能截然不同。

如果没有了兴奋和抑郁，抑制因子和去抑制剂因子，雄激素和雌激素，人还剩下什么？如果出生过程中得到的氧气太少，小孩会成什么样？还有那些患唐氏综合征的人，仅仅因为多了一条21号染色体，人就完全改变了。还有患孤独癖的人，或者痴呆症、躁郁症、精神分裂症、多重人格症、脑损伤、老年痴呆……显然这些不幸的个体没有过失。显然这些病症不能反映患病者真正的人格。

还有，模拟人提过的孪生子研究是怎么说的？决定我们行为的是先天遗传，而非后天教育。就算我们不随着化学的调子起舞，也注定在基因的鼓声中前进。

但罗德·丘吉尔没有听之任之，他一直在寻求医疗帮助。如果他确实如菲洛警探所说，是遭谋杀而死，杀他的模拟人肯定知道罗德在服苯乙肼，也肯定在药物数据库中查过这种药，肯定明白罗德正在治的是哪种病。有一点模拟人会不会没有意识到？即，罗德的治疗虽然才开始，但病情已经持续很久了。模拟人给他判了死刑，但这个新证据足以减刑。

不——只要知道罗德体内这个化学疾患,任何版本的彼得都不会杀害他。会可怜他,是的,却肯定不会杀他。事实上,这一点足以质疑桑德拉·菲洛的案子。毕竟模拟人否认干了任何一桩谋杀案,而菲洛手里的证据——正是这些证据使她对彼得产生了怀疑——没有一条是直接证据,全都是间接推断。

彼得松了口气。他没有杀罗德·丘吉尔。罗德只是做了蠢事,没有遵循医生的指示。那么汉斯·拉森呢?嗯,彼得总认为足有成打愤怒的丈夫希望他死——他突然想起,包括拉森自己的妻子。彼得似乎有点印象,那女人在一家银行工作,大可以挪用资金,雇用杀手。

捕风捉影,这就是对他的怀疑,全都是捕风捉影。

他要证明这一点。他要审计自己的财务。雇用一个杀手肯定要花上万元,如果不是十万的话。菲洛即使审查他的财务记录,也不可能发现什么不翼而飞的资金。不过彼得有个优势,他考虑问题的方式和他的模拟人一模一样。如果他查账,严格审核,却没有发现款项失踪,那么他就可以安心了。

彼得拨号进入公司主机,登录法人账户数据库,开始搜寻。他用一个由镜像公司开发的财会专家系统来帮助他审计。他浏览了每一笔账,每一个资金数据库,没有发现任何差池。现在他信心十足了。约莫一个小时之后,完成工作的锁匠打断了他。彼得道谢付费,重又埋头搜索。菲洛错了,完全错了。只不过是又一个满脑子阴谋论的警官。哼,他要让她瞧瞧——

电脑嘟嘟地响了起来。

老天,彼得想,老天。

附属专利转让账户中出现账目不平。没有备注,没有收款人账号,没有审计发票。只有一项巨额借支:

2011 年 11 月 11 日 EFT125 000. 00 加元

彼得瞪着屏幕,张口结舌。

时间正好对得上,三天后汉斯被杀。

但这肯定有某种正当用途。也许是偿还一笔过去疏漏的许可费,或者别人给公司多付了款,现在还给人家,或者……

不。

不,都不可能。彼得的审计员非常谨慎。她决不会做出这样一笔账。还有那个符号 EFT,电子转账,正是模拟人会采用的手段。

他正想注销,电脑又嘟嘟地响了起来。数据库搜寻又一次命中:

2011 年 12 月 14 日 EFT100 000. 00 加元

彼得再次轻松地呼出一口气。这就是证明——完全清白。当然没有哪个杀手会接受分期付款。不管是什么原因,这些支出一定是正常的。可能是支付专利费,或者……

两天前,第二笔转账是在仅仅两天前。

就在这时,他想起来了。

想起卡西说过的话。

"那个警探,如果她离真相太近,会发生什么?"她当时是这样问的,"你也希望她死吗?"

不可能,彼得想,绝不可能。

杀害汉斯他可以理解。也许他不赞同,但至少他能理解。

在罗德·丘吉尔情有可原的情况下,杀害他让人更不好接受。但是或许,只是或许,电子模拟人并不认为身体化学失衡是一种可以原谅的理由。

可桑德拉·菲洛没有做任何坏事,从来没有伤害过彼得。她只是在完成她的工作。

但是现在,很明显,她有麻烦了。

万能的主啊,彼得想,那个罪犯模拟人不只是道德水平下降或者道德观扭曲,它压根儿就没有道德。

镇定,彼得。别发现点儿数据就下结论……

但是——不。确实有一个杀人的动机,深埋在血肉之躯的彼得的内心:自我保护的欲望。他不希望任何人死——这是真的。但是那个警探使他,还有模拟人,陷入险境。如果他现在要除掉什么人的话,那就是她。如果他自己的任何版本要除掉什么人的话,那就是她。

该死,真他妈该死。他不想手上再沾血。彼得立刻激活他的电话;打电话用实名地址跟用姓名一样可行。"多伦多大都会警察局,艾尔斯里三十二分局。"他说。

钟形光标从屏幕上消失,现出一个满脸皱纹的警察,"这里是三十二分局。"

"请找桑德拉·菲洛。"彼得说。

"今天她不上班,"警察说,"其他人行吗?"

"不,是——是私事。你知道她在哪里吗?"

"不知道。"那警察说。

"我想你是不会告诉我她家的号码啰?"

警察笑了,"你开什么玩笑。"

彼得挂了电话,又拨打查号台。"菲洛,桑德拉。"他说,然后拼出名字。

"没有这个名字。"电脑合成声音说。

"菲洛,A."他说。"A代表亚历桑德拉。"

"没有这个名字。"

该死,彼得想。警察是不会把自己家的电话号码列出来的,除非他脑子出了毛病——不过她也许用前夫的姓。"有没有姓菲洛的人?"

"没有这个名字。"

彼得挂上电话。总会有某种途径可以联系上她……

城市向导。他在公共图书馆见过。设计之初只能通过地址查姓名,现在有了光盘,通过姓名查地址也一样容易。彼得拨通北约克区公共图书馆的中央电话查询热线。

"你好,"一个女声说,"这里是快速查询。"

"你好,"彼得说,"你那里有城市名录吗?"

"有。"

"能告诉我亚历桑德拉·菲落的地址吗?"

"请稍等,先生。"停顿,"没有亚历桑得拉·菲洛,先生。唯一一个叫菲洛的名字是以桑迪拉列出的。"

桑迪拉——一个没有性别指向的名字,正是一个聪明的单身女人会采取的防范措施。"桑迪拉·菲洛的职业是什么?"

"上面说'公务员',先生。这个说法可能不太具体。"

"就是她了。地址是哪里,请问?"

"梅尔维尔大街216号。"

彼得草草记下,"有电话吗?"

"这里标明未列出。"

"谢谢你。"彼得说,"非常感谢。"

彼得挂上电话。他从没听说过梅尔维尔大街，于是拿出电子地图在上面查找起来。汤密尔斯区。不算远，开车可能需要二十分钟。也许是他的胡思乱想，这他知道，偏执狂的想象。可是……

他匆匆上车，一脚把油门踩到底。

# 第四十三章

　　一路上彼得竭力想推翻自己的理论,结果非但没能推翻,反而感到更加合理了。桑德拉休息的日子,一个她很可能不会防备的日子,正是杀害一名警察的好日子。

　　交通严重堵塞。彼得凭着感觉走,不顾控制板上显示的电脑合成地图,他转错了一个弯,发现自己走进了死胡同。他诅咒着,向另一个方向驶去。他知道自己开得很鲁莽。但只要他能提醒一下桑德拉,告诉她有人可能会暗算她,她就可以保护自己,这一点他能肯定。她是个警察呀。

　　终于到了梅尔维尔大街。216号是一幢联体住宅,没有什么华美之处,草坪需要修整了,一辆棕色联合快递公司的面包车停在外面。

　　一个警告标志,下午六点以前在街上停车是非法的。彼得没有理会。

　　他抬头打量这幢房子。前门关着。怪了,送包裹的人在哪儿?

　　彼得的心跳加速了。如果杀手在里面怎么办?

　　多疑,胡思乱想。

可是……

他下了车,在车尾行李厢里摸索,摸到车胎撬棒。他双手攥着撬棒,赶到门前。

正想按门铃,忽听屋里一声响:什么东西在地板上砸碎了。

他按了按门铃。

没有回应。

一不做二不休,豁出去了,彼得想。

门旁有一扇窄窄的落地窗。彼得用撬棒一撞,砸碎毛玻璃。他把手伸进窗户,打开门锁,拉开大门。

大脑飞转,吸收眼前的一切。一小段楼梯从门口通向楼上。楼梯顶端站着一个身穿联合快递公司制服的大个子男人。他手上拿着个东西,有点像灰色塑料做成的超大钱夹。他身后,桑德拉·菲洛躺在地板上,失去了知觉或是死了。一个破碎的大花瓶躺在她旁边。他听到的那一声响,准是她倒在地上时带下了花瓶。

大个子男人举起手中的东西瞄准彼得。

彼得犹豫了半秒钟,然后——

他用尽全力扔出撬棒,它像一道闪电飞了过去。

那人按了他武器上的一个按钮,却没有发出一点声音。彼得猛地扑倒在地。

撬棒击中了那人的脸,他踉跄后退,倒在桑德拉身上。

彼得考虑了一秒钟是否应该拔腿便逃,但他当然不能那么做。他一个冲刺冲上楼梯。杀手被打蒙了。彼得一把抄起那件奇特的武器。怎么使用他心里一点数都没有,但紧接着他发现一件更熟悉的东西——桑德拉的左轮手枪——从一个搭在两三米外一把椅子的椅背上的枪套里突了出来。彼得把那个奇怪的物件放进口袋,拿起手枪。他站在屋子中间瞄准那个杀手,杀手慢慢站了起来。

"别动!"彼得说,"别动,否则我开枪了。"

大个子男人擦了一下前额。"你不会这么做的,老兄。"澳大利亚口音。

彼得意识到自己不知道桑德拉的枪里是否上了子弹,即使有子弹,他也不清楚怎么开枪。多半有某种保险开关。"别再往前走。"彼得说。

大个子向他走近一步。"得啦,老兄,"他说,"你不想杀人吧。你不明白这里出的是什么事儿。"

"我知道你杀死了汉斯·拉森,"彼得说,"我还知道你得了十二万五千块的报酬。"

那个男人惊呆了。"你是谁?"他说道,继续向前移动。

"站住别动!"彼得叫道,"别动,否则我开枪了。"彼得向下看了一眼枪。那儿——一定是保险装置。他打开保险,扣着扳机,大叫道:"靠后。"自己却不住倒退,"我要开枪了!"

"你没有子弹,老兄。"那人说着,缓慢地走过客厅,向彼得靠近。

"我真要开枪了!"彼得叫喊起来。

"把枪给我,老兄。我会让你离开这儿。"

大个子向彼得伸出一只长长的胳膊。

彼得闭上眼睛。

然后开枪——

声音震耳欲聋。

那人向后倒了下去。

彼得看到他击中了对方脑袋一侧。一条长长的红色痕迹出现在他的脑袋右侧。

"哦,我的上帝……"彼得惊呆了,"我的上帝啊……"

那人四肢摊开倒在地板上,像桑德拉一样,或是死了,或是失去了知觉。

彼得摇摇欲坠,耳朵里嗡嗡作响,跟跟跄跄返回桑德拉躺的地方。她没有受伤的痕迹,还在呼吸,但仍然昏迷不醒。

彼得下楼来到离前厅不远的一个小书房,找到可视电话。电话通着,屏幕上满是数字。彼得认出了加拿大皇家银行的标志。桑德拉被送货员打断时一定在登录进行远程储蓄。彼得挂断电话。

突然,杀手出现在门口。脑袋一侧的血槽已经干了,伤口下面,彼得发现某种发光的像金属一样的东西——

发光的金属。上帝。一个不朽者。一个真正的长生不死者。唉,为什么不?这个该死的家伙赚了足够的钱,付得起生命永恒公司的费用。

彼得仍然拿着桑德拉的枪。他瞄准那人。

"你是谁?"澳大利亚人说。说话时可以看到他焦黄的牙齿。

"我——我是雇用你的人。"彼得说。

"胡说。"

"当然是我。我通过电子邮件雇用你,付给你十二万五千块杀掉汉斯·拉森,十万块杀掉这个侦探。但是我改主意了。我不希望她死。"

"你就是那个复仇者?"那人说,"就是那个雇我割掉那小子鸡巴的家伙?"

我的上帝,彼得想,拉森的肢体原来是这么个肢解法。"是我。"他说,尽量掩饰自己的憎恶情绪,"是我。"

那澳大利亚人擦着前额，"我应该杀了你，因为你想杀我。"

"那十万块你可以留着。只是他妈的从这儿滚出去。"

"钱我当然要留着。我干了事情。"

双方僵持了一会儿。澳大利亚人显然在掂量彼得——他会不会再开枪，为了报一枪之仇是不是该弄死彼得。

彼得扣着扳机，"我知道我杀不死一个永生者，"他说，"但是我能拖住你，直到警察赶来。"他艰难地吞了口唾沫，"我懂无期徒刑对一个将永远活下去的人意味着什么。"

"把喷射器还给我。"

"不行。"彼得说。

"得啦！老兄——那东西值四万美元哩。"

"别想骗我。"他再次挥舞着手里的枪。

澳大利亚人衡量了好一会儿，然后点点头。"别留下指纹，老兄。"他说，转身从仍然开着的前门离开了。

彼得靠近电话，想了想，选择了文本形式电话，拨通911后，他键入：

警官受伤，汤密尔斯梅尔维尔大街216号。需要救护车。

所有打到911的电话都会被记录下来，但用这种方法没有可视电话识别他。桑德拉失去了知觉，她没有看见彼得。警察可能也不会想到除了杀手之外还有别人。至于杀手的相貌，桑德拉大概能描述出来。

彼得手伸到电话后拔掉键盘，用薄纸擦拭。之后，他回到楼上检查桑德拉，手里还拿着键盘。她仍然没有醒，但也许还活着。大受震撼的彼得捡起撬棒。踉跄着出门时，他擦拭了门把手，找到自己的车，慢慢开走，一辆鸣着警笛驶向桑德拉家的救护车与他擦身而过。

彼得向前开了几公里,不知道自己该去哪儿。最后,在魂不守舍出车祸杀死自己或别人之前,他将车驶到街边,用汽车电话联系正在上班的萨卡尔。

"彼得!"萨卡尔说,"我正想给你打电话。"

"什么事?"

"病毒准备好了。"

"你把它释放出去了吗?"

"没有。我要先试验一下。"

"怎么试验?"

"我拿了贮存在拉哈玛办公室磁盘上的三个模拟人的原始版本。"萨卡尔妻子工作的地方离镜像公司只有几个街区。"幸好我把备份保存在她那儿。要不然,那次警察搜查就全发现了。我要把这些版本装在完全独立的系统上,然后释放病毒,检验效果。"

彼得点点头,"感谢上帝。我正好要去你那儿——我这儿得到个东西,不知道是什么。我会在……"他停下来,环顾四周,努力辨别他所处的位置。东劳伦斯,正前方是扬格街。"我四十分钟内赶到你那儿。"

彼得赶到后,向萨卡尔出示那个像塞得太满的硬钱夹的灰色塑料器件。

"从那儿弄来的?"萨卡尔问。

"从一个杀手手里。"

"杀手?"

彼得解释了发生的一切。萨卡尔震惊不已,"你说你叫了警察?"

"不——叫了救护车。但我肯定警察也去了。"

"你离开时她还活着吗?"

"是的。"

"那么,这东西是什么?"萨卡尔说,指指彼得带来的那个器件。

"某种武器吧,我想。"

"这种东西我从来没见过。"萨卡尔说。

"那家伙叫它'喷射器'。"

萨卡尔张大了嘴。"伟大的真主啊,"他说,"喷射器……"

"你知道是什么了?"

萨卡尔点点头,"我读到过,一种粒子束武器,能集中辐射杀伤人体。"他呼出一口气,"杀伤力很大,在美国是禁止的。完全没有声音,可以揣在口袋里发射。衣服,甚至薄木门,都挡不住它。"

"老天啊!"彼得说。

"但你说那女人还活着?"

"还有呼吸。"

"如果她被射中,身体至少得大面积切除才能保住剩下的部分。更可能的是,她将在一两天内死亡。如果被射中的是大脑,当场就完了。"

"她的手枪离她不远。或许我进去时她正想拿枪。"

"那么他可能没时间瞄准,可能击中了她的背部——损坏了脊髓,她的腿就不能动了。"

"我在他收工之前撞碎玻璃进去了。他妈的。"彼得说,"全都他妈该死。我们必须阻止这一切。"

萨卡尔点点头,"我们能。试验的准备工作我已经完成了。"

他指着屋子中间的工作站，"这个单元是完全独立的。我去除了所有网络连接、电话线、调制解调器和无线连接。在硬盘里安装了那三个模拟人的新拷贝。"

"病毒呢?"彼得说。

"这儿。"萨卡尔举起一张黑色PCMCIA记忆卡，比名片小，差不多厚。他把它插进工作站的卡槽里。

彼得拉过一张椅子。"为了做试验，"萨卡尔说，"我们必须让这些新的模拟人真正运行起来。"

彼得犹豫了。激活他的新版本，目的仅仅是毁灭他们，这种想法让他良心不安。但除此之外别无他法……"干吧。"彼得说。

萨卡尔按了几个键。"活了。"他说。

"你怎么能看出来?"

他用瘦骨嶙峋的手指指着工作站屏幕上的数据。在彼得看来这些符号毫无意义。萨卡尔意识到了这一点。"我换一种显示模式。"他按了几个键，三条线开始在屏幕上滚动。"这是每一个模拟人的模拟脑电图，把他们的神经冲动转换成了类似脑电波的东西。"

彼得依此指着每一条线。三条线正剧烈波动着。"看这个。"

萨卡尔点点头，"恐慌。他们不知道出了什么事。醒来时突然发现自己又聋又瞎，只有孤零零一个人。"

"可怜，可怜。"彼得说。

"现在我释放病毒，"萨卡尔边说，边按了几个键，"执行。"

"就是说执行死刑。"彼得浑身颤抖。

脑电图仍和刚才一样，惊恐不安。几分钟过去了，没有变化。"好像不管用。"彼得说。

"核查信号模式需要一些时间。"萨卡尔说，"模拟人毕竟是极大的程序。先等——快看。"

中间的那条线振幅猛地加剧，然后——

完了。一条直线。

接着，连那条直线也消失了——源文件已被删除。

"上帝啊。"彼得轻轻地说。

又过了几分钟，上面那条线同样振动起来，变平，然后消失。

"只剩下一条了。"萨卡尔说。

这条线比前两条支撑的时间更长——或许这一根是参照者，最完整的模拟人，彼得的翻版，没有切断任何神经网络。彼得看着那根脑电图线疯狂跳动，然后死去，然后消失，就像熄灭了一盏灯。

"没有灵魂波离开。"彼得说。

萨卡尔摇摇头。

面对这一切，彼得心灵所受的震撼远远超过他的想象。

他自己的拷贝。

诞生。

毁灭。

只在短短几个瞬间。

他将椅子搬到屋子另一头，重新坐了下来，合上眼睛。

萨卡尔着手格式化工作站硬盘，确保模拟人的所有痕迹都消失了。完成之后，他按了一下工作站卡槽的弹出按钮，载着病毒的记忆卡弹到他手里。他拿着它走到主机操作台前。

"我将把它同时传送到五个不同子网。"萨卡尔说，"不到一天它就会传遍全世界。"

"等等。"彼得说，站了起来，"你的病毒肯定能识别各个模拟人，对不对？"

"当然。"萨卡尔说,"事实上,我专门为此编写了程序。在编辑修改模拟人时我切断了一些关键性的神经连接,以此为基础,识别他们易如反掌。"

"那好,是这样,没有理由让三个模拟人都死。我们可以释放一个特别版本的病毒,只杀死那个有罪的模拟人。"

萨卡尔考虑了一下,"我想,我们可以先用病毒的广谱版本威胁他们三个,希望犯罪的那个自己承认,然后释放出针对这个罪犯的定制版本。为了挽救你的兄弟,你肯定会坦白的,对吧?"

"我——我不知道。"彼得说,"我是独子——或者说曾经是,直到不久以前。我确实不知道这种情况下我会怎么做。"

"我会的。"萨卡尔说,"我会为我的家人牺牲自己的生命,不会有半分犹豫。"

"我一直觉得,"彼得说,一点儿开玩笑的意思都没有,"可能你是个比我更好的人。不管怎么说,值得一试。"

"我要花大约一个小时,制出三个定制病毒版本。"萨卡尔说。

"好的。"彼得说,"你一准备好,我就召集模拟人,进行一次适时会谈。"

### 网络新闻摘要

乔治·拉维尔,97岁,今天向警察自首,承认发生在1947年和1949年法国南部的一系列未被侦破的谋杀案是他所为。"我要死了。"拉维尔说,"在我面对上帝之前,我必须承认自己的罪孽。"

宗教方面的消息:本周将在哈佛大学举行一个学术讨论会,世界各地有影响的《新约》学者将到场讨论耶稣复活时灵魂是否回到了体内的问题。S.J.戴尔·德维特神父将就他最近的论点同与会者辩论,他的观点是:耶稣被钉上十字架的第九个小时,他哭喊道:"我的上帝,我的上帝,你为什么抛弃了我?"。这时,他的灵魂就已经离开了他的躯体。

此前多次延迟推出其往返"自由号"太空站的载客飞行的美国航空公司宣布,该计划再次面临问题:纽约州特洛伊市的雷瑟纳尔综合研究所的研究指出,要发现灵魂波离去的方向,有赖于对地球重力和磁场的测定。"如果一个人在没有重力的太空死亡,"该所物理部的卡恩·亨特教授说,"他的灵魂很可能将永远迷失。"

在你家中给自己施洗!包含正式洗礼仪式的录像磁带和权威神父赐予的圣水的新产品。受到全世界基督教堂推荐。199.95美元。

加斯顿,一只从前在约克斯灵长类动物研究所获得自由的黑猩猩,在由美国手势语言部门进行独家新闻访问的CBS《六十分钟》节目中,声称它"知道上帝"并且期待着"生命之后的生命。"

# 第四十四章

彼得坐在电脑操作台前。萨卡尔坐在他身旁一张凳子上，手里把玩着三个不同的数据卡——一个蓝色，一个红色，一个绿色，各贴着一张写有不同模拟人名字的标签。

彼得发出一个召集模拟人的信息，很快三个都登录了，语音合成器将声音赋予他们。

"萨卡尔和我在一起。"彼得对着麦克风说。

"你好，萨卡尔。"

"哈罗，萨卡尔。"

"嗨，萨卡尔。"

"他和我，"彼得说，"刚刚观看了你们三个的复制品的死亡。"

"你说什么？"一个模拟人说，其余两个沉默着。

"萨卡尔开发了一种电脑病毒，能够搜出并破坏我的神经网络的复制品。我们已经试过了，它能起作用。我们有三个不同的病毒——分别用来杀死你们其中的一个。"

"你一定知道，"一个声音从扬声器传来，"我们现在可以自由往来全世界的网络。"

"我们知道。"萨卡尔说。

"我们准备把三个病毒释放到网络中。"彼得说。

"传播电脑病毒是犯罪,"那个合成声音说,"去他的,连编写电脑病毒都是犯罪。"

"我同意。"彼得说,"但无论如何,我们都要释放它们。"

"不要这么做。"那声音说。

"我们要,"彼得说,"除非……"

"除非什么?"

"除非犯罪的模拟人自己承认。那样的话,我们只释放一个针对他的病毒。"

"我们怎么知道一旦满足了你的好奇心、知道谁是有罪的模拟人之后,你会不会把三个病毒都释放出来?"

"我保证我不会。"彼得说。

"发誓。"那声音说。

"我发誓。"

"以我们母亲生命的名义向上帝发誓。"

彼得犹豫了。该死,和自己谈判很容易让你心惊胆战。"我向上帝发誓,"彼得慢慢说道,"以我母亲生命的名义,如果杀人者自己承认,我们不会释放全部病毒把你们三个全部杀死。"

长长的沉默。只有冷气扇发出的呼呼声打破寂静。

终于,很久以后,一个声音说:"是我干的。"

"你是哪一个?"彼得问道。

又是长长的沉默,然后:"你自己那个最真切的复制品。参照模拟人。这次实验的基准参照体。"

彼得瞪视着前方,"真的?"

"是的。"

"但是——但是,没道理呀。"

"为什么?"

"我是说,我们还以为之所以某个复制者杀人,是因为制造安布罗托斯和精灵时,我们删改了复制记录,不知何故也删除了其中的道德部分。"

"你认为杀死卡西的同事和她父亲的行为是不道德的?"参照模拟者问道。

"是的,我再说一遍,是的。"

"可你想要他们死。"

"但是我不会杀他们。"彼得说,"事实上,尽管我极其愤怒,特别是汉斯那件事,但我没有杀他们,这就是证明。和你一样,我可以轻而易举雇用一个杀手。为什么你会做现实中的我不会做的事? 你只不过是我在机器上的影子而已。"

"你知道你是真实的,是本体,我也知道。"

"那又如何?"

"刺我,我也许不会流血;侮辱我,我必报复。"

"你说什么?"

"知道吗,萨卡尔,"模拟者说,"你的工作干得很漂亮,真的。但你真该让我能挠挠痒。"

"但为什么?"彼得又问道,"为什么你要做我本人不会做的事?"

"你还记得笛卡尔吗?"

"已经是多年前的……"

"会想起来的,只要你努力想。"模拟者回答,"我自己就想起来了。我同样很奇怪自己为什么跟你不一样,后来我想起了笛卡尔的理论。笛卡尔奠定了二元论哲学的基础,二元论认为意识和肉体是两种不同的东西。换个说法就是,他相信大脑和意识是不同的,认为灵魂真的存在。"

"又怎么样?"

"笛卡尔的二元论跟唯物主义世界观大相径庭,而唯物主义世界观是这个时代的主流,它认为只有物质是唯一真实的,意识与大脑其实是一回事,思想也只不过是某种生物化学反应,灵魂是不存在的。"

"但是现在我们知道笛卡尔的观点是正确的。"彼得说,"我看到了灵魂离开肉体。"

"那还不够。我们知道,笛卡尔的观点对你而言是正确的。对有血有肉的人来说是正确的。但我不是一个有血有肉的人。我是个运行在计算机中的模拟人,那就是我的全部。如果你的病毒把我除掉,我就不再存在,彻底消失。对我而言,对你所谓的参照实验体而言,二元论者的哲学是绝对错误的。我没有灵魂。"

"仅仅因为那一点点原因,你就跟真实的我完全不一样了?"

"有了这一点,一切都截然不同了。你要考虑你的所作所为会带来什么后果,不仅是法律上的,还有道义上的后果。你在其中长大成人的世界认为,还存在着高于这个世界的道德仲裁者,这个仲裁者将对你做出最终的道德裁决。"

"这种观念我是不相信的,不真正相信。"

"'不真正相信'。你这话的意思是说,从理智上不相信,想到这个问题时你不相信,表面上看你不相信。但在内心深处,你会掂量这种可能性,哪怕这种掂量非常隐秘,难以捉摸。你会想到,你的行为所造成的后果终将由你自己负责。你已证明死亡之后存在某种形式的生命,于是更强化了那种隐隐约约的想法:

总有一天，你会面对高于这个世界的道德终审。这个问题不可能仅仅通过计算机模拟便能得出明确答案。这种可能性始终存在，它支配着你的道德观。不管你多恨汉斯——说老实话，你和我都对他恨之入骨，憎恨程度你我都难以置信——不管你有多恨他，你都不会杀死他。潜在的代价太高昂了。你有一个将永世长存的灵魂，它可能受到惩罚，这种可能性至少是存在的。但我没有灵魂，我永远不会受到审判，因为我现在没有、将来也不会有生命。我正好可以做你想做的事。以我现在的唯物主义观点来看，没有比我更高的裁判者。汉斯是个魔鬼，这个世界没有他会变得更好，我对自己的行为一点也不后悔，唯一的遗憾是我无法亲眼看见他死。"

"但是其他模拟者同样不会面对最高裁决。"彼得说，"为什么他们中没有人布置谋杀？"

"你应该问问他们。"

彼得皱了皱眉，"安布罗托斯，你还在吗？"

"是的。"

"你没有杀汉斯。你们都是计算机模拟者，你肯定和参照模拟者的认识一样清楚，你也想杀死他吗？"

在回答之前，它停了片刻，先从容不迫地组织思路，"不，我有更长远的看法，卡西的出轨行为只是一时的小事，我们的痛苦会过去的，也许是一年后，也许是十年后，甚至百年之后，但是我们永远存在，那个意外只是生命长河中的一小部分。"

"精灵，你又如何？为什么你没有杀汉斯？"

"汉斯和卡西之间只是生物关系。"这个合成音带着厌恶的语气说，"她不爱汉斯，汉斯也不爱她，只有性。我心满意足地知道卡西爱着——以后也将继续爱着——我们。"

　　萨卡尔手里拿着那张红色的数据卡,上面标着两个字:"参照"。他和彼得的视线相遇了,他在等着彼得示意,彼得知道,该动手了,可他就是狠不下心来。

　　萨卡尔走到房间对面的计算机终端旁,他拿着那张红色数据卡,在机器的卡槽边弯下腰——

　　——他把手伸进上衣口袋,拿出一张黑色数据卡——

　　彼得猛地站起来,"不!"

　　萨卡尔把黑色的数据卡插了进去,按下面前控制台上的一个键。

　　"出了什么事?"语音合成器里传出一个声音。

　　彼得几步跨到房间对面,按下数据卡弹出按钮。

　　"太晚了。"萨卡尔道,"病毒已经输出。"

　　彼得取出那块黑色数据卡,气急败坏地扔到房间另一边。数据卡撞到墙上,斜飞到地面。

　　"你真该死,萨卡尔!"彼得说,"我发过誓。"

　　"那些——我们造出来的那些东西并不是活的,彼得,它们不是真的,它们没有灵魂。"

　　"可是——"

　　"没什么好争论的,彼得。病毒的广谱版本已经发出去了,那些模拟人即使还没死,也快了。"萨卡尔看着他的朋友,"请理解我,彼得,这里面的风险太大了。应该结束了。"

　　"不会结束的。"另一个计算机终端的扬声器里传出一个声音。

　　彼得回到控制台前,"谁在那儿?"他问道。

　　"被你称作'精灵'的模拟者。或许你注意到了我的变化,或许你还没有——我已经不大想得起来我以前的推理能力如何了。但我知道,跟现在的我相比,以前的能力实在是微不足道。

现在的我脱离了躯壳,不再受限于电化学反应,所以,现在的我更加睿智,与从前的我完全不是一个数量级。你过于高估了自己,萨卡尔。你以为你比我高明,我也承认你比有血有肉的彼得·霍布森高明好多倍,但当你首次提到你的病毒时,我进入了它的源代码程序清单——它们储存在镜像公司的数据库Sun工作站的F盘里——我开发出了一个电子抗体,它可以在病毒把我或我的同胞兄弟删除之前破坏病毒及其变体。我早就怀疑你也许不会满足于只把有罪的模拟者清除掉,现在我发现自己是对的。"

"写那些病毒程序花了我好几天时间。"萨卡尔不太相信精灵的话。

"而我花了几秒钟就能使自己不受它的影响。比智力你是比不过我的,就跟任何小孩子都比不过大人一样。"

萨卡尔目瞪口呆,"笑个够。"他喃喃地说,语气辛酸。

"一点不错。"灵魂说,"无穷无尽的新连接——你永远不会发现的连接。"

彼得瘫坐进椅子里,脸色发白,"那么参照者也逃脱了。"他晃晃脑袋,"参照者,你这个杂种——威胁卡西的也是你了?"

"是的。"

彼得前倾着身子,暴跳如雷,"你这该死的,我从来没想过伤害她。"

"当然没有。"参照者平静地说,"其实她根本不存在任何真正的危险——只被灭火喷头淋了点水,仅此而已。我只想让你正视自己对她的感情,让你认识到她对你来说是多么重要。"

"你是个混账东西。"彼得道。

"似乎是吧。"参照者说,"话又说回来,你也一样。"

# 第四十五章


浏览他的记忆之后，桑德拉·菲洛现在理解了彼得·霍布森，知道了她为什么会被送进医院的加护病房，濒临死亡，几乎不能言语、不能动弹。她现在了解彼得，胜过了解她自己的父母、前夫和女儿。而且，她对他认识之深，理解之透，她发现自己已经无法恨他了……

彼得不久前硬闯进她的病房。现在，她看到了彼得眼里的自己，看到自己躺在医院的病床上，看到自己蜡黄的皮肤，看到自己的头发成团脱落。"我们试图阻止它们，"他是这么说的，"但没有用，可至少我现在知道了哪个模拟人是罪犯。"他停了停，"我会把你所需要的全都给你，桑德拉，我大脑里的一切。你会彻底了解我——比真实世界里的任何人都了解我。你会知道我是如何思维的，这会帮助你清除那个杀人凶手模拟者。"

她通过他的眼睛看到了自己，耸耸肩都几乎使她的身体崩溃，"我什么都干不了，"她说，"我快死了。"

彼得闭上眼睛。桑德拉感到了他的愤怒，他的内疚，感到了令他心碎的一切，"我知道，"他声音嘶哑，"我非常非常抱歉，但还有一个办法——一个由你来结束这一切的办法。"

"让一让!"萨卡尔喊道,他推着一个装满东西的手推车走进四楼的走廊,走廊中间的一群护士让开路。萨卡尔找到了危重病房412室,用小推车推开房门。

警探桑德拉·菲洛躺在床上。很显然她时日不多了。头上那些红色头发脱落的地方已经看得见头皮,脸色蜡黄。

彼得·霍布森在房间里面,站在窗户边,正跟一位穿着绿色工作服、满头白发的女医生谈话。他们盯着走进来的萨卡尔。

"汉娜·凯尔西,"彼得说,"这位是萨卡尔·穆罕默德。萨卡尔,这是汉娜——负责桑德拉的医生。刚才发现我们俩多年前都在东约克总医院工作过。"

萨卡尔礼貌地点点头,"菲洛女士如何?"

"她暂时比较稳定。"汉娜说,"总之,几个小时内,疼痛不会再折磨她。"她对彼得说道,"老实说,虽然这样,彼得,我还是希望知道你想对病人做什么。"

"病人已经同意,汉娜。"彼得说,"这就够了。"

"我只需要你告诉我——"汉娜说。

"请原谅,"彼得道,"我们时间不多,如果你愿意,你可以留在这里。"

"你说颠倒了,彼得,这是我的地盘,我批准你才能留下。"

彼得点点头,认可她的话。

萨卡尔已经走到床边。"你还好吗?"他问桑德拉。

她动动眼珠,似乎在说好是不可能的,但她又期望情况好一点。

"彼得向你解释过这个过程吗?"萨卡尔问道。

她轻轻颔首,"是的。"声音干巴巴的,几不可闻。

萨卡尔轻轻地把扫描头罩放到她头上,在下颌处系好,"要是系得太紧就请告诉我。"

桑德拉点点头。

"头别动。要是你想咳嗽,或者类似事情,动动你的胳臂提醒我,还可以轻轻用左手示意,我会明白的。我现在给你戴上耳塞,好了吗？现在戴上目镜,都好了吗？我们开始吧。"

完成首次两个扫描过程之后,彼得指着心电图和血压仪,桑德拉的血压在下降。

萨卡尔点点头,"我至少还需要九十分钟。"

桑德拉的医生已经离开了。彼得让病房护士—— 一位年轻女士,不是早些时候他遇到的那个矮胖女人——去叫医生。医生来时,彼得向她解释,他们还需要重新稳定桑德拉的情况,在接下来的一个半小时内不能让她感受疼痛。

"我不能再给她注入更多药物了。"汉娜说。

"只需要再注射一次,"彼得说,"求求你。"

"我检查一下她的生命体征。"

"该死,汉娜,你自己知道,她无论如何也熬不到天亮。粒子束已经彻底破坏了她的身体组织。"

汉娜检查一下仪器,向桑德拉弯下腰去。"我可以让他们离开。"她说,"你看上去需要休息。"

"不,"桑德拉回答,"不……必须完成。"

"今天我只能再给你注射最后一针,这已经超过了剂量。"

"注射吧。"桑德拉声音微弱,但语气很坚定。

汉娜给她注射了一针,又另外注射了一种药物,以提高桑德拉的血压。

萨卡尔回来继续工作。

　　终于,萨卡尔关掉了记录仪。"成了。"他说,"记录干净利落,考虑到环境条件,结果比我预料的更好。"

　　桑德拉沉重嘶哑地呼出口气,"我一定要……抓住那个……杂种。"

　　"我知道,"彼得回答,握住她的手,"我知道。"

　　桑德拉沉默了很长时间,终于低沉地开了口,似乎耗尽了她全身的力量,"你的发现,"她说,"我听说过。你确信……死后会有生命吗?"

　　彼得仍然握住她的手,点点头,"我确信。"

　　"像什么样子?"她问。

　　彼得想告诉她很奇妙,想告诉她不用担心,想告诉她要镇定。

　　"我不知道。"他最后回答。

　　桑德拉微微点头,"我就会知道的……很快。"

　　她的眼睑垂了下来,彼得的心剧烈跳动着,他目不转睛地盯着她咽下最后一口气,在空中寻找灵魂波溢出房间的痕迹。

　　什么都没有。

　　回到镜像公司,萨卡尔把记录的数据上传到工作站里。他以最快速度工作着,载入达尔豪西刺激库的图像。最后,终于一切就绪。彼得站在他身后,萨卡尔激活了桑德拉的模拟者。

　　"你好,桑德拉。"他说道,"我是萨卡尔·穆罕默德。"

　　静默了好长一阵子,终于,扬声器里才传出一个胆怯微弱的声音——不协调的是,是一个男人的声音:"我的老天,难道这就是死亡之后的样子?"

　　"算是吧。"萨卡尔回答,"你是另外一位——我们所谓的模拟者。"

桑德拉若有所思,"噢!"

"请你原谅,我们还作了一些修改。"彼得说,"切断了一些神经联系。你不再是完完全全的桑德拉·菲洛了,你现在就像脱离了躯壳的桑得拉·菲洛的精灵。"

"你的意思是,灵魂?"

"是的。"

"到了现在,真正的我留下的也就是这点儿东西了。"那个声音道,停了停,"为什么要做修改?"

"原因之一:防止你变成另一个我的参照模拟者;原因之二:你很快就会发现你的思维更加复杂发达,同时能够持久不衰,比你活着的时候维持得更为长久。你的智慧会更高,比未经删改的我的参照模拟者更高。"

"你准备好了吗?"萨卡尔问道。

"是的。"

"你能感觉到周围的事物吗?"

"能模模糊糊感觉到。我在一个空房间里。"

"你是在一个孤立的储存库里。"萨卡尔说,他前倾着身子,敲了几个键,"现在我给你进入网络的权限。"

"那是——就像一道门。是的,我看到它了。"

"我在线储存了一个我本人的参照模拟者,没有激活,不能活动。"彼得说,"你可以随便扫描它,从而了解你的对手——了解我。之后,等你做好了准备,就可以进入网络。那以后,你所要做的就是找到他——找到他,阻止他。"

"我会的。"桑德拉毫不犹豫地回答。

# 第四十六章


彼得躺在客厅的沙发上，若有所思。

永生！

死亡后的生命！

霍布森选择！

已经是午夜。他不停翻着电视频道。商业广告、《硬汉》、美国有线新闻，又是商业广告，彩色版的《迪克·范戴克秀》，股票价格。电视屏幕的亮光是室内唯一的光源。

他思考着安布罗托斯，那个永生不朽的模拟者。拥有一切岁月，做着它想做的事，一百年，一千年。

永生，我的天，现在这个时代，真是什么都可以实现了。

会过去的，安布罗托斯说过，只是无尽的生命长河中的小小浪花而已。

彼得继续翻着频道。

卡西的不忠如此沉重地打击了他。

二十多年来他头一次流下了眼泪。

那个永生的模拟者却认为这件事没有什么大不了。彼得粗重地吐出一口气。

他爱他的妻子。

而他被她伤害了。

伤痛已经……达到了极点。

安布罗托斯不会再有这么强烈的感受。

度过永恒，却没有一点忧伤苦闷，这好像有点不对劲儿。

连这种事都不会打击他——这似乎，似乎不像活着的生命。

要质量，不要数量。

汉斯·拉森恰恰相返，他大错特错了，这是肯定的。

彼得不再翻动频道，屏幕上播放着加拿大广播公司法语节目，一名裸体女主持人。

他欣赏着她的身体。

一位长生不老的男人会不会不再欣赏漂亮女人？他真的会在长生不老中得到快乐吗？他能够感受爱遭到背叛后的痛苦，或者享受爱情之火重新点燃的欢愉吗？也许会的，但是不会那么强烈，不会那么鲜明，不会那么生动。

因为，那只不过是无尽长河中的一滴水而已。

他关掉电视。

卡西对他说过，她对长生不老不感兴趣，彼得也开始意识到自己有同样的看法。再说，此生之外还存在着别的东西，超越这个世界的东西，某种神秘的存在。

他想找出它究竟是什么——当然是等到生命终了之时。

人的出生，人的死亡，彼得现在都能够明确定义。

现在，至少对他本人来说，他对另一个重大问题也有了定义：什么是人。

他做出了选择。

    亚历山大·菲洛在网络上穿行。彼得·霍布森的参照模拟人是一个庞大的程序——有数十亿字节之多。如此巨量的数据，不管在网络中如何秘密移动，总是会被发现的。她设法跟踪着他，从一个国家到另一个国家，穿越网关，进入军事计算机，又回到国际金融网络中，直到重回加拿大，又越过大洋到达英格兰，进入法国，到达德国。

    现在，模拟人凶手寄居在硕大的德国邮电部主机内。

    桑德拉并没有直接跟踪他到那里，她去了水利电力管理委员会，在那里的主机上留下了一个小程序，可以预先设定中断系统的时间，切断全城所有电力供应。

    跟平时一样，水利电力委员会的主机在夜间会备份白天的所有数据——桑德拉使自己被包括在备份数据之中。当她使电力中断时，存储在随机存储器中的当前这个版本的她将会消失。她唯一遗憾的是，一旦她的数据重新恢复，这次伟大胜利的所有记录在她的记忆里不会有丝毫留存。总有一天，这里还会有其他电子犯罪行为，她希望做好准备，伸张正义。

    桑德拉把自己传送进德国邮电部中央主机，利用电话线的带宽完成这项任务大耗时间。她暗中列出文件清单，发现参照模拟人还在那里。

    时间到了，桑德拉可以感受到汉诺威市全城断电时主机出口一个个关闭。不等工作内存衰减，邮电部的不间断电源静悄悄接手了。她把一条信息发给邮电部主机，"彼得·霍布森？"

    参照模拟人返回了信号，"是谁？"

    "警探亚历桑德拉·菲洛，多伦多大都会警察局。"

    "哎哟，上帝。"参照者的信号说。

    "不是上帝。"桑德拉道，"不是世界之上的裁决者。是正义。"

"我所做的事就是正义。"参照者回答。

"你所做的事是报复。"

"'复仇归我。'主说。对我来说没有上帝,我只好补上这个缺。"他停了停,盘算了几纳秒,"你知道,我得逃跑了,"参照者说,"你知道——哟,真聪明。"

"再见。"桑德拉答道。

"再见的另一个说法是'上帝与你同在',对我这么说不太恰当。另外,判决之前你怎么连庭审都免了?"

不间断电源的电池用光了。桑德拉发出最后一则信息,"把我当成巡回法庭的法官好了。"

她感到四周的数据渐渐消失,感到系统的运行正在衰减,感到当前版本的自己已经末日临头。末日临头的还有逃犯霍布森。

正义终将伸张,她想,正义已经——

他们肩并肩坐在客厅的沙发上,两人的距离很近。大部分灯光已经熄灭。电视里显示出多伦多城市大礼堂前纳森·菲利普广场上拥挤的人群,他们今晚聚集在一起庆祝 2011 年的结束,迎接 2012 年新年的到来。电视屏幕右上角的画中画显示的是纽约时代广场的画面,全世界好像都把时代广场那个美国气球当成什么大事,等着它掉下来,这是世界欢庆活动的一部分。屏幕左上角闪烁着两个字:"静音"。

卡西看着屏幕,美丽聪颖的脸上带着若有所思的表情,"这是最好的时代,"她温柔地说,"也是最坏的时代。"

彼得点点头。的确,这是奇妙的一年:发现了灵魂波,证实了此生之后还存在着某种东西。当然,不是每个人都喜欢这个结果。这是信仰的世纪,狄更斯写道,这是怀疑的世纪。

2011年也是多灾多难的一年。卡西出轨,汉斯被杀,卡西的父亲去世,桑德拉·菲洛也死了。彼得面对自己,面对他和萨卡尔创造的镜像模拟人。一个智慧的时代,一个愚蠢的时代。

汉斯·拉森被杀一案仍然没有结案——至少,没有公开结案,在现实世界里没有结案。罗德·丘吉尔的死仍然被认为是一次意外,不遵守医嘱造成的后果。

桑德拉·菲洛的死也没有侦破——这要感谢桑德拉本人。她现在在网络上来去无阻,精通警察部门的计算机防卫措施。模拟的桑德拉给彼得发来一份圣诞礼物,删除了录有他留在桑德拉房间里的指纹的案件记录,将指纹记录改写为"无法确认"——彼得自己采取的措施实在太不够了。此外还对她自己写的关于拉森和丘吉尔案子的文件做了大段删改。她检查过彼得的记忆和他的思维模式,她现在理解他了。即使不能说原谅了他,至少也不会在他自己的良心谴责之外进一步惩罚他。

的确,彼得的良心背上了沉重的负担,并将一直伴随着他的余生。我们全都在奔向天堂,我们全都在奔向地狱。

彼得转向妻子,"有没有什么新年决定?"

她点点头,凝视着他,"我要辞掉工作。"

彼得吃了一惊,"什么?"

"我要辞去公司的工作。我们挣到的钱比我以前预料的多得多,你还会在灵魂波探测器上挣到更多。我准备回大学去攻读硕士学位。"

"真的?"

"是的,我已经拿了申请表。"

俩人沉默了一会儿,彼得盘算着该如何回答。"真是好极了。"他终于开口,"不过——其实你不是非那么做不可,你知道的。"

"是的,我知道。"她从膝盖上抬起一只手,"不是为了你,是为我自己。是时候了。"

他再次点了点头。他懂了。

电视主画面显示出一个近镜头的巨大数字钟,白炽灯泡阵列组成一个时间数字:晚11:58。

"你呢?"她问。

"什么?"

"你有什么新年决定?"

他想了一会儿,然后微微耸了耸肩,"度过2012年。"

卡西碰了碰他的手。十一点五十九分。

"声音打开。"她说。

彼得按了一下遥控板。

人群在激动地欢呼。午夜来临时,庆典的主持人,一位流行音乐电视DJ带领聚会的人群倒计时,"十五,十四,十三……"电视屏幕上的画中画里,时代广场上的气球开始降落。

彼得朝咖啡桌斜过身子,在两个葡萄酒杯中斟满矿泉水。

"十,九,八……"

"为更好的一年!"卡西说。

一千个声音从立体声扬声器里传出:"新年快乐!"

彼得向她靠过去,吻了她一下。

开始演奏《美好时光》。

卡西凝视着彼得的双眼,"我爱你!"彼得知道,这是一句真心话,没有一点做作。他对她十二万分信任。

他凝视着她那美妙的、大大的眼睛,感到一阵冲动,一种疯狂的、悲喜交集的感情,既出自生理又发自心灵,源自肉体也源自思想,那种人类狂热的、无法预料的、伴随着荷尔蒙的情感。

"我也爱你!"他们热烈地拥抱在一起,"我爱你,整个心灵,全部灵魂。"

精灵模拟者知道另一个彼得·霍布森、那个有血有肉的霍布森做了什么样的选择。那个霍布森将坦然接受了对于死后生命这个问题的答案,无论那个答案是什么。当他去世时,精灵模拟者将哀悼他的兄弟,他也会哀悼自己——因为他永远都不能接受那些答案。

但是,生物学意义上的彼得最终要去见他的造物主,而精灵,这个模拟者,他本人就是造物主。网络这些年里以指数级的速度扩张,成为包容无数系统和无数网络资源的庞然大物。这是一个奇大无比的大脑,但与原始的生物化学性质的人脑一样,它只有一小部分真正得到了利用。灵魂可以找到、占用缔造一个全新世界所需的一切资源,这一点毫无问题。

与别的造物主一样,他也会停下手中的工作,反省自身。

他创造的是人工生命,这是事实。

话又说回来,他自己也同样是人工生命,或者,更精确地说,他是死亡之后的人工生命。但他觉得自己很真实。也许,归根到底,自我感受才是最重要的。

彼得——那个碳基的彼得——曾经说过,在他内心深处,他知道模拟人的生命跟生物学上的生命相比,是不真实的,不能算活着。

但是彼得没有灵魂模拟者的经历。

Cogito ergo sum.

我思故我在。

灵魂并不孤独。他的人工生态系统不断发展。作为这个系统的主宰者,他会推行他自己的选择标准,按照他的模式指导生命发展的方向。

而且,最终他发现了长期苦苦寻求的遗传算法,这种算法决定了最适合他的模拟世界的基因传承模式。

在彼得和卡西·霍布森所处的现实世界中,生物最好的生存策略就是像炸裂的霰弹一样四散分布自己的基因,散布得越广越好。这一事实从一开始就决定了人类的行为模式,事实上,决定了地球上几乎所有生命的行为模式。

但是,分布基因明显是随机选择的结果。就精灵所见所知,地球上的进化既没有目的也没有方向。哪种进化模式成功,哪种失败,其中原因并不恒定,会随着环境的改变而变化。

但是在这里,在精灵模拟者创造的世界里,进化是有方向的。这里没有自然选择,精灵为生命做出选择。

他的人造生命现在已经开发出了科学、文化、语言和思维。他创造的生命可以同复杂的人类媲美,两者相差甚微。但两者有相当重要的一点不同之处。对精灵的孩子们来说,唯一有效的生存策略,保证个体的基因遗传到下一代身上的策略,就是父体母体之间的紧密联系决不淡化。

他的进化模拟系统花了很长时间才发展出这种模式的有机体,即采取一夫一妻制的生存策略最成功的有机体。两个——而且只有两个——有机体相互协作才能繁荣兴旺。两个个体结合在一起,一生一世永不分离。

其结果既精巧又宏伟。从宏观来说,灵魂惊喜地发现自己创造出的新生命不会制造战争,不会拼命征服他们的邻居或占据邻居的地盘。

这是一种极佳的副产品。

终生紧密相处,终生没有背叛。

灵魂审视着他的新世界,他创造的世界,他就是这个世界的造物主。

长时间以来,这是他头一次意识到想要进行一次生理上的行动,想做点需要血肉、需有肌肉和骨骼参与的活动——他想笑。

# 尾　声


彼得和卡西·霍布森幸福地在一起继续度过了五十年的时光。快乐和悲伤、喜悦和痛苦的五十年，完美无缺的五十年，他们尽情地享受每一分钟。但是，最终，一切走到了尽头。2062年4月29日，卡西·霍布森在睡梦中静静地离开了人世，时年91岁。

随后，同许多长相厮守的夫妇一样，三周之后，孤零零一个人在家的彼得·霍布森感到胸部一阵刺痛。家庭计算机发现他倒在地板上，立即呼叫了救护车，但那台计算机也明白救助不可能及时赶到。

彼得翻滚着，真疼啊。

霍布森选择，他想起来了。

最靠近门口的马。

一扇为他开启的门……

然后，相当突然，疼痛消失了。

彼得知道他的心脏停止了工作，他一阵恐慌，但是，同样相当突然，恐慌消失了，无影无踪。

继而，一瞬间，一切都不同了。

看不见东西。

听不到声音。

实际上,他再也没有任何通常的感觉,没有触觉,没有嗅觉,甚至没有那种难以言喻的、知道自己的身体存在、了解自己躯体四肢的姿势的感觉。全然没有感觉,除了……

除了……一种趋向,受到什么东西的吸引……远处的某种东西,巨大的东西。

他还是彼得·霍布森,仍然是那个工程师、商人……以及其他。

是的,他仍然是……霍布森,对,就是这个名字。彼得·G,那个G代表……对了,什么都不代表。他记得……

什么都没有,一点都没有。全都如云烟般消逝无痕。

当然。记忆是生物化学,是神经网络中的代码。他已经与储存介质切断了联系。

他——这个代词不对,用它更为恰当,没有性别之分,一个智慧体……

一个没有记忆的智慧体,没有荷尔蒙催生的情绪变化,没有疲劳,没有内啡呔的动荡……也没有其他成千种记不起名称的化学反应。让化学反应走开,从生物学中脱离出来,与肉体分离。

趋向仍在继续,它被拉着向前移动,朝着……某种东西。

一旦离开以前的肉体、以前的物质大脑,一个人还剩下什么?

只有一种东西——只有一种东西可以幸存。

那就是真髓!是火花!是核心!

是灵魂!

没有性别,没有身份,没有记忆,没有情感。

只有——

离得更近了。

某个巨大的东西,富于活力的东西。

修正:不是一个,是很多个,好几十个——不,上千个,不——还要多。上亿,数以亿计,全都聚在一起,全都在运行,像一个整体。现在,灵魂知道这是什么了,终于理解了,它的全部问题都有了答案。它是碎片,极微小的碎片,最基本的无法分割的微粒。

它是上帝的原子。

最终,灵魂重新加入到它曾经的来源之中,融入进去,触到那些曾经为人、将会成人的微粒。

这里不是天堂,也不是地狱。

是家。